本书出版受到中国社会科学院登峰战略计划重点学科资助

20世纪70年代 台湾"乡土文学论战" 资料集

李 娜 徐秀慧 编

九州出版社 JIUZHOUPRESS | 全国百佳图书出版单位

图书在版编目（CIP）数据

20世纪70年代台湾"乡土文学论战"资料集 / 李娜
等编. — 北京：九州出版社，2022.10
ISBN 978-7-5225-1351-5

Ⅰ．①2… Ⅱ．①李… Ⅲ．①地方文学史－台湾－当
代 Ⅳ．①I209.958

中国版本图书馆CIP数据核字(2022)第220759号

20世纪70年代台湾"乡土文学论战"资料集

作 者	李娜 等编	
责任编辑	周 春	
出版发行	九州出版社	
地 址	北京市西城区阜外大街甲 35 号 (100037)	
发行电话	(010)68992190/3/5/6	
网 址	www.jiuzhoupress.com	
印 刷	北京九州迅驰传媒文化有限公司	
开 本	720 毫米 ×1020 毫米　16 开	
印 张	17	
字 数	220 千字	
版 次	2022 年 10 月第 1 版	
印 次	2023 年 4 月第 1 次印刷	
书 号	ISBN 978-7-5225-1351-5	
定 价	68.00 元	

编者说明

李　娜

一

　　发生于 20 世纪 70 年代后期的"乡土文学论战",是战后台湾文学史上一场重要的文学与思想事件。70 年代对于台湾是一个经济起飞、政治震荡的年代,也是一个知识分子尤其是青年从普遍的沉默中走出、开启对社会和文艺状况的全面反省的年代。在文学上,以 20 世纪 70 年代初"现代诗批判"为开端,提出了"诗的西化"和"诗与现实的关系",也即文学的民族性与社会性问题。"回归乡土,回归现实"这一新的社会意识的萌芽是促使文学论争发生的动力,也因为论争的开展,以及在小说、诗歌、音乐、美术以及社会生活领域的自觉实践,这一意识不断充实生长。1977—1978 年发生的"乡土文学论战"是为高潮。反帝、反"美日新殖民"和工农议题之中的左翼潜流,触动了政治、思想上的禁忌,引发了论战,一度风声鹤唳;论战也使得作为思潮的"乡土"更为强劲,新的社会参与意识得到扩展、巩固。因此,"乡土文学思潮"的意义不限于文学创作上现代主义和现实主义的消长,而是更深广地推动了 20 世纪 70—80 年代台湾社会、政治和文化的变革,至今有着深远影响。

　　70 年代的这一文学/思想事件,对于我们了解战后台湾社会的转折与人的心理、情感、意识的变迁,对于我们探索两岸人民共同的文化心灵家园,具有特别的意义。因此,"北京·当代中国史读书会"策划出版当代文学历史研究丛书,特别推出这本与台湾师友合作编辑的《20 世纪 70 年代台湾"乡土文学论战"资料集》。

二

2017年，由韩国成钧馆大学东亚学院任佑卿策划，台湾交通大学亚太/文化研究室林丽云、"中研院"欧美所王智明、彰化师范大学徐秀慧合作编选的《台湾乡土文学论战四十年资料集》（韩文版），在韩国成钧馆大学出版社出版；2019年繁体字版名为《回望现实　凝视人间：乡土文学论战四十年选集》在台湾联合文学出版（内容与韩文版一致）。在台湾版本基础上，中国社会科学院文学研究所李娜对篇目加以调整、增删，重新编辑，以适应大陆的知识背景和研究需求；在思路上，希望将"乡土文学论战"放在整个20世纪70年代文学与社会思潮的脉络中呈现。主要变动有：①原"脉络"部分改为"先声"，增加了唐文标在"现代诗批判"中的重要文章《诗的没落》（1973），和"回归乡土思潮"中兼具推动、反省意义的《谁来烹鱼》（1974）。②"论战"部分，增加了陈鼓应的《评余光中的流亡心态》，陈映真的《瓦器中的宝贝》，尉天骢的《什么人唱什么歌》，朱西宁的《回归何处？如何回归？》（节选），黄春明的《一个作者的卑鄙心灵》。③酌情删去两篇"论战"文章，两篇"反思"文章。④增加"附录"部分，收录繁体字版序言，论战期间及之后相关图片资料，以及20世纪70年代台湾文学论争与社会事件年表。

总的来说，为呈现"乡土文学论战"的前因后果及其影响，本书分为如上所述"先声""论战""反思""附录"四个部分，"先声"部分收录20世纪70年代初现代诗批判、台湾文学省思、乡土艺术三篇文章，"论战"部分收录1977—1978年集中论战期间的十一篇文章，"反思"部分收录1998年以来四篇回顾、研究文章，"附录"部分收录繁体字版序和相关影印资料、文学年表。本书选文皆载明初始收录和发表信息，如有收录作者作品集者，皆认其为编校依据。因历史、年代差异，除错、漏字外，部分专有名词、译名以尽量保留原作者之用法或以括号说明，便于大陆读者了解。

本书的出版，首先感谢台湾版编辑团队的授权和大力协助，林丽云、王智明、徐秀慧、任佑卿等师友的支持。感谢所有作者、家属的授权。感谢当年支持《夏潮》杂志创办的陈明忠先生和《夏潮》核心作者陈映应先生提供了珍贵的历史资料。感谢台湾成功大学台文系蔡明谚老师以及两岸年轻的助理曾嘉琦、黄意函，硕博士生邹容、王滢等协助资料收集、整理以及年表编订等工作。感谢中国社科院文学所登峰战略计划重点学科的资助，九州出版社周春认真、细致的编辑。

在"乡土文学论战"四十周年之际编辑这本书，包含了两岸师友们的共同心愿：为从文学研究角度深进台湾社会历史、加深两岸理解，提供可靠的文献资料和知识导引。

这将是我们持续致力的工作。

2020 年 4 月

目 录
Contents

■ 反　思

■ 附　录

先声

诗的没落

——香港台湾新诗的历史批判

唐文标

圣人不病，以其病病；

夫唯病病，是以不病。

——老子

前言：僵毙的现代诗

二十世纪不是诗的世纪。

其实，诗从未统治过任何时代，但它始终能以"超临万物"的外间人，"因事而异"的媚态，"锦上添花"的奴性，以及"万试万灵，最合文人口味"的代用品等等各种恶化身出现，像果然各种文化皆要仰其鼻息，帝王公卿、贩夫走卒皆供其使用一样。说深一点，它从未进入过任何事物里生存与行动，它在艺术中离人类最远，也未曾与社会及民众保持过血肉关系，宜乎到了现代，民众一脚就把它"丁"出去了。

真的，二十世纪的诗，说得好一点，像街道上黑角落的孤独宣道人，口里尽管上天下地，匆忙的二十世纪人根本不屑一顾地走过去。事实上，可能只是典当殆尽、沿门乞钵的告贷者，仅想借祖荫分配一些剩余罢了。从未有过一个世纪，不管诗怎样变换尽了形式，买空卖空尽了文学，耗费尽了诗人的苦吟，诗的表现仍是那么与一般人漠不相关，那么对社会无能为力。就谈到与其相关的各种传统艺术吧，一下子被来得太快、来得太多，甚至来得太好的 "美好新世界" 冲淡得全变节了。不只不再借用诗的外在来点缀，并且早已走得无影无踪，像建筑、像电影、像舞台剧，什么人、什么电脑也算不上他们与诗的关系了。诗独自留在屋角下发呆吧。确实，诗太孤独了。如果诗还有代言人，也不过是把诗当作业余消遣，甚至是见不得人的勾当。如果诗还有作用的话，也不过还剩余了分行的残壳，作口号的韵衣，和一点吊者大悦的回忆而已。今日的诗，还能在挣扎中真存一口气的恐怕只有广告牌上那最后的一种，不管贱卖的是 "色"，是 "欲情"，还是 "可口可乐"。有一点可肯定的是，它虽有成品，却永无顾客了。假使诗还想遮羞地说："呵，我是我自己，我超离一切而存在。" 它必然忘记了这句话根本无意义。存在了，又怎样呢？又有什么不存在呢？而这世纪用氢弹、用战争、用电脑、用抽象理论、用星际交通、用化学制成品……来测量、来算账，这个时代，人倾向官能享受的，向物质丰裕的，生命玩乐的，向光幻的、电影的、视听的，向性的，以至集体的政治活动。诗口惠而实不至，能有什么贡献呢？

不，它没有，而也罢了。但事实上它在历史上扮演着大骗子的角色，散布着麻醉剂。幸运地为文人们吹嘘，认为是能免百苦千灾的天堂而已。它本身无能，寄生在贵族和寒酸文人之间，代替 "物质缺乏" 的需要，点缀了某些空虚的惰性。往昔那些懦弱的知识分子，达则借重诗，卖身投靠，作为应酬奉承的工具，消遣了上层的闲暇阶级。穷则利用诗发泄自渎，以为倾吐出个人不幸的遭遇，便立言了。其实，二者皆借诗来逃避现实，他们不认识生命是硬邦邦的，一定要挺身而斗的。徒然的逃亡，避世之后，恐怕仍只有沉沦；逍遥在文字迷宫之内，恐怕仍只是坠落。而这些代用品常会转过头来，影响到用它的人，使他们尽在儿童乐园中打滚，不知道前面、外界仍有多少同伴。

确实，精神的麻醉剂的诗，它有不明确的言语，有不介入社会的倾向，它不援引道德的规范，又不凭借哲学的理解，它诉诸人类爱虚浮的感情——上钩的大可借此自骗骗人；它又有不沾人间烟火的外皮——人常因此满足了一些欲脱离物质囚禁的先天幻念。这世界还有些奇怪的假想，也是虚伪的道德主义、清教徒的臭气：欲望一定要禁制，用官能的表现是

"丑"的，用艺术的掩饰就是"美"的。二十世纪人摒弃诗，当然也因摒弃了这种为了物质匮乏而禁欲，这种为了保存社会秩序——就是保存帝王思想——而倡导形而上的逃避的教条。我们明白人的欲望来自社会，也由于社会不公而产生欲望。这个严重的问题不能以逃避现实的诗和宗教疏散到来生去，这世界有许多事根本不能升华到虚空的。从社会来的就必要由社会解决。而诗就一直想不涉足这现世，所以它也悬浮在一角。尽管二十世纪还有许多难题，当这世界突然发现自己已具足够的清醒，已藏有自足的物质条件，可以娱乐自己，而且，世界愈大，人类愈多，社会问题愈使人关注，需要人努力，闲暇的时代既然被一脚踢开，诗的清客作用，乃化为零，也毫不为奇了。

在欧美、在中国，今日诗还一样地为少数人迷恋。有些是遗老遗少，他们吸毒似的囚困在自己和文字之中，绕着自己的尾巴尽自打转。若这些人不自觉不知道自己在做什么，那么就让时代辗他们而过吧。还有一些未食人间烟火的少年男女，也许由于教育上的黑墙，他们会有反抗的幻想，这原是青春过渡期的面疮，我们相信他们会勇敢地进入成人的世界，接受这世界的挑战的。如果他们仍喜欢"诗"，那末去了解它并没有什么神秘。它的代用品作用不应存在，现世之外也无所谓美丑，诗的本身迷宫，如形式、声韵、典故……原是人为的，没什么可供钻营的。纯文学原不能存在的。体察诗的本来面目，健康的个性，诗所特具的美好经济的言语，和诗能对社会所起的正作用，如《诗经》所启示的，那么诗在今日社会仍可以有某些地位的。

但是，今日的新诗，已遗毒太多了，它传染到文学的各形式，甚至将臭气闭塞了青年作家的毛孔，我们一定要戳破其伪善的面目，宣称它的死亡，而希望中国年轻一代的作家，能踏过其尸体前进。

上篇　腐烂的艺术至上理论

要了解今日的现代诗，一定得从历史架构上观察：今日的新诗如此变形，则其胚胎何处呢？二十年来香港、台湾的新诗，并没有继承五四以来新文学改革的传统，反之，它却是蔓生在几个城市的奇种。真的，新诗没有在五四新文学那广阔的胸襟中自由成长，也没有在水流长远的民族风的传统中得到熏冶。港台的现代诗走着一条崎岖的路，它是一个太早熟了的小孩，一个由欧美战后加速发展的物质文明衍生的病态哲学，和在困居中那种闭塞和逃避的心理造成的"天才"儿童。它的成就是畸形的，偏向的，也可以说，前途无路，早该判死刑的了。

中国诗从《诗经》《楚辞》的优良传统，到了魏晋南北朝就遇到挫折，转成一个"逃避文学"之定型，寻且限死了中国诗的发展。六朝是中国黑暗的时代，政治腐败，皇朝兴灭频繁，不少知识分子受到帝王的迫害。社会上，其时江南富饶的大地刚经孙吴开垦，农业经济发展上有划时代的跃进。东晋南渡，挟其成熟的中原文化过江，文化马上发生不和谐的现象；当时江南的文化还是相当的落后，民众和一般士人大概一时还不能接受绮靡和老庄的学风。社会经济进步，国力也颇充实，只是文化未曾随同社会一同生长上来，而有一种硬加进去的不协调现象。这形成了社会的隔膜，加上其他种种政治、社会、思想的缘故，南朝诗乃走上一条形式主义的自我囚禁之路：玄理、咏物、拟古、山水、声韵、宫体等等；这些几乎全是文人诗，不外从"露才扬己……虚无之语，皆非法政之度"（班固）到"气之动物，物之感人，故摇荡性情，形诸舞咏"（《文心雕龙》）而已。事实上，当时的知识分子，只有两条路，一是逃避社会，苟存性命于乱世，如陶潜；一是忍辱入仕，或佯狂，或寄情山水之间，如阮籍、谢灵运，这二人真是"使穷贱易安，幽居靡闷，莫尚于诗矣"。他们的诗，多是隐晦的、逃避现实的、个人的，甚至没作用的出世思想之诗，这也是旧诗的主流诗风。

五四文学革命本意在改易这些诗风。自一九四九年以来，中原人士南迁港台二地，致力发展经济。然而文学上仍是老作者凭吊过去的作风。一九五六年以后，局面大易，外面是朝鲜战争结束，世界和平苟安一个时期。内面，人心较前安定，行有余力，则以学文，年轻一代作家也在炮火中成长过来。于是诗刊杂志如香港的《文艺新潮》、台湾的《文学杂志》《文星》都相继创刊。报章副刊也拨出相当的篇幅来登新诗。一时，作家诗人风起云涌，直至今日。十五年来新诗社、诗刊、诗作、诗选、个人诗集之多，和私人自费印行之盛，在文学各部比率无疑第一。固然，由于白话诗是青年人接触文学时最易上手的一环，但是诗以迷离仿佛的语藻、锦衣绣服的软壳、可解不可解的句法、"非关书，非关理"的别材别趣……形成种种逃避主义的遮眼法，也是事实。于是在当日"艺术至上"的报刊推波助澜下，新诗遂走上今日这条山路。

当时的主张是这样的：

> 新诗作者之所追求的，乃是一个纯粹的、超越的和独立的宇宙之创造。
>
> 无所谓"意思"，不需要"解释"，然而是诗，是真正的新诗，有某种东西，味之甘味，饮之清凉，透明而又深远，唯高级的心灵与之相默契，从而获得一种精神上高度的享受，不可言说，比什么都过瘾，它是少数人的文学，不是大众化的，它是艺术品的一种，不是供实用的。[①]

再看这个自白：

> 现代诗常将主题团团围绕兜了半天圈子，结果仍不点题，不了了之；但这并不是偷巧，这正是现代诗独到之处。它以空灵的意象堆成七级浮屠，看去通体晶明，不着纤尘，但又教人猜不透里面供着什么神祇。而诗中最高的一层境界恐怕也就是空虚呢。[②]

这不过是"艺术至上"论调中的几个例子罢了，同时代或稍后的诗刊，如抒情诗派的"南北笛"、超现实主义的"创世纪"，也有这些论调。在香港，《文艺新潮》于一九五六年三月创刊时的发刊词也写着：

> 我们恢复梦想，也许在开始，我们只想一片小小的净土，我们可以唱一些小歌，讲一些故事，也可以任意推开窗去听遥远的歌……我

们要重新观察一切的世界，我们要求一切灵性的探求者，在这里立住脚……理性和良知是我们的旌旗和主流，缅怀、追寻、创造是我们新的使命。

汇集这一切，可以见到当时台港文坛的所有活动分子，都在努力去建立海市蜃楼式的艺术王国。但其重心，我以为仍在夏济安主编的《文学杂志》（一九五六——一九五九）。在《文学杂志》第一期《致读者》上，夏先生写着：

> 我们希望我们的文章并不动乱，我们所提倡的是朴实、理智、冷静的作风。
> 我们不想逃避现实，我们的信念是，一个认真的作者，一定是反映他的时代表达他的时代的精神的人。我们不想提倡"为艺术而艺术"。

字面上，他主张的是"为人生而艺术"。但事实并不然，尽管他未打起"艺术至上"的酒旗，然而"黑店"内还是标贴着"文学有它千古不灭的价值在"。什么价值呢？在同期第一篇文章——《劳干先生的〈李商隐燕台诗评述〉》中已有了说明：

> 艺术诚然不能脱离人生，但通过艺术的技巧来表现出来的人生——是经过夸张以及改造的，决不会和真实的人生，铢两悉称。所以艺术就是艺术，从艺术的角度来表现的人生，仍然是艺术。

是的，他们谈的仍然是"艺术"至上。翻开第一期的内容，你看不出他们活在大战乱之后，看不出他们安身立命的社会，甚至看不出他们的生命目的；他们过的仍是当年士大夫的优游生活，他们就是新一代的有闲阶级③，偶尔地相濡以沫。他们的文学，是嗜好的，而非需要的；是赏玩的，而非合成一体的；是小摆设的，而非可运用的；是装饰的，而非生活的。

他们甚至连发泄个人遭遇，也压了下去，中国的过去大可以不谈，未来吗？生活下去就是了，不必为什么。有闲而苦闷，但又不欲正视现实四周。他们的文化修养，是自以为和当时社会相异，而又不欲和社会十分混杂，他们需要逃避，遁到一个书本上的艺术世界中去：

> 这里环境十分幽静，从窗子望出去，一片静穆，即使有人路过，也像模模糊糊隔了一个世界，不足以扰乱宅内的宁静。这一地方，离开村子不远，又如此僻静，正是适合于牧师的住宅，牧师先生不能远离人群，所以他虽结庐人境，他生活的周围似乎罩上一层明暗夹杂的幕，其神秘不是凡人所能窥测的。（第一期，五十八页）

无疑，这是夏济安所好的，我可以说这也是《文学杂志》的基本趣味观。中国人的避世也常是如此的，如阮籍、司空图所倡导过的那样；但中国人文式的"艺术至上"的传统，却使他们从不会全心全意地追求一个绝对的艺术。传统的文人几乎全具儒、道二种个性，有功利的名心，但又自封于俗众之外，文学于他们是雕虫小技，不得已而为之。所以在中国，原则上是没有"为艺术而艺术"的。但对生命的逃避，自耽于物，不管是隐身以待命，或是忍辱入仕，阮籍和沈约是一样的，对后世的影响"为害之巨且烈"，是不能推辞的。夏济安的《文学杂志》，在当日无疑类似古代的隐居之士。他们的爱好属于欧美古典文学那一派。静态的，非激情的，反浪漫的；他们反"反理性"，好以士大夫自居，为士大夫辩护，中国那些"没有"知识的"下等人"，他觉得很野蛮④。他们属于清高的英国绅士者流，也追随着古代中国士大夫形态，他们独善其身，维持一种清教徒的道德。（例如《儒林外史》的秀才，《老残游记》的清官。）他们的官贼的观念分明，忠奸的思想早定，所以他们倡导人性，如《水浒传》不成"杰作"，就在"只指出不人道，未曾加以否定也"⑤。事实上，他们倡导的人性，犹如他们会欣赏的"社会众生相"，其实只属于书本上的伦理，且也是以古代士大夫阶层的立场"俯视"这世界所得到的观念。正由于一切与他们无关，他们方能肆言艺术如何崇高，诡论道德如何抽象，以至文学的永恒不灭价值。其实，他们不过是新一代的 "文化买办" 而已，凭借外文能力的高强，理论的洋化，于是便可以向中国大贩卖工业时代的文学鸦片了：今日的波希米亚式（Bohemian）的玩艺，例如 "摇滚乐" 啦、"新批评" 啦都是……他们所关心的只是全书的意象如何，形式是否发挥，比喻是否一贯，结构是否严谨，用字是否脱俗……他们不曾想到这一切为的又是什么。作者为什么要写，他是不是在控诉什么？指出什么？作者处的是什么时代？他个人的社会背景又如何？他们不会问的，因为问这一个问题，一定牵涉其他，要追问下去，便要涉及他们自己的、社会的，以及其他相关联的整个地区问题、国际现势，等等；然后必然因为推及文学是属于历史的一部分，而要 "血浓于水" 地去扣紧社会。他们不谈这些。他们就是不要谈。

若一定要说说，那么，他们又要新的迷眼法了。他们借到了 "抽象" 的永恒人性来代替，所以一定要谈宽容、谈永爱、谈人道。以一堆一堆童话故事里的社会或神仙的表现来囊括天下，强调有真的永恒不变的人性，有普及四海而无历史条件的爱心，而自己又有超脱一切、拥有纯粹的绝对经验。众人皆醉我独醒，唉，这世界仍有这一种金属人。在讨论传统文学时，他们也不谈及当日在封建帝王社会下，甚至在帝国主义侵凌中，占大多数贫穷的、受压迫的，但同时是我们的祖先的人，是否一直生活在 "历史的扭曲、经济的匮乏、贫富的不均、政治上不是以国民为主" 等条件和人为的灾祸之下。武王可以吊民伐纣，一怒而安天下；大多数贫苦的祖先、民众也有权愤怒、有爱，但有更多怨恨。然而在这些新文学作家诗人中，却不断宣扬一些佛教、基督教的道德，把小恩小义、懦夫的怜悯、弱女子的泪，美化成为普遍的人性。他们不会明白有大是大非，他们不大明白历史上祖先对极权专制的痛恨，对国族存亡的固执，因为这是新批评中不能写的一章，泛爱主义不敢谈的一页，他们不要知道 "徂厥亡出执" 的心情、"时日曷丧，予与汝偕亡" 的悲痛。他们的理论中，原在 "作品不用什么意义，只有文字写得好不好"，他们的人性论，恐怕不外是鸡尾酒会上，绅士淑女的人性罢了。细心一看，其实是由逃避现实的观点出发，在特殊的文学气候中，不要过去的文学社会历史，随便穿上一套 Made in

USA 牌的塑胶狼皮来吓人。归根结底，这样的文学仍是为"艺术而艺术"，生活在我们的时代外面的。

其实我们可以从夏济安的批评中得到旁证。像《文学杂志》一卷二期的《评落月》一文，可能在欧洲美国，或十三世纪的中国，成为"杰作"。但在五十年代，唉，恐怕只有助纣为虐，鼓励青年写逃避文学的作用罢了。《落月》是一本消闲小书，无甚值得评的。它谈到一个女伶，偶尔的悲欢离合的没作用的生命。夏济安的批评，谈什么呢？他只斤斤计较：多作一些心理描写，多用一些照片，月亮的象征，意识流，语言怎样了，叙述太多了，结构太松，应学习一下现代诗，音乐的结构之类。依此看来，这是什么样的小说呢？一本中国的《德莫福夫人》？还是亨利·詹姆斯的《啼笑姻缘》？时代向前狂奔，张恨水、张爱玲们这一类小说，后人看来不过是一小撮被时代淘汰的旧人物、怪现状罢了。正如国民革命后，某些遗老余孽在上海租界留辫子、吃鸦片、蓄妾等勾当，对我们世界的历史形成是无甚好处的，一个死定了的封建制度怎能复活？又何必留恋？夏济安的批评究竟想说什么呢？

若真的要谈《落月》，自然也可以。那么且谈谈女主角如何被迫（或被骗？）走入戏班，而戏子这一个特殊的社会阶层，如何受社会的误解及歧视，戏班里有什么黑暗和以老欺少，一个伶人，在抗日这样的伟大革命时代，又如何做一个"平常"的，但是"中国"的一个人，她如何反抗或不能反抗，而加之她身上的压力是属于政权的改变，还是社会的动乱……夏济安没有问，似乎他并不对作书人的微言大义有兴趣，书中内容和好坏无关，或者还以为写作方法就是内容了。这是什么的批评呢？好，即使说"悟"吧，在王昌龄那首《闺怨》中的"悟"，分明是诗人婉转地"反战"："悔教夫婿觅封侯"，是在唐代诗人反对帝王无理地侵略他邦，言婉而讽的伟大的反战传统（古来征战几人回，一将功成万骨枯，"三吏""三别"……），这是何等的一种人道伟大的"悟"呢！而夏济安说什么？他不看看王昌龄的诗，及其他同时代诗人的反战诗作，他只看成内心和外界的动作，真的"这叫我失望，这种话何必说呢"？如果有一个人突然悟到以前守贫乐道之非，而立心以后奸淫邪道，见人就杀，不知道这些"悟"

会怎样，悟就是好的吗？悟一下就可以成为好小说吗？唉，这种批评只会带给人家什么路呢？在士大夫玩艺主义立场，耍耍文字游戏，发泄一下个人欲念，说一下无关痒痛、不识大体的话。坦白说，这是文学中最坏的逃避主义。

若这只是他个人的趣味，也罢了。我们可以蔑视这类中产阶级知识分子的畏首畏尾、躲入形式文字的黑洞内号称帝王的作风。但他主编《文学杂志》，而且不断在卖他的狗皮膏药，推荐译介一些西洋玩艺作风的文人歪论，并且在港、台造成一股瘴气，阻碍人怀抱社会的良知，扭曲人接受历史的责任。而一些懒惰的作者、一些未经"人道"的青年，竟引以为定论，转成创作的引媒。一言可以丧邦，我们不得不站到亮处，予以批评。确实，这绝非巧合，同时的潮流所趋，《文学杂志》在上面倡导了媚世文派，琼瑶之流作家在下面洒其"烟雨蒙蒙"之迷药，港台文坛遂变质了。我们批评《文学杂志》，只因我们痛心他们供应了"逃避文学"的哲学背景，使一些刚入世的兄弟借艺术的逃避，拐歪他生命的正确方向，褪除他的社会性，蒙蔽他对于国家民族的介入责任。传统文学的美学，原本有孔子、《诗经》的健康的立场，但六朝以后，《典论·论文》《诗品》《四声谱》之类启端，其后司空图《诗品》《沧浪诗话》，以至七子、《随园》，他们在封建制度的意识形态下，建立了一套逃避艺术的美学，遂使历代文人，终老是乡，永不思返。古典文学乃是贵族文学，我们必须批评地去接受这些遗产。但我们更应仔细地检讨这些古代批评理论，指出它们不能再沿用于今日的地方。为澄清今日文坛由新诗而引起的乌烟瘴气，实有全盘批评《文学杂志》的必要。

从这里看来，新诗确是今日港台文坛最腐烂的一环，如果说中国文学有两个生命环圈，第一个从诗经开始，经过屈原的转向，到魏晋六朝的彻底改形，一直到清末革命，五四运动方使它正式告终。"五四"开始了另一个生命环。因为它精神上"外抗强权，内除国贼"，实质上判死了形式主义的文字、声韵、封建思想、山林主义等等，而建立了全民的、自由民主的白话国民文学。文学不再在几个贵族士大夫手中玩弄其文字游戏。辛亥国民革命以后我们平民享有人的权利之后，不用像过去那样再生活在帝皇暴政和没有个体人权之下。文学也如此,经过了五四运动,我们已醒觉到文学不会再是士大夫们的特权。而新诗最值得批评的地方就在这里,它妄想再如帝国时代的特殊阶级的玩物。一九五六年后,台湾诗坛开始了一个所谓抽象化的写法和超现实的表现。言语上要其俏皮,形式上玩弄花招句法,思想以逃避为宗,内容题材却装扮超脱、潇洒面目,新诗愈走愈死,成为人多不懂的怪物。但有一小群诗人惯于走江湖,卖假药,到处滥售,开讲习班、朗诵会,在一连串诗的攻势和知识唬骗中,初入世的青年每迷惑诗的大名、花花绿绿的欧美名字、似是而非的"大帽子"主义、扑朔迷离的禅宗文字,而糊涂起来;这种心理,我们同情。然而,我们必要严正指出,避世文学、无社会良心的个人呻吟、发狂诗句,以及其他受到新诗腐烂影响的文学,都要一一予以扫除。我们要在创造改革社会、认识民族历史的基础上,来建设我们的文学,开发我们新的诗。

下篇　都是在"逃避现实"中

批评的偏见与偏见的批评

对一些没有历史感、祖国爱、社会关怀的人,无论是作家、诗人、艺术表演者,生命对他们不外为逸乐、负担和逃避。我们不必跟他们谈理,借用他们爱用的口头禅:这类人只配给以一记"当头棒喝"——虽然这会惹起大量死亡,但也许还剩余些清醒者吧。

做人及政治上的无能症病患者,必然会又搬出一大箩唬人自迷的抽象话、个人兴趣、专门学问、世界主义、艺术完美、永恒人性、人类命运、失落、焦虑不安等等强心剂式的借口,作为他们的塑胶面具和尼龙防空洞,然后躲在下面自虐。唉,就让这些吸毒的人去寻他们永恒的"兽"性吧。看,包围我们四周的社会需要我们扫除障碍,迎面来的历史等待我们的投入,我们不能向后逃避,国家大事已吸引了我们全盘的关注,我们花费不起任何的"个人兴趣",而人性又怎能单独存在?怎能只在个人内心寻求?不由历史激撞,未经社会冲洗,则人会是什么国度的人呢?所谓永恒的人性，在他们逃避者的口里，恐怕只沉淀出最无知、最原始的动物性本能罢了。例如在殖民地之下，暴徒占领区内，对他们身受悲惨生活的无职业流浪的工人、不发育的童工、受压迫的知识分子……作家诗人若绝口不提，转身妄议无古无今的人类命运，岂非自欺欺人？个人若果有失落、不安等焦虑，那么，一定因其本身与社会或历史的错误关系所产生，亦仅能在他安身立命的社会寻求治疗的方法。徒然借用文学的鸦片作用，寄托到诗句中作某种幻想的补偿，又与酗酒、手淫何异？满足官能上的发泄，唉，也罢。然而，仔细地再想，很可能同时还有与我们遭受一样的迫害、一样的错置的兄弟姊妹，而他们也许竟是我们自己的子孙，我们该怎样办呢？是希望他们过更好的生活，更有机会正常地发展？还是如我们一样，朝夕地逃避，眼睁睁地看悲剧重复又重复？幸福若今日我们不能争取，明日会从诗中、小说中走出来吗？知识分子在今日时代确仍有带路的责任，亦担负了牺牲的任务，这是我们的时代良心。我们就在这点理由下，批评今日港台的新诗，指出它们的逃避与懦弱。

十五年来台、港的新诗

一九五〇年前后港台的新诗、文坛，大都面临着一种缅怀、痛惜检讨的局面；而作家仍是过去的新文学的老将。诗的酝酿虽久（如纪弦的鼓吹），但还得等待新一代的长成来接班。一九五六年《文学杂志》的创刊，时间配合得很好，它笋接上了在二次战火中度过童年的那一代，战后的第一班青年。《文学杂志》的温床本来可以培养出更健康的一代，可惜由于种种心理偏差，竟收获了与当前社会无血亲关系的艺术至上的态度。难怪夏济安在一九五九年三月去美国前也自觉地写了一篇《致读者》（三月号）说：

> 我对中国目前文坛如有什么不满，那就是若干"逃避现实"的倾向。

逃避现实的现象，当然不始自《文学杂志》，但它的吹火煽风作用，无疑加强了它的坠落。真正推动的却是当时差不多同期独立创办的几个诗社。较重要而且相继自印诗刊、诗集的是三个诗社：（甲）主张放弃旧的，为新而新的"现代诗社"。（乙）浪漫的、贵族的、山林文学的"蓝星诗社"。（丙）破坏的、达达主义作风的、带反理性的"创世纪诗社"。它们争吵，相互影响，以及混淆在一起，但我们仍可辨别的。而十五年来的诗史，也在它们各方向的逃避现实中写出。它们皆属同人诗社，写诗乃业余行径，很少职业作家；它们也很少写理论文章，除非与人笔战；事实上，它们初期的方向和对诗的认识，也由笔战中来。新诗最大的二场笔战，一是内讧的，一九五七年秋，现代诗社和蓝星诗社的遭遇战，现代诗社以"知性""反抒情"对抗蓝星诗社的"浪漫""唯美抒情"⑥。现在看来，这场论争决定了以后更晦涩的逃避作风。例如下面一类的句子，现在绝不会出现在余光中、罗门的笔下了——

> 而现在，当我仰卧在金色禾墩，/成熟得浑圆的秋使我嘴馋；⑦
> 要不是妻子紫罗兰色的笑，满屋子绿色的诗叶，画树与乐林/我的心是无法寻路回到蓝色的海上去了。⑦

另一场是一九五九—六〇年新诗的难懂问题。邱言曦、孺洪、苏雪林等在报章副刊中大肆攻击新诗的难懂（晦涩）及不及旧诗之处。新诗人在《文星》《文学杂志》《创世纪》等上反驳，一时颇惹人注意。这场论战确有将新诗大众化的宣传作用。事实上，当时新诗已经定型，黄用、林冷、方思、纪弦已写完了他们大部分诗作。余光中、叶珊、郑愁予、洛夫、叶维廉已决定了他们的"风格"，痖弦、马朗、秀陶已完成了他们集子的一半。由于他们控制了大部分诗刊和流行的文艺杂志，青年遂看上了他们的诡辩：

> 一切艺术贵乎独创。……思考内容与审美观念之全面革新。……现代文艺的特点之一便是反理性，然而，不同于十九世纪初浪漫主义的滥用感情以致陷文学于感伤的，是我们所持以反理性的，不是个人感情，而是经弗洛伊德与容格分析过的源于被压抑的欲望或是全民族的记忆之潜意识，一种先于文明，超乎道德，且充漫于人性之中，弥

漫于人性之中，弥漫于理性之外的原始感，一种反对理想主义之天真与浪漫主义之自怜的醒悟。⑧

　　理论上，新诗人就在这儿拐弯，他们指出诗可以是"被压抑的欲望，全民族的记忆之潜意识"，只是他们未能表现它。反之，他们以为自己那种未被完全压抑的，甚至理性的人世"欲"望就是诗的素材。所以余光中常写孽恋的爱、妻欲、放逐与怀念、游记和狂想等等；洛夫惯叫嚣着宗教、兽、情欲、死亡、血等。但是一个人怎可能将"被压抑的，潜意识的"情感终日挂在嘴边？这不过是以广招徕的逃避现实的指标罢了。事实上依容格及弗罗伊德谈及人类怎样创设社会、文化来压抑"个人"，我们能否完全摒弃社会文明来恢复"原始感"？而在目前，被压抑的"潜"意识远远比不上被压抑的意识，也因为意识在社会受到压抑，诗人才寻求内心的"潜"意识，才要逃避，这正是弗洛伊德所说的"避苦趋乐"之原则。因此，这种心理下，恐怕只不过是加写一套"神经错乱的历史"罢了。
　　另一点就是新诗的"难懂"：

　　　　诗之所以难懂，其本身带有奥秘是一个原因，所谓奥秘是来自诗想象的本质，是结构上的，内在的必需，而非外在的炫烁。
　　　　纯真的诗意是不可言传的，"欲辩已忘言"的东西，想用世俗的语言将它表现明白晓畅，倒恐怕只好做假了。⑨

　　形式主义到后来一定抬出一件无坚不摧的法宝——"神秘论"，正如宗教中的万能的上帝。逃避现实的文人确也把诗拜成宗教，然而，退一万步说，这种麻醉式的个人救赎，又有何用？既然全世界人不能皆成诗人（否则，诗就不该难懂了），诗人们自封成一小群被挑选出的选民，翱翔在艺术之宫，与这世界无关，这世界不爱他们也是显然的了。他们推崇的"追寻已远"的诗意，事实上正是不可捉摸的两面刃，最先杀死的可能正是诗人，不管他们逃避到哪儿去，一定发现里面空洞得可怕的，是毫无一物的艺术！"我听到年轮旋转的声音"⑩，听到了，很好，又怎样？"没有眼泪之前先有了泪"，暗示出了人类的悲苦与生俱来？很好，但悲苦还在吧？谈了几千年了，还要再无力地明说暗喻另一个几千年吗？他们不会想到悲苦为何而来，将到何处；能暗示一下血、泪、死亡、悲苦、失情之类，他们已满足了。他们浅尝即止地、无能探索地、不负责任地接触种种思想。诗是港、台诗人的遁逃薮。他们会说："以诗的悲哀征服生命的悲哀"，"写诗即是对付这残酷命运的一种报复"⑪。残酷？悲哀？我瞧不清诗能怎样报复它，除却逃避，除却发泄。诗人不肯思索命运上、社会上、人的遭遇是不是可以克服的，而且也不了解那是必须克服的。写诗可以，但最少应如《诗经》般跟它来个面对面的摊牌、算账，绝不容许只来一个自溺的五言八韵，咒骂几句不关痒痛便算痛快了。但是诗社中一直是这样找借口的：⑫

现代诗最大的特征是对传统的叛离。⑬

反抗传统，原为每一代的任务，问题在怎样地发扬和摒弃传统。新诗叫出和实践的口号却是最错误的一种。他们写：

下五四的半旗。
反抗传统中社会、道德、文学等旧有规范。⑭

五四是自发性的民族爱国运动。精神上反抗封建的愚民；行动上要求直接参与社会和政治，借形式上的改变来解放民众的思想，使他们自由地享受人的权利；文学上将生活和思想联结起来，不再使用不属于社会生活上应用的死文言。五四的控诉是直接的、全民的、现代的。但是我们的现代诗要革什么命呢？事实上它的叛离只是一次毫无理想的、个人的、非作用的、内心逃避的表示而已。由开始到结束，它的行动是反社会、反进步、反平民、反生活、开倒车的行为。流毒所及，以致其他艺术、小说、散文，皆染上其颓废作风、雅不可耐的自洁，以及世纪末的青年沦落行为。一切一切，正揭露了一九五六年以来玩艺文人的气候。外面是冷战方酣，国际扩军，朝鲜战争刚结束，而越南、中东、北非普遍不安。二次大战似仍在进行。生在一个和亲时代⑮，一时看不到出路；个人苦闷，但又不敢穷搜现实根芽、思索社会症结；他们不能发之于外，只会向内心藏匿，在抽象名词和"虚渺的境界"内自满。另外，既然历史上他们不要追溯上去，他们只能向西方乞借一些剩余。（事实上也这样，文化交流中，一方所接受的正是他方所已抛弃的。如西方之于禅，东方之于超现实主义，及存在主义。）东凑西拼，总之目的是逃避现实，以为艺术可以超脱世界，代替生命；他们保有鸵鸟式人生，他们之于诗愈溺愈深，乃至疮破毒散，不可收拾。进一步看，当日诗主流的三社，其实各有它们不同的源流和社会阶属，它们的逃避方式因也各异。"现代诗社"起来最早，大概是"小市民"居多，他们寻求一种非作用的形上的游戏；原来诗从胡说来，他们的逃避是要新，全盘地否认旧。其次"蓝星诗社"，可说是学院派的，他们是台湾的波希米亚人，今日的士大夫贵族，他们对诗纯是玩艺、文字技巧内的享乐，西方知识上的炫耀；他们反叛历史，他们以为自己是选民，他们残存着士大夫个性。"创世纪"刚相反，他们从历史中来，他们大都是新徙移的一群人，但他们的社会较特殊，对普通人的生活形式有点隔膜，所以他们反抗社会的约定俗成，借西方的利器、异国的情调来作现世的逃避。⑯

让我们击进他们的茧内，看他们蠕行的异态。

甲 个人的逃避

"王事靡监，我心伤悲"，"心之忧矣，我歌且谣"；在《诗经》中，诗是直接的挑战，它赋陈其事，表露对社会之批评。"春秋之后，因道寝壤，学诗之士逸于布衣，而贤人失志之赋作矣"。（《汉书·艺文志》）屈原的《离骚》乃"私家诗"起始，但它仍有优良的民歌传统，它的个体仍内涵在楚国社会之中。两汉之后，魏晋六朝政治黑暗，诗乃文人自我放逐后的王国，中国诗乃向后转成为文人诗，"诗言志"变为"忧生，诉苦，怨祸"；政治不良，逃避现实，阮籍是当时的代表，"虽志在刺讥，而文多隐避，百代之下，难以情测"（颜延之）。《诗品·序》亦有云：

> 凡斯种种，感荡心灵，非陈诗何以展其义，非长歌何以骋其情。
> 故曰："可以群，可以怨。"使穷贱易安，幽居靡闷，莫尚于诗矣。

诗"可以兴，可以观"的意义腰斩了，改换了发泄的方法，美其名曰"寄托"，美其名曰"感慨"[17]，既能发泄个人心头苦闷，又自欺地说已尽了言志的责任，甚至有立言不朽的可能：因此它不但暴露出知识分子懦弱的本性，纵容了封建王朝的专制作风，与一般百姓无关，且欺骗了下一代的知识分子，弄成恶性循环。于是，历代遗老遗少争相走入这个自伤的小圈子内，共洒所谓新亭之泪，满足一些个人哀愁，以后就不用管了。这种封建时代的代用品，其实在早期新诗还是存在。宋刘挚诚道："士须以器识为先，一成文人，无足观也。"因这些无用文人，"如王钦若辈，闭户诵经，赋诗退虏者耳"。（朱舜水语）如此，这种个人的感慨，实是诗的没落中最原始最基本一种。新诗中，叹息个人的失志逆意，甚至于失恋、性苦、困居等感情比较真切及单纯，但世界也太小了，好像人世只有"过去"一样：

> 曾经是熟悉的
> 我如今常为它曾是熟悉而颤栗。[18]

> 遗落的山水曾在你漠然中焚烧
> 谁都向我说尽无意义的言语了。[19]

个人的顾影自怜的伤悲，时代的落伍者，他们不能有出路，诗中也必然呻吟着自暴自弃的失败主义。

> 我已安于被统治下的和平
> 因我熟知那种肯定。[20]

逐水草而居，牛羊逐水草而居。

且安心地追随众人逃荒吧！②

这些诗、这些诗人是没有希望的，是社会进步的渣滓。诗不是巢，而是他们绝望的死巷。事实上，新诗中纯感慨诗并不多，影响不大；究竟以自己情感作祭牲的人很少。也许他们并无意在诗中寻逃避的出路，他们夹在逃避与现实的中间，诗于他们是自虐与回忆，而非乐趣。然而历史排山倒海而来，他们能逃到何时？避至何地？若不是隐姓埋名，与草木同腐，必然要挺身格斗，与过去告别。

乙　非作用的逃避

最简单的逃避乃是小市民式娱乐性的逃避，不带任何作用指向的文字游戏。"无所谓之意思，不需要解释，然而是诗……它是艺术品的一种，不是供实用的"。（见上引）

它是一种很高深，很纯粹的艺术。

诗人歌唱，读者静静地听着，这就是真理的一切了。②

这类诗当然不能谈内容，可能是惊愕，大半为"无理取闹"，是《红楼梦》所赞美的诗原从胡说中来的"胡说"。诗人们"主"的是荒诞的、奇诡的"知"，"抒"的是纯个人趣味的"情"。像纪弦的 *S'en Aller*：

除了离去，

还有创造、出发、Vouloir 等等

这些都是不规律动词

所以美

或：

今天晴。擦亮照相机的眼睛

拍摄梵·谷诃的向日葵、罗丹的春。　　　　　（杨唤《日记》）

受广告牌所感动的，它的存在就如此；也许能包含了若干乍见时的快感，但看完即完（只有供看之用）。历史上这种纯玩乐性的"新"也在各时代显现，如中国的回文诗、滑稽诗、缺后诗、打油诗之类，西方的胡闹诗（Poety of Nonsense）供有闲阶级在吃饭、拉屎、性交之余，消遣时间。新诗后期之圆圆调、××调以及绘画派、晋乐派诗，更是其中最恶劣者。如：

车·车·车

击鸣了。

　一九六〇。乃

　牧羊人的眼　　　　（林亨泰《车祸》）

孵育着

　孵育着

　　孵育着

　　孵育着

孵育着　　　　（碧果《水》）

这些图案化的文字游戏，却又能排演什么猴儿戏？在民众还未拒绝读它之前，恐怕作者也感到它的绝路了。

丙　"思想"的逃避

脱离社会的逃避，有一小部分诗人，就滥用"思想"上的名词，夸大他的不实际的感情，写一点来逃避历史上的政治黑暗时代。文人隐于山林、遁为僧道，口中谈些玄妙的东西，猜哑谜的语录。魏晋六朝时期的清谈、游仙、玄理派的诗皆属此种逃避。他们无勇气革朝政，又不肯自降做个世俗人，闲居无聊便以群坐谈玄，老鼠一般地磨牙，说些为玄而玄的话，便以为可以逃避知识分子的责任了。这种诗在古代知识分子间很流行。知识分子之于思想，有其惯性的依赖。一般文人、艺术家的哲思不外是三流乃至九级的陈旧意见，以百衲衣方式织了再补而已[23]。他们且不一定对这种意见了解，他们就死在那些意义的名词的焚烧之中。从不会追问这些名词的背景、社会意义，及流行的缘故。其实，他们也不过在玩弄那些名词。在诗中，这些意见的名词成为机械的呻吟，成为固定的反应方式。台湾新诗中这种逃避甚至比不上玄理诗那样逃避于思想中；新诗不过借用它的面具罢了。

洛夫代表了这种逃避。他的思想之单纯而乱，语句之重复而杂，活像一个现在的纽约城一般，虽然有高楼，有艺术宫，但却是一个充满穷人屋贫民区的大城。从《灵河》到《外外集》，从婉约抒情到所谓"现代"精神，其实皆是《创世纪》以来的"大浪漫"，他的诗全钉死在几个重复使用的"意象"上，试看下图的统计吧[24]：

其他	辛 女子嬋	庚 笑	己 淚哭	戊 舌唇	丁 目眼瞳	丙 夜	丙 黑	乙 白壺	乙 月光	乙 燃燒	甲 宗教與神	甲 太陽	甲 血	甲 死	類 / 思想　名詞
常見的字有：慈、望、尸、肉、痛、盲、怒、傷、花、病等等	一二首 二〇%	一〇首 一五%	一〇首 一五%	一二首 二〇%	三六首 五六%	一四首 二二%	二〇首 三二%	一二首 二〇%	二三首 三五%	一〇首 二五%	一八首 三〇%	二〇首 三一%	一五首 二三%	三四首 五三%	石室的死亡（共詩六十四首）　書中出現的首數與比率
七首 一八%	七首 一八%	五首 一三%	八首 二一%	八首 二一%	一三首 三四%	九首 二四%	七首 二一%	一三首 三四%	八首 二一%	一四首 四二%	二首 二一%	一六首 四二%	一二首 三三%	一七首 四四%	外外集（共詩三八首）
荷花還存在是一種慾望⑨	（女子毒辣死過女人之目⑭姊妹門摸出一些愛⑯）	把笑揉押得並不發單純④	我幽繼哭喊呼盲樾的眼字③	枯焦的舌炎舌炎戲弄的唇⑪	我盲童的眼（盲字亦頗常用）	初夜吃剜的一夜身女色⑧	黑色布支流①黑蝙蝠②黑豔②黑凉子黑眉⑳	如光之白熄伏向夜腕⑥	被光如焚燒的悲髮月光中⑦	燃周身噉十字架釘⑩諸神接納	十字架釘⑩主接納	血與釘血流站起來⑭血是我	遍種死亡用法舉例⑬血日與釘鐵死⑫馬槽死⑳	血與釘血流站起來⑭血是我	石室的死亡（頁數）及外外集（頁數）中特別的死亡用法舉例（此處未將太陽、死完全不同）	用法

从这小统计表，可以补充一些说明。在同一首诗内，尤其是长诗，这些"意象"名词大都一网打尽。例如：《外外集》中《我的兽》一首，就连用了：兽、舌、唇、瞳、夜、神、尸、怒、杀、哭、女、血、泪、花、白、死、黑、光，且有重用的。《外外集》内仅有四五、四七、五九数首未用过这些字。我们只能结论，洛夫就在这几个字所造成的风暴中，钻他的牛角尖。想想：

（子）在《灵河》早期诗集中，似乎这些字绝无仅有。但走进一看，他根本未改变过，不过是将"美丽""黄昏""爱情""风雨"等等本质留下，将软体的用法都卖给"婉约派"，改用流行的唯丑主义文字，换言之，反浪漫者也是浪漫派㉕。

（丑）统计表中未列入。他的诗几乎全是主观出的，所以每首必"我"，无诗无"你"。亦即：他的诗只是一种叫喊，空洞地以声音装姿态。而他的叫喊皆集中在几个相当"浪漫"用法的字眼中，他的诗一点不"新"，绝不"超现实"，我们甚至怀疑他的诗只是"意象之繁复"及"技巧之变化"㉖。而意象的繁复只是一些长期收集的奇诡文字的堆砌，技巧的变化只是不顾诗中意象的发展和一首诗的完整，乱叫乱跳。《石室的死亡》是非常坏的诗的形式，每一首限定二段各五句。例如用三十一行的《致 A.卡西》改成第三十七、三十八两首之类。在"我们的心灵得到完全自由"，"恢复了原始的独一的我"（见序）之后，写诗能只限定二段十行？这么一来，也大可采用传统的五言八韵，何必新诗？例如《石室的死亡》的第一首㉗。简言之"我看见邻人裸体来反叛死"，"有一条黑流（欲？）咆哮过他的脉管"，"我的目光在石壁上凿成血槽"（以上第一段），"我的面容展开如树"，"树在火中成长"，"一切静止，只眼睑后那个瞳孔仍移动，而且移向人所怕谈及的方向"，"我是株被锯断的苦梨树，在年轮中，你听得见风声、蝉声"（第二段）。意象上是"裸—死—黑流—脉管—怔住—目光—血管"。第二段是："树—火中的树—静、眼睛在动—向一可怕的方向—锯断的树—年轮—风—蝉。"不只第一段与第二段毫无关系，所有意象皆是独立的，不相干的。例如第二段，面容是树，是面容在火中展开吗？一切静止，什么"东西"静止？火是动的吗？展开是动的吗？何以突然静止呢？既然前面有树在成长，但又何以突然被锯断？成长是现在到将来的时间的，何以又说树的过去的年轮（以至生命史）呢？技巧上的隐喻的矛盾，使读者无所适从。事实上，意象也不连贯，面"容"的展开，与"眸子"的移动何涉？这还算了。突然来一句被锯断的苦梨，真是苦也。前面用的都是相当骇人的（裸体、死、黑色支流咆哮、血槽，甚至眸子的移动，怕谈及的方向），但为何忽来二句婉约派的句子，风声、蝉声、年轮当然不是怕谈及的方向？"听"也和眸子的"看"有距离，更联络不上面"容"的展开。总之，这首诗乱七八糟，其他亦同此例。有句而无章。而所谓句，依照上表所列，不外几个惯用的字作各种可能的排列而已。他不是一个因物感兴的人，而是"闭门造句"，也许真是闭门才可以把死、太阳、神、血之类名词，调以黑色、白、光、夜的形容词，以火燃之，再经眼看、舌舐、泪哭它一下即成。本诗集看来看去皆是差不多的。

（寅）技巧不谈了。但他为什么写这种诗呢？归根结底，他心中有一个"神"，这个神可能即是兽，或欲。（当然我无意说他的虔诚，宗教对他可能也是一种欲望。）在他的诗中，"太阳"和"眼睛"是有特别含意而且永存的。太阳较近神，和光、白之类对他是圣洁的，可以逃避的，眼睛是诗人自己，人性的。相反方向是黑色，是血，也是夜。这些都是有宗教意识的字。从《灵河》的《教堂的钟声》《唆女人偷吃菜子的蛇》《信仰与爱的种子》到《我的兽》到《谁非因写诗而认识耶稣呢》，"逃亡"的路非常清楚，像基督教经上约伯逃到"十字架"下，转头来骂血和死亡，便以为抓住了来世而已。两千年来基督教发展出的懦夫哲学，在他的逃避中发挥出来，"懦夫以死示忠，弱女以泪示爱"，如此而已。而他用到的死亡、血……完全没有社会、历史和生命的意义的。

（卯）走远一点看看何以会用这些字呢？他们的心理需要对这些字所能代表的生命意义、社会现象等等有所逃避，有些人绝口不提这些字，如婉约派。有些人便把它抽象化，非意义化，以为这样便可以心理胜利，克服了。事实上，他们扭曲了现实，改形了人生状况，使一些青年目迷五色，盲目追随，造成一种坏的集体的逃避现象。而从这些字的限定范围内，也可以看出他们的逃避之思想形态，他们怕死、怕血、怕哭、怕痛，没有方向，需要神、光、太阳，而厌倦黑、夜等等。所以他们逃，但只能在抽象中打滚。可惜得很，生活中被压迫的经验太多了，使他们只能逃，不会反抗，不会追问一下，这些字所代表的社会，我们能否用些精力去克服人的命运？去改造死的威胁，去利用太阳呢？唉，永远躲在非人世的诗后面，奉献些"愤怒"，又有何用？懦夫呵！我们人！

丁　文字的逃避

形式主义的逃避另一个极端就是夸张文字的魅力，以至诗人自己也囚禁在字句上面。"俪采百字之偶，争价一句之奇，情必极貌以写物，辞必穷力而追新，此近世之所竞也"。（《文心雕龙》）文字本是一种抽象的符号，一种代用品。随着人类的发展，文字也繁复起来，且有自成一圆的现象。例如诗，诗以言志，在文人制定规律以后，它独立，可以成自足的抽象游戏；以后端视人如何控制它而已。只是迷于文字的人往往被文字的抽象转而控制他自己，以至脱离现实，愈走愈远，也可说是在文字上逃避现实了。新诗中，余光中就是始作俑者。余光中的论著很多，但有重心的却很少，文学论是什么呢？

> 文学应该反映现实且超越现实。[20]

现实是什么？横渡密西西比河，看过巴黎的小说和法国电影，描写一下异国情调，就真反映了现实，超越了现实吗？作者未有谈及。但在另一篇谈叶慈的文中[21]余光中说叶慈正视现实，把握现实，因为写了首《狂简菌和主教的谈话》。诗最后几句：

> 女人能够孤高而强硬/当她对爱情关切/
> 但爱情的殿堂建立在/排泄污秽的区域/
> 没有什么独一与完整/如果他未经撕裂。

这种哲理与神秘道德诗，是哪门子的现实？但我们记得，余光中是学院派诗人,他是新诗的贵族,这一代的士大夫。"要住该住在天堂上,莫住丑恶猪栏"㉒,当然,谈谈抽象道德,说说永恒爱情,便是现实了。余光中自己的诗是文字游戏的中国代表。事实上,这类诗任何人皆可为之。余光中牌的新诗不外三种货色:(一)因题起意,也可以说,因一句"好"句而作诗。例如"坐看云起时"嘛,发思古之幽情,古代有谁谈过云,坐看过××之类。"四谷怪谭"嘛,怪谈胡思即可以。(二)自传体,日记式的诗。余光中是最爱写自传和身边小事的人,天狼星、圆通寺和思友念妻皆入诗,内容自然多是言不及义。(三)艺术上泛妻主义式的抒情,但这类情也不是什么情,而实际上是一些西方文人的怪习轶事,一点青色的西方与Gossip,一群有闲阶级的所谓无伤大雅的Wit之类。总之,他的诗或散文,内容原是无有,但在他的生花妙笔下,全盘的玩艺文字,以俏皮、不着边际的大笔出之,使人目迷尘沙。这些逃避不过是以文字的变形(如动词化了副词,形容词化了虚字等等)来掩饰他内心的空虚,和他的文字的"无作用性"而已。

但是对港台青年诗人,他有一致命的坏影响,就是他于一九五八年前后所提倡的抽象化。例如"非常希腊,向无穷的蓝"之类文字游戏,成为流行性感冒,这种闲暇人的趣味,常就在字句上耍小聪明。余光中写诗就有点像乞儿随门乞讨时唱莲花落,那样随口而想的;他没有什么立场,没有什么特殊思想,简直可以说他没有什么内心需要而写诗。(恰与洛夫成强烈对比!)所以读者看来,他的诗不是听的,不必用思想的,也不是读,只是看的,看广告的看,看天方夜谭的看,看的时候可能有点惊讶,(中文可以荒唐到那一个程度!)也可能过瘾一下,(内心中顽童时代的破坏感!)但看完便完了;像电视广告、报屁股填空那类文章一样。("初如食小鱼,所得不偿劳,又如煮彭蟛,竟日嚼空螯。")

但是余光中毕竟是最具代表性的人,这种代表性其实就是小市民的艺术观,甚至小市民的生命观。他们的一切皆由自己的玩乐出发,而世界也缩成他眼睛的焦点,只不过供他们逃避、玩一下文字游戏罢了。余光中也谈传统、谈中国吧!但试走进去,看他谈什么传统、什么中国呢?说几句"中国中国你使我发狂""中国中国使人耻辱"……这类话,究竟把百年来受封建受帝国主义欺凌的中国和中国人，放在什么地方呢？我相信庄敬自强的中国人民是不会这样看中国的。我们热爱中国的人愿意担负母亲的苦难，而认清了百年来封建专制和西方帝国主义的恶面孔，中国是不会使人感到耻辱的；只恐怕自己在帝国主义的文化下中了毒，成为"文化买办"，贩卖一些损害中国的知识而不自知才会如此罢。

戊 抒情的逃避

古者"四始""六义"总而为诗。既形四方之气，且彰君子之志；劝美惩恶，王化本焉……宋初迄于元嘉（文帝），多为经史。大明（孝武帝）之代，实好斯文。……自是闾阎年少，贵游总角，罔不摈落六艺，吟哦情性。学者以"博依"为急务，谓章句为专鲁，淫文破典斐尔为功。无破于管弦，非止乎礼义，深心主卉木，远志极风云。⑳

南朝贵介子弟，对国家无责任感情，对社会无附属关系，闲居便寻求消遣。他们的心理状况和西方浪漫主义兴起时的诗人差不多。当时，这些人多属无权继承公国侯国的次子三子，以及其他贵族的儿子，所以他驰骋想象，在所谓永恒、美景、妇人中求满足。由于不用对社会负责，而又属于一种特权阶级，他们不满足于宗教的压迫，所以提倡以爱情代替宗教，中世纪浪漫诗歌大都吟咏这些的。南朝子弟与社会有文化上的隔膜，乃以山水、咏物等绮丽诗来发泄其多余感情。他们寻找"丽意与深采并流，偶意共逸韵俱发"。《南齐书》说他们最初是谢灵运的"启心闲绎，托辞华旷，虽存巧绮，终致迂回"；后来便是鲍照的"发唱惊挺，操调险急，雕藻淫艳，倾炫心魂"。他们主要欲表现自己的风流儒雅、境界高超、思想出尘、学识过人之类有闲阶级的标准。例如他们创四声，把自然的音节变为人为的，因此"唱"的诗便变为"吟"的诗，也变为纯个人玩乐的诗了。这种婉约派诗最得少男少女喜爱：他们入世不深，家庭环境良好，一直在学校中念书，未体验到社会的不平、制度的压迫，所以追寻清高、不食人间的烟火，美其名说是"诗境"的东西。婉约派的新诗其实也不脱"怜风月，狎池苑"那一种玩乐的生活反映。他们逃避的伎俩是：将社会上、历史上人类动态的命运，先转化成个人静态的感情，然后，这些感情便成玩具，在手中捏塑，再寄托入大自然的风花雪月中，说升华其俗世的思虑了，偷懒一点，还可以把它和古诗认同，将古人的诗境我用了，文字白话化了，思想移转一下，岂不极好。这些新诗虽多，逃避的方法则一，那就是：用抒情的、空洞的风月"诗境"消除和代替他们所处境的社会而已。

　　周梦蝶就是加些"禅语"入婉约派的一个。但他的诗不外是野狐禅，古禅师常以苦行终生，破除人的执着，望人脚踏实地，他们不多言语，有的只是后人的语录，却会为修桥筑路之类"俗事"献身一生。周梦蝶谈的是哪一师的禅？他自己就执着一些似是而非的矛盾语，在里面打滚。以《还魂草》为例，一半以上的诗篇有风、花、草、星、雪、夜、梦、哭（泪）、眼（目）这类字眼，常见春、太阳（日）、月、飞、水、雨、海、心、笑、冷、云、山、鸟等字。这些字皆自然界的现物，而且都是所谓清高、风雅之字，与人的社会没有直接关系的。他们不明白，无意识的来去无准的大自然现象，怎能比较人的历史、社会。我们可能尚无力左右，大自然科学尚不会把雪铸成夜，风熔成梦，其实，弄成了也不见得有何可爱。但是，在我们的历史，四周的社会，我们却可以，亦应该自己介入，参与它的改革。人的命运不是由天而来，是可以控制的。周梦蝶把大自然与自己的穷通出处相引喻，只是逃避，将悲哀化整为零，以为个人的压迫像亘古以来夜的存在，以为一切社会之不平可以用雪去遮掩。不是的，这样永不能解决问题的，只会把问题转移。有病痛的话，只会把痛苦移于下一代而已。在封建时代，文人有意或无意地把生命浪费在这种转移中。分明是因为人受到压迫，不能在社会上（朝廷上）有所发展，只好在其中逃避，所以日久会把文字技巧弄熟了。偏偏说上天因欲你做诗人，所以苦你的心智。古人就会相信地想到后世不朽之名，愈逃也愈深了，而不肯追问下去，人为什么穷？社会可以改良吗？周梦蝶们情形就是如此，他们其实是活在传统文人的意识形态中[⑩]，他写的诗非常旧诗化！"夜长如愁"，"草色凝绿"，"梦终有醒时"，"花为谁红"，直至"落樱后，游阳明山"，简直将整个"词史"搬进去，难怪有人说他是时代新人，但青年人还是嗜好才子佳人大团圆呢！事实也如此，和小说中之琼瑶、云菁，散文中的张秀亚、胡品清相比，诗中的周梦蝶、一些蓝星派的女诗人，又有什么不同？琼瑶喜欢梦幻、海边、深山、风、雨、烟、雾，这些诗人何尝不是？再说周梦蝶吧，浪漫诗人的"走极端"的哲学他可能不理，但技巧便是了！第一瓣雪花、第一声春雷、最初、尽头、最首日、第一颗流星、第一夜、最后一个、第一粒尘土、第一线室阳、高寒最处……不是第一，就是最后，不谈最初，定说最低。心理嘛，公子哥儿的英雄的不平凡的表现。开始一切或结束全局，当然投合青年人的温室成长出的浪漫：初吻、第一个恋人、首次出游、愿共百世之类。到了他们笔下，大自然重复过千万次的初度自然现象，以为独占天地之雅事了。但是，地球上每一秒钟皆有人第一次被杀，有少女被迫第一次卖淫；每天皆可能爆发非洲新国家的反殖民地战争；街头上每一角落皆有千万人无始无终地受人欺凌，剥削着他们的青春；这些人且可能是你我的兄弟姊妹。确实，我们看清吧，这世界一点"不浪漫"，一点也够不上"幻想"。它是一个实实在在的世界！我们的祖先生活过，我们的子孙将生活在这里，我们知道，尽是在诗中逃避，这世界仍是一样无"诗"的呵！诗境不要再筑在你的梦里了，就在现在，在我们的这世界创造它吧，若果社会上还没有，放它在那儿。

己　集体的逃避

文学上的逃避最初属于作者个人的事。但是读者还是拥有相当传统的欣赏态度，以为诗能造出一个境，自己能因读之而相应生情；这就因此而生出集体的逃避了。冬烘们摇头摆脑，一唱三叹地吟哦，旧落魄文人崇拜贾岛，甚至偶像化之为岛佛，也像青年男女一窝蜂迷凌波、拥姚苏蓉的心理。琼瑶、武侠小说所产生的问题，并不只在文学本身，更值得批评的即在读者如何接受方面。作者的逃避连锁反应到读者集体的逃避，就是新诗最应检讨的地方。六朝时代盛行的拟古与作伪，其实就是在找寻逃避的乐园：例如拟四愁诗（张衡），学刘公干体（鲍照），代陈思王京洛篇（鲍照）之类。不只如此，像白马篇、苦寒行、三妇艳、马色黄之类，几百年间，每一代皆有一群作者重作，也许有初学时学习的意义，但集体逃避的目的是显然的。诗题既无趣味，内容亦无寄托可能。唯一好处就在重复，重复常有"抽象化"事物的副作用，使人忘却意义，享受了逃避的乐趣。独自吟诗唱歌，听京戏及练书法，这一类没有内容，对人生不起作用的东西，也以能供应集体逃避的用处，而在中国流行了。魏晋文人重复了诗，而且常不改易地重复，原因也在生活在愈单纯的"例行公事"里，就愈感到"独与古人游"那种逃避乐趣。自然也由于他们这样，诗终于走上形式主义，愈溺愈深了。

新诗的情形也如此，近几年来，虽然作家"退隐"，新诗人上台，但却听不到他们有新的声音。以前由于他们挣脱传统，所以能百"花"齐开地出现，近年来的新人何以不能独创呢？这些"新人"完全自港台岛上成长，接受的全是现存的知识。就由于上一代（一九五六——一九六〇年间）的文学充满着逃避，为艺术而艺术，找寻趣味，夸张文学上的感情，重玩弄一些传统的"诗境"，将现实的苦闷升华成唯丑主义诗等等，所以他们所看的、想到的、以至在文坛普通存在的，皆是这些。另一方面，西欧北美近年来在经济发展上的速度与社会不调和，年老的既成秩序和新一代的理想大起冲突，世界普遍地不安定，社会内个人找寻享乐的末世思想又广泛地流行，欧美文学有基本崩溃的废颓风，失败主义的思想笼罩，窒息得很。文人所作横的移植，每每毫不批评地向新的趣味和流行的地方挤过去。例如所介绍的存在主义就成为放荡玩世的借口，新批评也变为玩艺、艺术至上的逃避文学。我们能要求新人做什么？必然他们也学习这些，在其中三分之一痖弦，加一点叶珊，调余光中之味，配洛夫之色，烧烤之下，又一首新诗了。呵，他们就这样讨生活、逃避以至写作成名。他们生于斯，长于斯，而所表现的文学竟全没有社会的意识、历史方向，没有表现出人的绝望和希望。每篇作品只会用存在主义掩饰，在永恒的人性、雪啦夜啦、死啦血啦，几个无意义的习用语中自渎。唉，这是什么的文学场景，这种妮子态文学能到哪儿去？"集体逃避"野生了这样的后果，更可怕的是这集体逃避要到什么时候停止呢？②

救救这一代的青年吧。

今日台港这种颓废文学，以诗为代表，实有全盘检讨的必要。十多年来，文学家，尤其是新诗的作者们，以为能挣脱了某几种空笼，以为自己的年轻和冲劲，便自由了，可以表现了。岂知他们刚脱离了旧的陷阱，却走了新的歧路，以至陷溺越来越深，到了瘤破毒散，不可收拾。但是世界是要进步的，那么，就请他们站到旁边去吧，不要再阻拦青年一代的山、水、阳光了。

年轻的一代，你们应当加倍努力，你们生在凌乱状态的文学世界里，在你们前面的作者们，他们懦弱、无能，没勇气正视现实，十多年来一直逃避社会的、逃避国家的责任，实在他们不配生在你们的前面的，他们的作品也不配放在你们的眼前的。那么只有靠你们自己的了。横在你们眼前的文学以至世界，是你们的，也只有你们才能把握今日的历史，去改造建设这个世界。那么，你们就勇敢点吧，踢开障碍你们的，去建立一个活生生的，关联着社会、国家和同时代人，有生命力的新文学、新艺术吧！

年轻的一代，你们就开始工作吧！

（1971.01.11）

附记：这篇论文是我在一九七〇年冬天在美国加州写成的。海外生活，所见所闻，加以年轻火盛，浅陋之处很多，未及一一更正，还请读者指教。

当时，叶珊要主编《现代诗回顾》，向我拉稿。我于一月间限时寄出后，叶珊曾来信说是到得最早的稿件。可是，此后便石沉大海，使我非常后悔寄给他。到了一九七二年三月，《现代文学》第四十六期《现代诗回顾专号》出版了，这篇文却未登出来。我固然诧异，最诧异的地方是，叶珊事先未向我说明将不登出，事后亦不向我交代不刊出的"理由"。事实上，那篇稿他亦未退还给我。这篇论文既然有这段"苦难"的历史，登出来恐怕已是上古史了。但是，话又说回来，一则它在诗友间流传已久，让多一些朋友看看它究竟说什么，免得以讹传讹，该是比较好的。二则近几年来岛内批评风气极盛，名家辈出，为了表示敬意，我这篇旧作出世，也许仍有摇旗呐喊的小作用吧。批评别人其实也是批评自己，十多年来我一直是爱好文艺的"青年"，我写这篇论文，自然也是交代自己的意思。（我一定要把我喜爱文学这段历史写出来，虽然那是一件使人面红的事。）如能借此机会认识几位年轻的朋友，也就是我写这篇文的最大期望了。

——原载《文季》杂志第一期，1973 年 8 月。

——本文依据《唐文标纪念集——我永远年轻》（生活·读书·新知三联书店，1995 年 12 月）中《诗的没落——香港台湾新诗的历史批判》一文编校。

注

① 《现代诗》（纪弦编），第十六期（一九五七）的社论，第二页。

② 《蓝星诗选》（覃子豪编），丛刊第二期（一九五七）天鹅星座号，第五页。

③ 《现代文学》该算是《文学杂志》的直接继承人吧？第七期（一九六一）中，《现代文学》在出刊一年后曾说他们相信挑负起复兴重担的是知识分子，"特别要把这个责任交给大学生"，因为，他们"有能力阅读欧美书籍"和"他们是有闲阶级"。参看美经济家韦伯伦著《有闲阶级论》，台湾银行经济学名著翻译丛书第三十四种。

④ 他们不走通俗文学的路，也一点不商业化。

⑤ 参阅夏志清、夏济安对中国俗文学的看法。《永远的怀念》，第九十二页。

⑥ 《现代诗》，第十九期（一九五七、九），《蓝星诗选》，狮子星座号（一九五七、八）及天鹅星号（一九五七、一〇）。

⑦ 狮子星座号，第十三页，《世纪的梦》。及第二十四页，《回到蓝色的海上去》。

⑧ 《文星杂志》，二十七期，（一九六〇、一），第四页，《新诗与传统》。

⑨ 《文星杂志》，二十七期，第十六页，《论新诗的难懂》。这论题经

常见到，如狮子星座号，第五、六页，《新诗往何处去》，及洛夫的一些论文、访问。

⑩《幼狮文艺》，一九〇期（一九六九、一〇），第一五六——一五七页，《诗的欣赏方法》。

⑪见《孤独国》。及《创世纪》诗刊二十一期，（一九六四、三、一二），第二页。

⑫诗的难懂是诗病态的症象。中国六朝以后的许多文人诗，也一样的有着逃避现象，以至文字上要了晦涩的手段，也同样的难懂与不合社会，只不过某些有闲文人花了不少时间研究，感觉上比较顺眼而已。

⑬《创世纪》，一四期（一九六〇、二），第四〇页。但同类意见为新诗人所公认，和常形之言语的，如《幼狮文艺》，一八六期（一九六九），第一七〇页。

⑭上句余光中，下句洛夫，《幼狮文艺》，一八六期。零碎的也遍见各刊。

⑮陆游《陇头水》："陇头十月天雨霜。壮士夜秋绿沉枪，卧闻陇水思故乡，三更起坐泪数行，我语壮士勉自强。男儿堕地志四方，裹尸马革因其常，岂若妇女不下堂。生逢和亲最可哀，岁辇金絮输胡羌。夜视太白收光芒，报国欲死无疆场。"有人以为祖父代革命，父亲代抗战，我们这一代是和亲。语极感慨，看《文学逃避，科学出国》。放翁诗："一生常耻为身谋。"

⑯对今日文人的社会学研究，相信是根治逃避文学的必需工作。这儿太简略了。

⑰王国维《人间词话》"词至李后主而眼界始大，感慨始深，遂变伶工之词为士大夫之词"，也是传统的文人诗，"寄托""感慨"论的说法。伶工之词，犹有民间"饥者歌食，劳者歌事"的传统，但士大夫之词，大不了只会叹息"个人的穷通出处"罢了。

⑱《无花果》（黄用），第三十八页（一九五九、一二），又见《文学杂志》，四卷四期，第五十四页。

⑲《现代文学》，十四期，第五十八页（一九六二、六），《自跋》

（唐文标）。

⑳《现代文学》，十四期，第五十五页（一九六二、六），《丧乐》（黄用）。

㉑《幼狮文艺》，二二五期，第一四九页，《公无渡河》（唐文标）。

㉒《新诗论集》（纪弦），第九十四页（一九五六、一〇），诗见《六十年代诗选》第八〇及一九六页。

㉓所以，艾略脱曾遮羞地说，诗中哲学可能是三流的哲学，但不失为一流的诗作。（问题当在：这是什么的哲学呢！）

㉔举例来看"死"一字见诸《石室的死亡》集中：一、三、四、六、七、九、一〇、一一、一二、一四、一六、一七、二〇、二一、二二、二四、二九、三一、三四、三五、三六、三七、四〇、四一、四三、四五、四六、五〇、五二、五七、五九、六一、六三、六四各首，共三四首（集中一共六四首），《外外集》，见诸页数（表中是以每首诗统计）：二、四、六、八、九、一六、三二、三七、四一、四二、五〇、六六、七一、七四、八〇、八二、八八。就是八八页诗中共有二〇页有死一词，但与死有关的字，如杀、葬、尸之类未算在内。又一页中有连用几个死字，也未一一计算，如《外外集》第八十页。

我还得在这里说明一句，洛夫的诗究竟还是有脉络可寻的，等而下者，简直不能讨论，我相信若把他们的诗合起来看，一定如入迷宫，完全没有中心可言的。

㉕比较《我曾哭过》（《灵河》）和《投影》（《外外集》）：

三月的阳光紧缠着长春藤缠着也笑着，

记忆的河床淤积着泥沙，我曾哭过，

我的眼泪是从阳光的笑中来的，（《我曾哭过》）

眼泪便开始在我们体内

涟漪起来，（《泡沫之外》）（《外外集》）

为赶一阵三月的贸易风，我俩在海上而行，

谁知道？有人在这里不期邂逅，又淡淡地分离。（《投影》）

㉖《外外集》，第九六页（一九六七、八）。

㉗只偶然昂首向邻居的甬道，我便怔住

在清晨，那人以裸体去背叛死

任一条黑色支流咆哮横过他的脉管

我便怔住，我以目光扫过那座石座

上面即凿成两道血槽。

我的面容展开如一株树，树在火中成长

一切静止，唯眸子在眼睑后面移动

移向许多人都怕谈及的方向

而我确是那株被锯断的苦梨

在年轮上，你仍可听清风声、蝉声（《石室的死亡》）

此诗发表在《创世纪》，十二期（一九五九、七），末四句完全不同，此处从《石集》。

㉘《文星杂志》，二十七期，第四页（一九六○）。

㉙《望乡的牧神》，第一一五、六页（一九六九、八）。

㉚《雕虫论》（梁裴子野）。此段参考朱自清《诗言志辨》。

㉛我们还可以注意周梦蝶一种手法，他非常喜欢引经据典的。《还魂草》一书中，引文句超过二十五处。可能是用典故，也可能在替古人作注脚吧，——这是另一种逃避，找寻有奶的老娘。

㉜中国国民党第一次全国代表大会宣言："中国全体尚未获得自由，而欲一部分先能获得自由，岂可能耶！"对某些整天谈自由的大作家、小文人，确是当头棒喝。

【作者简介】

唐文标，1936—1985，生于广东开平县，幼年随家人赴香港、美国。美国伊利诺大学数学博士，亦酷爱文、史、哲学。1970年参加北美华裔留学生"保卫钓鱼台"运动，后放弃美国国籍、教职，去台任教。在台湾参与"现代诗批判"和《夏潮》杂志等诸多文化变革工作。著有《我永远年轻》《唐文标杂碎》《张爱玲杂碎》《中国古代戏剧史》等。

谁来烹鱼

——因洪通而想的

唐文标

（甲）画

隰有苌楚	低湿的地方长有羊桃树
猗傩其枝	正在舒畅着它的枝叶
夭之沃沃	多么发亮的繁盛啊！
乐子之无知	我真高兴看到你无忧无虑。

三月的台北，不连续的细雨，阴天，没风。潮湿泥泞的道路，池塘里未停止地传来蛙鸣，闷热，无区别的建筑物，街道上的闲人，四处的麻将牌声音，霓虹下美幻的广告，大厦门前献媚式的装饰画，呵，嚣烦的都市！

看到洪通。

想起洪通。

洪通生在南台湾是幸福的。

印象中那些高硬的甘蔗树，绿的稻田，艳阳千里。普照在广大的平原上，朴素的农人怎样用他们的收获表现四季的变迁、生命的改易以及他们执着的思想？想象得到他们有收获，他们便是快乐的。南台湾的土地是富庶的。

而洪通，他怎样运用他的童稚的大手，把台湾民俗的色彩抓下来？在

《雄狮美术》的介绍和幻灯片中，在许多许多他早期的彩画中，我们看到了他的"生的歌乐"。唉，生的欢乐，有点像带涩味的甜糖果，或者是吃苦瓜那种的欢乐吧。常在他的画笔下闪耀着童年、乡愁，和没有沙的泥土，失去了内容的那些彩衣公主们的音调，嘎哑嘎哑的如蜜蜂般在脑海中盘旋。分不清楚究竟是他带来的还是自己加进去的。也许有点像，那次在异地看到《再见阿郎》那部影片，像看到了受苦的南方的村落。听了木拖碰地的清脆，和"凉呵凉呵"那些叱喝的卖冰声音，南台湾何等的亲切。想象洪通生在南台湾是幸福的，这里是足够的山，海，阳光，这真是渔村，平原，灰白和海腥的盐田，这里是开发台湾的原始地，王爷庙，福建的来船，布袋戏，南鲲鯓代天府，庙顶彩色的浮塑，对称的龙凤和艳丽的屋脊屋檐，传统的民间故事，布袋人物。但是，洪通活在这里：人和渔网，瘦削的盐分田，地瓜，大自然的日子，甚至于荒凉的偏僻的盐田区，草地郎，败坏的破房子，他在这里画着他的幻想，他的生活。

这是奇怪的，洪通的画离不开"人"。似乎万事万物都可爱，但总不及人的可爱。画面上到处都是人头，大大小小的，布袋戏中来的，戴小帽的，以及渔网中的，都是人头。难道他在想打渔讨海人所希望的，满网丰收已变为他自己？难道他都是梦想着布袋戏中的艳丽成为每日都有的？难道他所看到的人皆是这样的吗？他的世界原不是装饰性的，却带有强烈的神秘趣味。画面通常是繁复的，大大小小的人身人头和粗糙的树，树叶，大朵的菊花，和树叶上的人头，孔雀和长嘴的鸟，构图几乎是展览性的，像农人眼光中所看到的，世界原也是一个平面。他画的似乎都不在完成任何一张构图画，而是他的生命的巨画的一部分，因此，画面特别繁复，好像画家要对我们表示很多很多不同的观感，不同的想象，而他又知道得那么多。可以感觉出其中许多是民间传说、神仙和历史故事，但在他缤纷灿烂的彩色和童嬉的变形中，我们又追不到源头。

我想，洪通的画不该是一张一张"看"的，而该看作某种台湾生活的"整体观"。有点像不太会说故事的人要对你说他的遭遇。但毫无疑问他的主题是"人"，而且即使没有表情，不带描写的人脸，也是活生生的人。一种贫苦人对丰盈无尽的追求，这是洪通的世界观。在他所要表现的唯一的主题——"人"之中,他的穿越,就在庙宇的造型配合以及人的朝拜,到歌仔戏的"完全表现"——(民间艺术虽然有它的抽象地方,但表现几乎都是赤裸的无保留的,甚至于控诉式的完全的)——洪通的画也有一点"年画"的味道,只是他脱离年画中那些集体的愿望,利用了年画的色泽和亲切感。我总感觉从他的整体看来,他的画不是抽象,恰恰相反,其目的也是"自然派"的,在他想表现表达他所看到的王爷庙和听到的神话故事时,不自知地竟透露他的世界观而已。他的世界观也是很明显的。他都是说"人",在农村中人的表情,因生命的单纯也很平板的,只是在平板中他还出现了农人的天真和乐观,不管生活多苦,还是抱着从善的信心。也在这个信心下,洪通离开了他们,走入了一个幻想的世界。因此他的色彩是强烈地反现实的,甚至不是描写自然的,然而他的感情和生活是单纯的,我们看到他的色彩是原色的、不调和的,这些不调和也是民俗艺术的特征。我看洪通的画还不够多,我感觉到他的画若从他整个生活史来看,更能说出他的看法,也许就是一个朴素的农人怎样看外界的世界,怎么幻想,怎样接受天地。这都是好的。

(乙)台北

我们暂时也把洪通留在南台湾好了。

我们对他的出现并不感到惊奇,在这个广阔丰满的土地上,我们每天都看着人,都期望着收获和果实。南台湾无疑是热情而且多产的。我们记得,南鲲鯓,三百年前,郑成功就在那里。我们记得历史。

但是,洪通在台北的出现,亦有他的意义吗?

可以想象得到,访问洪通的人们是怀有发现的心情去的,长期蛰居在低气压的台北画坛里,他们也有脱水移根的感觉吧,他们也有乡愁吧。

然而,台北画坛的大门是向外开的。台北的画派是和观光事业、酒店装饰以及美国画商一起长大的。它脱离不了中山北路那种蔓生的趣味。因此,这一代的画家们也兼差着古董商人的兴致。二十年来台北画派也蛮寂寞的,除了一次,大约在七年以前吧,大台北画派秋展,"皇城"尽了它所自封的"拆房毁屋"者的责任，只是，事后证明，这个"达达感动式"的行动，如《剧场》第七、八期所示，是彻头彻尾地失败了。走得太快的人也会摔跤，而且也蛮痛的。于是，急进的"皇城"索性走入绝对"无意义性"的广告画里去。他已绝望，宣称他被打败了。让台北画坛回到昔日的浑水一样的寂寞吧。没有第二个"皇城"，他的伙伴们都在"文人画"中苟延了。

确实，谁也看得出来，台北画派只剩下什么了。台北常见的职业画家只有二种，一是老文人画，一是幼文人画。而我看不出这些画家将有什么改变的地方。

老文人画就是那些仍画着四王的山水、倪瓒的意境的人。他们一脉相承着千百年来的技巧和面貌，画着那里皆不存在的山水风景。想想传统文人在饱暖闲暇之时，要逃避现实的投入，寄情于山水。事实上，这些古代文人，"四体不勤，五谷不分"，到哪里皆只是一种"寄生"式存在的动物，即使在画面上，我们也时常为此而生气，名山大川虽美，但却不是那些为文人们烹茶的、抚琴的、磨墨的……那些小童仆役们吧！常常是，一群人的辛苦，只为了一个人享受"风雅"，游山玩水。老文人画有没有改换了这些思想？而画这些古代山水等为了什么呢？和有些写着旧诗词、古文字的恐怕也无甚分别。人总要找一些寄托？可是，我们甚至怀疑这些从农业社会发展出来的艺术理论，能否有任何适应于今日工业社会的地方。想来总是滑稽的事，他们所向往的山水，如果仍可指出的话，头上有飞机经过，他们脚底却将是现代的柏油路，眼前自然有小贩喊卖可乐和冰淇淋，更不幸的话，耳边会传来某时某地盗劫混乱的消息——从他们手提收音机发出的。谁也知道，这世界逐渐形成一体，是不能向古代逃的，更不能在享受现代的"方便"之余，而发思古的幽情的吧？

幼文人画意识上与老文人画没有分别。所谓文人画本身就是脱离"生产线"，而又不是在社会服务的思想下，一些闲暇文人的消闲产品。幼文人画派基本上好像是西洋"抽象画"的，但是他们没有那种对艺术的颓废的冲动，甚至那种欧洲市民革命后所生的中产人家社会，由他们写出的文明的产物；幼文人画没有那些社会环境，他们没有颓废堕落思想所产生的

"抽象画"那种需求（这里，抽象画是总称）。所以，邱刚健问五月画会，为什么他们创会早，而却不能如纽约画派一样，发展出"普普"（Pop-Art，意指民众艺术）。从某一点来看，这些画坛只是跟着外国潮流走，他们没有"需求"，也绝对与世界艺术沾不上边。

有一个外国流行的音乐批评故事说出了这些画的精神苍白程度，据说当音乐家 Hanns Eisler（爱士礼）谈及熊堡（Schönberg）时，他赞扬说远在炸弹发明之前，这个现代音乐家已创造了人类将感觉到的轰炸、逃避炸弹下降那种恐惧感，就是说现代音乐表现了人类某些精神上的焦急不安的情绪，这似乎很好，最少熊堡的音乐代表了一种意义。但是，最近的现代音乐却是更颓废更堕落了，为什么？批评家阿杜姆（Theoder W. Adomo）在《现代音乐的老死》（The Aging of Modern Music）中谈到一种理由。他说：熊堡那种音响仍在，仍有后辈在效颦，只是，单是音响却不代表什么的，重要的是那些表达人类内心的恐战反战的不安感觉，才是使创造这些音响的音乐家伟大的理由。然而，模仿的音响虽在，焦虑不安那些经验是失落了。这些经验就是音乐家存在的理由，然而现代音乐家已缺乏了对这种真理的敏感。他们写的不是真的音乐，而是冒牌的代用品。

确实，如果西洋现代画，仍有表达他们的社会，西方文明走向颓废，和表达人类窝囊无能的一面，他们即使应该受到严厉的批评，却也有现在的社会意义的，但是，这些存在啦、失落啦、不安啦的情感却不是台北市民的普遍的思想气候，它只是幼一代闲暇文人在绿屋温室内的烟斜雾横一种幻觉而已。正像一些喜欢说老说死的遗老逸少的"旧"时"新"诗。这一点，现代画、现代文学、现代艺术是同一怪胎出生的难兄难弟。他们反抗，但有时偏逃不了。自阉而已。

幼文人画派就立足在这些虚假的输入思潮上。借他们的话来说：

> 感性的抽象画，它根本什么也不说明。它反对直接反映社会式的方法，根本不把社会的混乱放在眼里，而用一种超然的方法，把自己抬高了看社会。它虽然表面看来没有说什么，却实质上表现了很多东西。（《一个画家的剖白》）

　　这一个剖白真说清楚了幼文人画家的几重个性。一方面他们的画打着艺术哑谜："看来没有说什么，却又表现了许多东西。"如果画布表现不出来的，怎能希望观者补足呢？即使他一定要说，画可以没有意义。假如真的赋以意义，那么它只能表现在丁方的画布里，而不愿走出画布之外。更重要的是，这一段话却说了幼文人画家的立场："把自己抬高了去看社会。"于是，就可以俯视这世界，高高地脱离俗的人间："我把个人的情操拉出于一般感情之上，因此，我的绘画是形而上的。"这个意思正是古代文人画家逃世的翻版理由。然而，幼文人画家是聪明的。他们在中山北路的观光设备中长大，因此，他们表面走西方抽象的表现手法，而内面却运用了中国传统画的某些技巧。例如说，无限地放大中国画的晕彩法，或单独地配搭了中国的山石皴法及一些变形，便成了一幅中西合璧的抽象画！确实，这种画有一个好处：

　　外国人看起来像中国画。

　　中国人看起来像外国画。

　　但是，却能满意了外销的要求，虽然它根本不代表什么，不代表作者的，也不代表同时代的社会的。它仅是一些广告画的极端罢。

　　这也罢了，如果这些画家知道他们所画的原是装饰艺术，原是观光设备的一种，原不带什么意思的，它的命运不过是某些阔人家的墙壁上的补白，闲暇时代的产物。然而，发展下去，台北画派却成为一个自我封闭的小圈子，在原本为少数人趣味的画坛上，加上闲人莫进的铁丝网。讲究一些学院派的技巧，渲染一些理论，于是一切皆"有理化"了，原本无意义的东西也给"皇帝的新衣"，给西洋理论，给"古尊语录"等等古今中外的大道理掩遮住了。画坛也更寂寞了，新一代的画家自然也没有进入的法门了。

　　洪通的出现无疑是有时代意义的。它说明了一件最基本的事：虽也可以画画，市井小民可以，草地郎也可以。不是由少数人、少数神话式理论便可以主宰的，不是少数学院院派的便可以号称"画家"。刚刚相反，我们看得见，那些人画的正不是画。大不了一些临摹，一些装饰；它的存在对这世界是没有什么关系的。画之中没有生命，画家的或社会的。

台北派画家的艺术观决定了他们的形式、内容，而这些画与我们相隔好远好远。我们也不用再看了，我们且转头来等待洪通和其他的兄弟吧。

（丙）乡土

洪通是什么样的画家呢？

或者，该怎样把洪通定位在历史之中呢？

洪通是由民俗艺术出发的，在他的画中，我们可以一一追溯到他的画的源头，南鲲鱍的神明、凤凰、歌仔戏，以至渔网等等，也许亦可以附会到一些变奏的，从古老大陆传来的祖先神话故事，三国、陈三五娘、蔡伯喈等等。我们看得出他画中的幻想色彩。

是不是民间草地郎都有这种色彩，南鲲鱍或其他地方会不会再出现另一个洪通？带有同样丰富的想象力？

在中国民间，每一代都口传着许多故事。这些故事在祖母口中，不是逃避这世界的，而是每一个都关联着上一代的兴衰，都蕴含着对下一辈的信心和希望的。有些她说到忠义，不过是埋藏在人心里的，对国家的爱和对某些社会黑暗的痛恨，他们甚至相信，这样的宣扬就是对好坏最佳的评价。有些她说到神仙，不过是人们对祖宗的憧憬，以及幻想有一个真正的生命裁判，来权衡现实中的那些不公平。……民间传说都是爱恨强烈，善恶分明的，而在祖母的叙述中，也常加插她自己的意见和幻想。自然，这些都是最切身的要求和期待，希望有一个完善的社会秩序，大家都和平快乐地过日子。民间传说的要求是朴素的，但也是固执的，不留情的，切身的，现实的。它们的要求也是它们的生命。

洪通是不是带有这个传统呢？

可以看得出来，他的素材是乡土的，也可以感觉得到，他的色彩世界及画面表现都是民俗的、传说的。他的以"人"为焦点的内容也是从民间来的。这些都是好的。但是，"乡土"是不是就成为艺术呢？或者用乡土的题材会成为什么样的艺术呢？我想，其中还是有考虑的余地。有些画家运用了许多地方性的题材，有些雕塑家运用到"冥府通用"的纸币，土地神位，有些文学家开口闭嘴都是"中国"，有些诗人每每以唱山水意境为能事，这些表面的肤浅的几曾说到这个社会呢？又与真正的中国乡土何关呢？不过是在观光地区中卖一些专为观光客而设的"土产"吧——当然是加工区制成的世界各地的土产。我想那是精神上远离乡土的，甚至也是"逃避艺术"的一种变形。因为它们常是炫耀式的，展览会式的。自然主义的艺术家常有一个弱点，他们把镜头焦距作主观性的选择，他们避开了现实的普遍性东西，而计较于"非俗人所能道也"的"不食人间烟火"上面去。或者，带着嘲笑的眼光看这土地，这些又怎会是乡土艺术呢？又怎会是代表民间的呢？洪通的画算不算乡土艺术呢？我的解释是这样的：他确是乡土性的艺术家，但是他的画是乡土艺术的"后来"，而非出发点；他的画太多个人的变奏加上去，而减弱了那些世代传说的力量了。是的，他的画该有更多的力的。

这也不是不可以想象的。我们自洪通单独地在好像很荒芜的土径中离开那张相片，感到一种人的悲哀。但洪通不会这样想，草地郎的想象力广阔远大，而且敦厚得多，他的同情来自别人，包含整个泥土的。因此也不会如一些"顾影自怜"的纤弱文人，只会替自己悲哀。他不会有那些闲情雅致，浪漫情调，为落花担忧，因春天想起自我。中国乡下人的表白不是情感的，而是生命的，现实的，故也是最有力，最粗犷，最能说话。洪通具有他的表白，但这已像成为通例，他走入了致命伤的"神秘主义"。我初步的想法是，他的画不完全是从他的生活中来的，而且，许多是在他脱离了和其他人一样的生产工作以后的作品，逐渐他也成了"职业"画家。然而他的岔路正从这里开始，一方面他自己脱离了那种在工作中的生命的思想，他的画不再是一种工作的反映，他生命的一部分。他的画于是用另一个形式出现，最常见的就是耽于玄想。另一方面，可能是来自环境的，在古旧的乡村里，离"生产线"的人几乎被视为大逆不道的，一定不为同村人谅解的另一个社会的怪物。南鲲鯓无疑是一个自我封闭的农村，洪通逐渐被同村人视为怪物，半强迫地搬离到另一个村落去住，而且精神上与同村人已全部隔离，也是令他一日比一日深似的走向"神秘主义"中去。

我们还可以这样想的，洪通虽然是一个朴素而又顽强的乡民，然而他还是受到外来的影响的。这个影响令他更加矛盾，一方面是更加快速地隔离同村人，也就是离开泥土而飞升；另一方面探头外看，所碰到的也是使他困惑。南鲲鯓是一个奇异的结合，海边的盐分地相当的贫乏，但它的五王爷庙却又代表以往历史和民间的艺术活在许多香客的烟火里！是的，南鲲鯓的五王爷庙是满具观光气氛的。而且如此奇异地矗立在一个略带荒凉的盐分地上，与附近洪姓的村庄多么不调和呵！观光和自力更生的农业生产，怎么走在一起了，洪通会怎么受到冲击呢？看到艳丽的神话结构和日常生活的屋宇，看到观光客的不留痕迹而来，而这些香火又不像照得很远。我想他走入神秘主义是有理由的，他的神秘主义会不会有其他的意义呢，以乡土的神话传奇作渲染？还是他竟以为观光式的繁盛是某一些成就？这样说来，他的孤僻也可以解释了，也就在这里，一些自负和自卑的结局，在别人未拒绝之前，先拒绝别人而已。我们可以无限地体谅这些艺术家的辛酸，他们不知道自己的位置，而在他最辛苦的钻研中，他可能还不知道他做过了什么，又怎样与其他人共同工作，共同交汇！他的例子，使我又想到其他同一类情形，一些自学苦学青年的成就和工作，甚至于事倍功半、得不偿失的地方。在洪通努力的方向还算好，因为"感性"的东西比较难作评值。如果洪通工作的方向是"知性"的，例如数学物理工程一类的东西，我想他的运气便没有那么好了。因为那些初步的工作，早已为科学方法作过各式各样的整理和分类，很难从头再研究发明一种新的惊人大作了，而他们又何尝觉察到这已是一条走过的路？我只能叹一口气说："在今日，进学校去，学习先人的累积经验方法，来证实自己在世界上所体会到的，这仍是许多人不得不走的途径。"（这像有点不公平！但无可奈何。）

世界的进步仍是一步一步来的。

我们回到洪通。

我想，神秘主义是走不远的，洪通的画个人味道太重了！我相信他的画，和一些朴素画家如摩西祖母之类的画，只是封围在一个个人驰骋的天地上，是追忆性，而非表现性的。他的画是由这个土地所滋养出来，而且在一个丰盈的神话历史中生长，我们非常喜爱。但无疑有一点可惜，他没有好好地利用那么有意义的地方和工作，他不曾完全表现他的生活，他太罗曼蒂克了，他不在记述。

但是他的画仍然有意义，十分有意义。他不是一颗彗星，我们也无须他的照耀，如果他是那个卖火柴的小女孩，那已很够了。确实，他是我们的兄弟，即使他用了不同的语言，选择了一块玄想的硬壳，但无疑他仍是为了这一块土地工作的，正如许多他同村的渔民。这是好的，他们喜爱这块土地。

我们喜欢洪通就在这里，喜欢听到兄弟的声音，他们又一次告诉我们，他们在工作。

我懂得洪通就只有这一点点，这一点点。

谁能烹鱼　谁会烧鱼呢？

溉之釜鬵　我要为他洗锅

谁将西归　谁要回去西部呢？

怀之好音　我盼望他的好消息。

——原载台北《中国时报》1973 年 5 月 1 日。

——本文依据《唐文标杂碎》（远景出版社，1976 年）编校。

谈谈台湾的文学

郭松棻

一　文学与殖民主义

　　二十世纪的台湾文学可以说一直没有与殖民主义断绝过关系。二次大战以前不待说，就是大战以后的这二十几年间，也与殖民主义的丝缕斩不断关联。但是，二次大战之前和之后，台湾文学与殖民主义的关系却有本质上的不同。战前，台湾是日本的殖民地，日本政府除了用武力镇压台湾当地的各种民族主义运动以外，还以怀柔政策的手法在文化、思想上推行种种归化运动，企图使台湾人民与中国大陆断绝思想和感情上的联想，阉割汉民族的意识。"国语（即日语）运动""皇民化运动"是其中较突出的实例。在这种殖民政策下寻找缝隙，表现民族的沦落、辱没、反抗和斗争等种种面貌是当时台湾文艺工作者的第一课题。在他们的作品上所表现的几个特征往往是：语言稍嫌粗糙，结构略缺经营，人物刻画不够圆熟，情节演进没有足够的说服力，但是内容富乡土色彩，面对现实，主题与历史的动脉息息相关。赖和的《善讼人的故事》、杨逵的《无医村》、张文环的《阉鸡》、吕赫若的《牛车》以及在日据时代就开始写作而在光复以后始得出版的吴浊流的《亚细亚的孤儿》就是这样的作品。二次大战以后，台湾已经不复是日本的殖民地。然而，名义上台湾虽然重新成为中国领土的一部分，但实际上的局面是相当复杂的。

　　自五〇年代以来这二十几年间，台湾的政治、军事、经济各部门都一一打上了美国牌的烙印。文化、思想的领域自然难以与这些根本的政策背道而驰，也因此接受了同样的命运，无形中处处出现了"中美合作"的商标。自从五〇年代开始，台湾经济上依靠美援，在思想上接受了西方发达国家所提倡的"现代化"以后，精神气概就沦入自甘落后的深渊之中。于是"全盘西化"几乎成为台湾知识分子的活动基调。二十年来台湾文学的主流也是在这种精神上先成为西方俘虏的状态下，自觉地或不自觉地，一年一年发展下去。

这一枝西化的文学枝丫，经二十年的栽培，如今已经纷纷结出它的果实，这些果实也已经呈现了它们共有的一些特征，诸如：语言渐趋精练，结构错综复杂，人物多属内向、惨绿、梦幻等等的类型，刻意经营一个一个的意象，着迷于打譬喻，内容局限于少数个人的感受，与大现实脱节，主题往往与历史的潮流相背，小说中的白先勇、七等生、王文兴，诗中的余光中、洛夫、周梦蝶，散文中的张秀亚、晓风等人，或多或少都带有这些色彩或倾向。

倘说一九四五年以前的台湾文学是在冲破殖民控制的窒闷，而要透放民族意识的空气的话，那么一九四五年以来，截至今天为止的台湾文学，其主流却是遗忘了自己民族的形象，而去追逐西方的神，在意识上已经主动向西方缴械，而且更用自己的手往自己的身上套上了他们文化殖民主义的枷锁。这二十年来台湾文学与殖民主义的牵连既微妙又缠绵，在作品中或隐或现，或曲笔传情，或直言不讳。台湾的一些作家努力移植洋种思想和情操于自己的园地，西方作家们从台湾的作品中发现了自己，于是我中有你，你中有我。一些成名作家之一厢情愿为人作嫁衣裳的意识形态，与一些以民族主义为主干的台湾文学（战前的和战后的）可以说几乎背道而驰，与大陆五四运动以来的文学主干也大相径庭。现在让我们看一看二十年来台湾文学的面貌。

二　西方的感受和台湾的现实

大抵说来，台湾现代文学主流所呈现的面貌是：

一、在意识形态方面：就纵的说，与民族的大传统割绝；从横的说，向西方攀附套取不遗余力。

二、在生活态度上，不是乐观进取，前瞻外铄，而是悲观颓废，回顾内缩。

三、就作家的背景说：两种作家主持当前台湾文坛的风会，一种是军中作家，很受僵化的"反共"思想的熏染；另一种是学院作家，一个个成为西方各种思潮的在台总代理。

四、就创作的趋向而言，大多迷执于形式的多方变化，而忽视题材、主题与大现实的脱节。

一九四九年以后的几年之间，台湾社会实际上陷于思想的真空状态。光复（一九四五年）以后在坊间比比皆是的大陆文化生活出版社、开明书店等出版的一些书籍一下子消失了，反美的民族主义者大量被逮捕杀虐。而另一方面，从大陆追随国民党来台的右派作家经过内战的煎熬在精神上已经枯萎凋敝，于现实已到了无话可说的颠顶境界。除了一些僵硬刻板的"反共"文艺以外，文学上便别无所有。曾经在大陆活跃一时的作家或翻译家如台静农、黎烈文、周学普等人也都步入学院，与现实告别。台湾本土成长的作家一来由于中文的驾驭能力有待重新磨炼，二来是由于一次近乎致命的打击造成了他们的沉默：与大陆风物、习俗、人情、政府作风久违半个世纪的台湾人突然有机会目睹陈仪行政长官导演的一九四七年"二二八"的事件，他们受到无比震荡而一时无可适从。这一次残酷的政治现实对一向抱有朴素单纯的民族主义的台湾知识分子是一项重大的打击。生长于台湾的日据时代，而又身历一九四七年这次事变的作家往后能吸收这一段历史经验，而对一九四五年一般台湾人民所怀抱的单纯的民族主义提出修正批判的文学创作到现在还是为读者们所期待的。在这一方面，吴浊流的长篇《无花果》首先提出了初步的尝试。

总之，当时的台湾籍作家从政治现实中得到暂时的结论是：动不如静，放不如敛。因此很少有作品问世，也是造成了四〇年代末和五〇年代初一段思想的真空时期的主要原因之一。

倘说台湾当局的文化政策是有意要把台北造成一座禁城，要在台北的周围挖出一道城池，自绝于五四反帝国主义的传统之外，要封禁中国三〇年代和四〇年代的文学思潮，那么，在另一方面，对战后西方国家的思想冷战攻势来说，台北却又是一座彻头彻尾不设防的城市。五〇年代的台湾知识分子开始全面吸收西方冷战政策下的思想。个人对集体，自由对极权，民主对专制，西方资本主义提倡维护个人、自由、民主的价值体系，东方共产主义代表的是"集体、极权、专制的非人生活"。这大致是在冷战的年代，台湾一般知识分子所接受的思想二分法。困在"自由中国"之内，不自觉地吸取了冷战下新的欧风美雨，耳濡目染，日久成自然，等到五〇年代的后半期，台湾的作家开始要创新文坛的局面时，他们的思想被西方漂白的程度已经不算轻了，《文学杂志》《现代文学》成为一群失落知识分子吐纳其西方思潮的场所。在各种文学类型之中，被漂白得最彻底的要算是诗，从纪弦创办《现代诗》首倡"现代化"之风，《创世纪》诗刊继而呼应，推而广之，等到张默、洛夫结成《六〇年代诗选》时，台湾的诗创作几乎百分之九十五已在学习西方的观点，套取他们的感性运作方式，剽掠他们的意象，在作品中跟着学叫上帝、玛丽亚，写出来的与西方末流作品惟妙惟肖，几乎是同一个窑子烧出来的。

这何尝不是，在纵的方面与自己的民族传统割断，在横的方面却又放开胸怀去拥抱西方所造成的结果。

台湾作家那样亟亟于将现代西方的图案印在自己的心版上。他们所向往的现代西方又是怎么样的呢？虽然西方资本主义说的是标榜个人、自由、民主这一套价值体系，但是得风气之先的西方作家反映出来的现代西方社会却离人间乐土远甚。相反的，他们描写的不是个人、民主、自由的焕发，而是个人的失落、自由的可怕、社会的僵化、神的死亡；创作中隐约透露的是欧洲文艺复兴以来维系西方人的价值体系像整座巴比伦一样倒塌了。艾略特的《荒原》、奥登的《不安的年代》、卡夫卡的梦魇世界、卡缪的荒谬世界、海明威的死亡世界，还有像失落的一代、愤怒的一代、被打垮的一代等等，这些具有代表性的文学是现代西方作家殊途同归、异曲同工、合伙齐唱的西方文化挽歌。

西方现代作家的世界观遭到破舟之痛。他们被困在虚无主义的茫茫大海之中。西方的文艺批评家和思想家，不但少有起而否定创作上的虚无颓废，给困扰中的作家指出一条生路，反而多与创作家们站在一条船上，以他们的批评理论为现代文学辩护，给虚无主义以当然存在的理据。

存在主义对西方生活的不安、焦虑、恐惧等等侧面发挥有余，而针砭突破的识力则无。海德格和早期的沙特所强调的是：人毫无理由地被抛入这个世界，孑然一身，幽幽苍苍，一生注定要孤独地寻索自己的价值，肯定自己的自由，因而一生的历程之中，唯有与孤寂、不安、焦虑、恐惧等为伍。

这种个人孤立的形象，脱离政治、经济的社会活动，站出历史轨道之外，而自叹孤独，是西方现代文学所要精心刻画的人性所在。从这个世界观出发，西方作家之崇尚描绘颓势败局，揭露价值观念之分崩错乱，强调生存之徒劳荒谬也就不足为奇了。

卡缪在《希西法斯的神话》一书中替西方现代文学所表现的孤立的"现代人"作了理论的解说。卡缪以希腊神话中的希西法斯比喻现代西方人。希西法斯触众神之怒，众神罚他永无休止地推着大石头上山，到山顶之后石头又滚回山脚，希西法斯唯一感到慰藉的就是，他对处罚他的众神心底暗存着轻蔑之意。卡缪的结论是，希西法斯以他的精神制胜法终于获得了人生的幸福。

体验了战后西方之颓唐荒谬的生活犹不想摆脱求变，反而还想出一种神话，给予虚无的生活以理论的基础，西方精神之破产到此已经无以复加。

让我们回头来看看台湾的文学。看看台湾的作家们怎样移植、传播西方"现代人"的世界观。

表面上看起来，台湾也与欧洲一样，遭受了二次大战的祸害，人民也经历了流离失所、死亡恐怖的劫运。但是就台湾而言，这些动荡现象的背后却是一条绵延不断的反帝国主义的民族主义的脉络在起伏。百年来，台湾和亚洲其他地区一样，背负着殖民主义的枷锁。百年来，反帝国主义的思想和行动占据了亚洲人绝大部分的精神、感情、时间和生命，也因此塑造了当代亚洲人的性格。

可是二十年来的台湾，却与当代亚洲地区的主流脱了节。台湾社会的僵滞、人心的苦闷，本质上是反殖民主义的民族主义运动暂时在这个岛上退潮所造成的。五十年的日本殖民统治结束了，日本战败。但是随着日本人的离去，却进来了美国人。更有甚者，事隔三十年，着军装撤退的日本人如今改头换面，穿着西装再侵入岛内，经济的渗透替代了武力侵占。黄春明在《文季》第一期发表的短篇小说《莎哟娜拉·再见》中，七○年代腰缠万贯的日本商人重新在岛上对岛民的挥霍糟蹋，虽不及当年手拿军刀的日本军人之对南京市民的蛮横，但是眼前日本商人在台湾女同胞的肉体上找到他们可以任意宣泄其淫欲的对象的情景也自有其惨酷、冷血的一面。

台湾的军事依靠美国，经济依存于美国和日本。在这种政治现实下，民族主义运动无疑地陷入低潮，政治的参与也几乎等于零，五○年代以后在台湾成长的青年都没有经历过公开的政治生活，他们与整体社会脱节的情形相当严重。在这种状况下，心理的郁闷和空乏便促成了知识分子附会西方的虚无主义的机缘。

二十年台湾的政治闷局所孕育的一股嗒然无助的情愫，虽然表面上与当代西方作家代表有闲阶级而鼓吹的失落感似乎有类似的地方，但是，严格说起来，东西这两组感性活动不但不是源于同宗，而且基本上还是互相抵克的东西。二十世纪以来，台湾一直没有挣脱殖民主义的束缚，目前外有新殖民主义（经济渗透，从而政治控制）的榨取，内有为外来殖民主义者效劳的买办政治的压迫，台湾真正的苦闷是由此产生的。西方现代文学所表现的苦闷则是一群在意识形态上与西方已得利益者认同的作家（卡缪在五○年代末期之反对阿尔及利亚的独立运动革命便是实例之一）为他们的日趋没落所发出的哀鸣。

两种苦闷在本质上是这样的矛盾相克，不明真相、不察实情的台湾作家和学者们却兀自率尔比附，胡乱攀引，偷取西方书架上的感情，拿对方的虚无来附会自己的苦闷，借他人的酒杯，浇自己的块垒，结果旧愁上面加新愁不算，反而还混淆了台湾现实的真相。台湾文学界所呈现的世界就是这样荒诞，脱离实际情况，读者不知其所云，连作者自己也迷惑起来。余光中说，二次大战到现在的世界"在在都使当代的作家目迷心乱，穷于诠释"。这是他在台湾编的一套《中国现代文学大系》所作的总序之中，开宗明义在第一段所作的自白。这一套大系的大部分作品和张默、洛夫、痖弦编的《六〇年代诗选》和《七〇年代诗选》，与其当作文选，倒不如作为二十年来台湾文人感染西方虚无症的一系列的病历记录。

三　民族主义对现代主义

是谁在偷取西方书架上的那些感情呢？

主要的是一群大学外文系的师生们。在台湾成长，而现在已经成名的青年作家一半以上是台湾大专院校的外文系的毕业生。他们在大学时代沉湎于西方的书架之间，学习西方人的感受方式和思维方法，跟随他们世纪末的颓废世界观，仿效他们麻木、荒谬、病态的起落姿态。结果，台湾文学——尤其是现代诗——所呈现的多是这里失落，那儿虚无，要不然就是花篇幅笔墨大写死亡。王文兴向台湾文学界呼吁，要技巧和内容一齐学西方，这只不过是在西化论调、崇洋心理已经弥沦充塞的台湾知识界，再把知识分子向颓败的西方推一把的尝试而已。

其实，目前台湾的文艺界，旧文学或"反共"八股的力量已经式微，作家不必再攀引西方的技巧和内容来堵塞它们的泛滥。而真正需要加以反省的，倒是目前台湾文艺界已经过分拥挤的西方内容和技巧。从五〇年代的《文学杂志》《现代文学》到七〇年代的《中外文学》，这些由台湾大学外文系师生前后主编的杂志正是向台湾文艺界不断输进西方感性的主要媒介。台湾的学者、作家和学生借这些杂志，介绍艾略特、卡夫卡、卡缪、沙特，还利用形式主义的批评方法解说《荒原》《审判》《异乡人》，分析这些作品为什么伟大，甚而至于，调转头来还用这种在西方衰落的颓垣上长出来的新批评来盖台湾乡土成长的成品，借一把生锈的西方解剖刀就往台湾长的肉躯开刀，其流弊是不难想到的，颜元叔批评杨青矗所产生的差错就是一个实例。

这些精神上早已臣服于西方，并以介绍其思潮为职志的学者作家们，在《文学杂志》《现代文学》《中外文学》等等西方文艺委托行的橱窗上摆出一件件新奇耀眼的西方作品时，站在橱窗外的读者们作何感想呢？

一般读者除了膺服、羡慕、感叹、自卑之外，哪里还能想到去检查这些货色的真价值。因此，台湾的两类主要作家——军中的和学院的——之间就产生了一种微妙的关系。一般说来，军旅出身的作家经验丰富、感性自然，学院作家生活内容比较贫乏，感性多由书本中培养出来。以这样的条件去写作，哪一类作家可以创作较好的作品是昭然若揭的事情。然而事实却是：在唯西方是从的台湾文坛上，许多不谙外文的军人出身的作家在思想上无形之中接受了学院派的领导，在创作上渐渐失去了自己原有的信念，而向西方看齐，温室里的异息夺去了土生花草的芳香。《神井》的段彩华和《铁浆》的朱西宁在后来的作品中慢慢被舶来的"现代感受"所侵扰，内容渐趋紊乱（如前者的《雪地猎熊》《五个少年犯》和后者的《非礼记》《冶金者》）。

除了这类作家以外，另有一群表现作风迥然不同的作家。这一群作家多半生活在台北之外，在不能以写作为生的情况下，他们也都有写作以外的职业，有的是中学教员，有的是公司的职员，有的是自己做生意。在取材和文体方面，他们彼此之间容有出入，但是在大方向上却较为一致，而无形中形成了一种派别的趋向，相异于军旅和学院出身的作家。这群作家以吴浊流、钟肇政、郑焕、廖清秀、林钟隆、叶石涛等人为代表。他们不像学院派那样依存于西方的风潮，也不像军旅出身的作家那样把感性的焦距调整在以前大陆的风物和人情；他们都是台湾籍的作家，生于台湾长于台湾，在写台湾各种面貌这一点上，其他两类作家与之相比就瞠乎其后、望尘莫及了。

然而这些作家目前尚不得文坛正视的原因，除了文字较刻板，意象不新颖，布局、结构不够洗练脱俗以外，主要的问题还在于题材的选择一点上。从吴浊流开风气之先，这群作家多能以乡土背景衬托近代民族的坎坷。他们直接以历史作为主题，个人的遭际配搭着历史的起伏。作品之中，先以浓重的笔触泼染十九世纪以来国土沦为殖民地的历史风暴，作为一幅大背景，然后再以细笔勾勒生活于其中的家族或个人的喜怒荣辱，毁灭和斗争。这种具有强烈的历史透视法的写作方式和现代派的作风是截然不同的。现代主义从个人出发，强调个人站出历史潮流之外的孤寂形象。读西方现代派作品，卡缪的《异乡人》也好，贝克特的《等待果陀》也好，艾略特的《荒原》也好，读者可以看到个人的感受被放大、现实历史被缩小的通性。表现手法上，现代主义崇尚个人意识流片面活动的捕捉，摒弃历史、社会的大动态的刻画，讲究点滴、瞬间的特殊经验的摄取，而无视于连贯的、整体现实的掌握。现代派常自喻这种观察世界的手法是，以片段看整体，以刹那悟永恒，从一粒沙看全世界。但是这种智慧在意识上介入历史的吴浊流这些作家看来显然过于单纯，十九世纪以来的亚洲历史用这种智慧大抵是参悟不出什么道理来的。

他们所要写的，恰恰与片段的经验、意识流的自由心证、逃避历史的个人感受大异其趣。他们试图完成的作品都属于大部头的"江河小说"的范畴，以大篇幅综摄历史的进展，凸出民族的颠沛和个人的悲欢，吴浊流的《亚细亚的孤儿》、钟肇政的《台湾人三部曲》中的《沉沦》都有这种意旨。

在根本的世界观上既有差异，创作上立旨造意亦复不同，难怪以学院派当道的台湾文艺界一直不以这一群作家的创作成绩为正宗。

但是，这些台省籍作家到目前所表现的成果离完美的境地还有相当的距离，尤其在形式技巧上——文字、人物塑造、场景刻画、布局、结构——还有待提升。仅赖主题的正确、取材的卓越还难以赢得全体的读者。取材和意向略近，而年纪较轻的另外两位作家黄春明和陈映真，在技巧方面则已经略有进境了。

有人将这一群作家的文学归入乡土文学之列。这可能引起一些误解。乡土也者，事实上指的是这群作家所取自的素材而言。他们以台湾乡土风物为衬托的背景，而所要表现的并不止于地方的人情习俗。他们志不在编写地方志。他们刻画的人物和事件，倘能在技巧和内容上都趋于完美，则比那些以都市生活为素材的台湾现代派作品所刻画的，更能代表近代亚洲人的命运，象征二十世纪的历史。然而，乡土文学一词不但容易引一般人想入非非，即使作家本身有时也受其牵连。以《笠》诗刊为例，他们所标悬的乡土意识有时竟沦为收风集俗，作俚语土话的展览，宾主易位，不是以乡土衬托主题，而变成主题就是乡土的单纯描绘。

四 形式主义的泛滥

然而在民族主义退潮二十年的台湾，文化领域成为西化派的天下，文学，是文化的一部分，自然也难免不由西化派来指使。

描写台湾基层社会的小人物的辛酸，有一定的现实反映的杨青矗的《在室男》被认为只是比较文雅的妓院素描，是一篇低贱、邪淫、无意义、无任何价值的东西。相反的，为一群除了男女情爱的困扰之外别无牵挂的浮动不实的都市大学生说话的林怀民，他的感性和知性竟被认为是这世代的代表；陈映真、黄春明的作品还没有得到正视以前，内容苍白造作，文字晦涩离谱的王文兴的《家变》已经被誉为现代中国小说的极少数的杰作之一了；凡此种种荒诞不经的现象，并不是台湾文坛诸家故作惊人之语，而只是他们思想一以贯之的结果。

剽取了西方书架上的感情，而要拿它套在台湾社会现实身上，其始于格格不入，终而阴错阳差，自不待言。民族主义的感性经验和现代主义的感性经验之间的差距是相当大的。而今天在台湾得势的现代主义者崇拜形式美，把文句、譬喻精雕细琢，打点得花枝招展，玲珑精巧，而他们对待形式不够精细，以民族主义的感性为基调的作品，有如城里有鞋穿的孩子们不屑于乡下没鞋穿的孩子跑不快一样。这种现象在目前刚刚稍作起步的台湾批评界表现得最为严重。

台湾的批评界和创作界出于同样的思想渊源，批评家也是一味跟随着西方——尤其是美国——的脚印，亦步亦趋。或许今天出现的批评界正是应运而生，要为二十年来台湾的现代主义文学垫一块理论的基础，而这基础，一言以蔽之，就是美国的形式主义。

什么是美国的形式主义呢？简单地说，这是由几位出身美国南方农业文化传统的学者诗人们各自发表自己的文学观而后蔚成的一种文学批评理论，有时称之为"新批评"。他们把当前世界的紊乱归咎于科技的发达。愤世嫉俗，与当前的工业社会格格不入，退而隐入个人的小世界。他们在个人主义的基盘上主张诗，推而广之，甚至于小说，是一个自立自足的有机体，它超越时空而存在。因而在阅读研究时，可以将作品孤悬起来处理。它的时空因素与作品本身没有必然的关联。在批评实践上，他们的视野局限在作品的小天地里，做句读诠解的工作，力避对作品作价值判断；在阅读时，他们是意象的狩猎者，追求他们特定意义下的隐喻、张力、冲突、讽喻、矛盾语法等等，而他们的目的是为这些作品中的谜语提供谜底。

这种治学工夫大抵可以归属于中国传统学问中的"小学"范畴，是学者的修养，教授们的看家本领，而不是批评家的本职。不能作价值判断的不是批评家；不能掌握历史脉络、文化变迁的批评家也不是好的批评家。把文学圈限在它自己的小天地，切断它与它所赖以产生的历史和地理环境，这种限于铟钉、失其大体的做法其实除了作贱文学之外别无贡献。

把这一套文学批评法移植到台湾，无形之中助长了保持现状的意识形态。它忌讳变革，间接助长所谓"避秦"和偏安的生活态度。加以这种批评忽视主题、取材高下之分，而只视隐喻、讽喻、矛盾语法等等为文学创作的鹄的，一般作家便刻意去经营这些东西，结果内容一片空墼，技巧上倒各尽斗奇、卖怪、作伪之能事，小说中的七等生，诗中的洛夫、叶珊、叶维廉都是现成的实例。而诗人偏爱这种言中无实物、打隐喻的作风，更有甚者，他们还要染指散文。"我慢慢走着，我走在绿之上，我走在绿之间，我走在绿之下。绿在我里，我在绿里"，"春天绝不该想鸡兔同笼，春天也不该背盎格鲁-萨克逊人的土语，春天更不该收集越南情势的资料卡"，这种自以为风流的白日做梦被诗人誉为"具有足够的现代感"的散文而加以标榜。他们认为现代文学的手法就是这样，要反五四的嫡传，"以反为正，以不类为类"。

歌德说:"人先堕落,而后文学堕落。"今天以现代派为代表的台湾一部分小说、诗、散文、批评,各显其神通,逞其异彩,斗奇卖怪,剽窃作伪。这些作家不能正视大战以来台湾由一种殖民地变成为另一种殖民地的现实,反而还耽溺于外国的颓废思想,将现代欧美有闲阶级的虚无情调,挟衰落的西方以自许,而美其名为"具有现代感""很现代的"。无可否认的,这一支误入"现代"歧途的文学流派在台湾的文坛已经渐失其园地,读者对这一类五光十色、涂脂抹粉、光怪陆离的"现代"作品并不表示心服。尤其最近大家对这一棵从西方的中上层社会硬移植过来的异种都不但投以怀疑、批判的眼光,而且还纷纷提出异议。从《大学杂志》到《中外文学》,接二连三地有批评的文章出现,有人从台湾文学的两大特色——殖民地文学和倡优文学——谈起,有人直接质问:"台湾文学不是太美利坚化了吗?"有人重新提出要继承中国三〇年代的文学传统,有人寄望于新生的一代。这种不满和期待正是一粒希望的种子。经过社会的变动、意识的觉醒、思想的启蒙这些雨水的更迭催生,这粒种子不难从台湾的泥土中发芽而茁长新的文学。新文学将记录这块土地上一向被"现代派"漠视的世纪的苦难与怒吼,也将透放被"现代派"的阴晦所遮挡的生的光芒。

——原载香港《抖擞》双月刊创刊号,1974年1月,以笔名罗隆迈发表。

——本文依据《乡土文学论战三十年——左翼传统的复归》(人间出版社,2008年1月)编校。

【作者简介】

郭松棻,1938—2005,小说家。台湾大学求学期间发表第一篇短篇小说《王怀和他的女人》(1958年),1969年取得美国加州柏克莱大学比较文学硕士学位,后全心投入"保钓"运动,往后25年间作品以政治评论为主,直至1983年才以笔名罗安达再度创作小说。

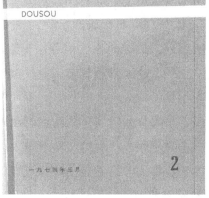

郭松棻《谈谈台湾的文学》，以笔名罗隆迈发表于香港《抖擞》双月刊创刊号上，1974 年 1 月

论战

文学来自社会反映社会

陈映真

一 文学和社会

我总觉得，文学像一切人类精神生活一样，受到一个特定发展时期的社会所影响。两者有密切的关联，因为一个时代有一个时代的"时代精神"。以欧洲的浪漫主义时代来说，它在文学方面有各别国家和民族的不同，但和前一时代——即所谓的"拟古典时代"的文学相较，浪漫主义文学有一共同的特点，即个人的苏醒和解放。文学中奇诡的幻想，对于神秘、恐怖的激情，叛逆的热情，对于肉体的、活跃的"人"的苏醒，夸大的感伤主义，对于传统道德、纪律、观念等诸束缚的反抗和强烈的自我中心主义等，风靡了整个欧洲。如果从全局去看，浪漫主义时代的宗教寻求个人与神之间直接的交通——即通过读经和祈祷直接从上帝求取灵感，而不是通过层层的神职阶级体系；在政治上的"自由、平等、博爱"，乃至于经由革命而打倒封建贵族专制，建立近代市民民主政体；在经济学说上有了以个人为社会幸福最高裁判的资本主义经济学说。其他在音乐、绘画、哲学、法律理论上，都浸淫了一种新的精神，即所谓浪漫主义的精神。许多思想史家都说，这种精神，是某一个年代某一个国家的某一个人——例如法国的卢索，喊出某一个主张——例如卢索的"回归自然"，引起共鸣，成为强大的风潮。然而，如果有一个用功的学生问：为什么这个精神不早一天或晚一天发生，为什么在"拟古典"时代和"浪漫"时期之间的所谓"前浪"时期，也同样有思想家表现出同样深刻、同样敏锐的个人已苏醒和解放的思想，却未蔚成气候？那么，这些思想史家，怕是难于解答的。因此，另外有些思想史家，便在每一个思潮背后，找社会和经济的根源。于是他们发现就在浪漫主义思潮昂扬的时代，已是欧洲在产业革命之后，工业资本主义开始发展的时代。现代工业生产，创造了史无前例的社会财富，建立了前所未有的新兴城市，以及一群群新的人类——产业资本阶级。这些人和过去的封建的、贵族的传统毫无瓜葛，他们以新的生产手段，创造了一个充满发展前途的、富裕的新世界。物质财富的开发和生产、科技的发展，对于前所未知的世界的不断征服……使他们以新的态度肯定了人的能力和价值。他们敢想、敢做，而且想了、做了，就产生空前巨大的成果。对于新兴的工业资本阶级，"人"苏醒了、解放了。一切封建贵族的价值和成就，相形见绌。于是他们像甫入青春时期的少年一样，内心充满了热情、好奇、自信、反叛、创造、幻想、感伤等情绪。这便随着新兴工业资本阶级在经济社会上的领导性，而领导了整个欧洲的精神生活。它表现在文学上，就有了文学的浪漫主义；在政治上，有了自由主义和民主主义；在经济上，有了亚当·斯密的以"最大多数人的最大幸福"为指导的资本主义经济学；在宗教上、音乐上、绘画上和哲学上，也都有同一个浪漫精神贯穿其间。一个时代的"时代精神"，一定有它作为时代精神的基础的根源的、社会的和经济上的因素。我这样讲，绝对没有要告诉大家社会或经济是文学绝对的唯一的影响因素的意思，就好像数学上的变数一样，比方说 $X = 2Y$ 这函数的关系，只要 X 值改变，Y 的值一定也变。文学和社会、政治、经济的关系，并没有这么机械，这么呆板。我们只是说：社会或经济是思想的或精神生活（当然也包括文学）的一个比较重要的因素。

二　三十年来的台湾社会

今天我们要谈的是三十年来的台湾的社会与文学，让我们先谈谈三十年来台湾的社会经济，也许可以找出一些特点。我们知道，一九五三年是美援正式参加台湾经济的一年，一九六五年是停止美国经济援助的一年。

只要研究台湾经济的人都知道，美援对于台湾经济发展有很重要的作用。日本在太平洋战争以前，有意要把台构造成日本帝国主义南侵的基地。从那时开始，它才在传统的"农业的台湾""工业的日本"政策上做了一次修改，于是台湾的工业开始有了比较大规模、比较重要的工业设施。但是不久，第二次大战到晚期时受到盟国的轰炸，经济封锁和通货膨胀的结果，整个地残破了。光复之后我们政府来到台湾，当时台湾的经济可以说几乎完全瘫痪，快到破产的阶段。当然，一些基本的工业设施和工务工程还在。为了使社会安定，为了提高经济，以免和许多战后国家一样，使共产主义在贫穷地区滋长，美国即根据这个政策，援助台湾以及战后的西欧。其目的就是在稳定经济，防止"左派"力量成长；另一目的就是创造一个有购买能力的市场。我们晓得美国在第二次大战里愈打愈有钱，生产力愈来愈高。所以它在欧洲和其他地区，就必须用经济性的援助来帮助它，一方面稳定当地的政权，使得不被"赤化"，一方面创造一个有购买力的市场，来买美国的东西。同样，美援在台湾整个经济和财政上有非常重大的功能，甚至于在决定台湾哪一种工业应如何做，都得经过美国同意和审核才能动用它的钱。可是，事实上，这十几年来，台湾地区从公营事业慢慢地开始成长了，特别是朝鲜战争以后，越战之后更是蓬勃发展。而在这十九年来的台湾民众经济生活里面，美国的资金、技术、资本、政策和商品，对我们台湾经济有绝对性的支配性的影响。一九六五年美援停止，并不意味着美国经济因素对台湾影响的终止，就好像它所宣称的一样，它认为台湾已是一个在经济上可以"自立"的地区，当然，能否"自立"是另一个问题。它的意思是说，台湾已经可以自己生产一些比较初级的东西，而且有了相当的购买力了。一九六五年以后，美国对台湾在经济上采另一种参与的方法，即投资的方式，就是资本上的输出。银行一家一家地设立，美国资本的工厂亦然。美援停止之后，日本资本也来台湾了。一直到今天，日本的资本、技术和商品对台湾有非常显著的影响。《中华杂志》一直如此大声疾呼：我们和日本的关系每年都是入超。一直到这两年，我们才开始进行六年经济计划。此一计划有一基本精神，就是要用我们自己力量站起来，开始有了十项建设的设施，开始有资本密集工业的筹划。这一切目的都是为了摆脱过去三十年来太过于偏重外来资本、外来技术影响而做的努力，也许这努力很困难，可是值得我们支持。这是一条好的道路。不错，三十年来，台湾的国民经济即使像今天这样，已经有了某种程度上的成长，是在什么样的条件下发展的呢？就是：开始是在美国，后来是在日本的资本和技术的一种绝对性的影响下成长出来的。这是三十年来台湾社会经济非常重要的特点。

三 西化——三十年来台湾精神生活的焦点

在这样的社会经济特点下，我们来回想一下这三十年来台湾经济生活的各个方面，就可见到一个特点，就是——西化，受西方的影响或东方日本的影响很大。首先，我们看政治上的影响，我们所要讨论的不是我们的政治设施，而是"政府"以外的政治上的运动和想法。在五十年代和六十年代交接时，有一个自由化运动，那时候有一家被禁止了的杂志——《自由中国》杂志，是"在野党"和党外政治运动的机关刊物。它的方向是西方的议会民主主义，他们所要求的是政治上的西方式自由民主，他们想依照西方的样式组织"在野党"，他们的理想和目标完全是西方的议会政治路线。当然，这也反映了刚刚在台湾随着经济成长而成长起来的、新的台湾的民族工商阶级在政治上的要求。这是我们政治上的目标，直到今天我们还有很多人要求政治上的民主和自由化。我这样说，并不在对这个运动作什么价值的判断，我只是告诉大家：这个运动和整个三十年来的西方经济对台湾的支配有不可分离的关系。其次，从一般思潮来看，我可以举出一家"自动关闭"的《文星》杂志。那时有一位作家，一连串地写了许多文章，其中表现的思想，无非个人主义和对权威的怀疑和反抗，在中国未来的方向和道路的问题上，提出了一个口号——"全盘西化"。甚至于大声疾呼：为了要全盘西化，我们应该不惜牺牲连西方的缺点也照单全收之。从思想内容上看，并没有新奇的地方。我们知道中国在二十或三十年代，就有过这种"中西文化"孰优的论战，而且讨论得很深刻、很广泛。从全局去看，基本上这个问题已经解决了。可是，由于台湾在一九四九年之后，由于各种因素，和整个中国近代思想传承发生了断绝，所以在发展的过程上，必须把这些老的，似乎在中国已经解决的问题，重新在台湾再绕个小圈。从台湾的整个历史看来，这是件非常有趣的事情。这和台湾由于帝国主义和中国大陆分离有很大的关系。比方在早期，台湾也有白话文的论争，但在时间上距中国大陆的白话文问题的讨论已后十年左右了，就是说中国大陆的白话文已经辩论过，在基本上，问题已经解决，而且在白话文已于中国大陆的许多文学作品中开花结果的十年之后，台湾才开始讨论这个问题。还有像中西文化论战也一样，七十年代以后的新诗论战也可作如是观。西方式的个人主义、自由主义对权威的反抗，对自由的向往或对西方倾倒的心态，是三十年来台湾革新思潮的主流。最后，我们再看看，这三十年来台湾的学术界和科学界是怎样的情形。在谈这问题之前，我介绍同学读一篇文章，即第一〇五期的《大学》杂志里头，李丰医师写的："把医学从殖民地的地位挽救回来。"这篇文章是这么开始的。她说，她是一个医师，台大医学院是个教学医院，每个礼拜要举行一次临床病理讨论会。三十年来，这个讨论会中所使用的语言，是一种以中文语法夹杂英文语汇的特殊语言，由于行之已久，大家习以为常，早已不觉得奇怪了。可是，有一次，来了一位刚从美国回来的李治学医师，他很努力地用中文在这个讨论会上做报告，结果引得全场哄堂大笑。原来在这二三十年来，大家习惯于那种中不中西不西的语言，如今突然换成中文，讲起来可能反而显得蹩脚，于是大家竟然引为奇怪而笑了起来。可是，在场的李医师觉得很沉痛，她说："中国人在中国的地方，因为使用中国的语言来讨论中国人的病情，而引起哄堂大笑，却没有人以为是很大的笑话；也没有人认为是一个很大的讽刺。中国人在中国的地方，替中国人看病，却要用扭扭捏捏的外国文字来写病历？中国人在中国的地方，使用中国的材料做研究，却要用似通非通的外国文字来写论文，也没有人视为笑话，也没有人认为是一件很讽刺的事……"接着作者又举出我们邻近的日韩，很远处的欧美，指出这些国家中，没有一国的医生是用外国的语言文字来讨论他们本国的病例、写论文的。唯独香港是例外。但香港是英国的殖民地……她说："我们学生苦读了十几年，好不容易考上了大学，第一件最令他迷惑的是外文的教科书，如海浪滔天而来，搞得昏头转向，天天翻字典。如此整个台湾的教育变成了外国高等教育的预备教育？台湾有些学子好容易挨到了个博士，报纸上偶尔也登载一下，但是，在整个学术市场上，就绝对比不上在外国绕了几圈回来的人。这个问题我们一点也不陌生，我想大概除了中文系之外，没有一系的教科书不是外国人写的，甚至还有些学校的系主任和很多老师也是外国人。在基本上，我并不是反对外国的东西，我一直认为外国的经验中好的东西我们要接受，外国的东西我们要有批判地分别地加以吸收，然后用到我们民族的具体情况上。我们要了解：什么叫教科书呢？教科书就是一个国家的学者专家，用他的学术上的成就，面对他们自己的民族或国家的具体问题，提出解答的方向，然后把他的解答和方向，交给他的下一代，使他的下一代能按照自己的智慧、自己的成就去面对自己的问题。然后一代代地承传下去，没有一个国家的教科书是用别的国家的语言写的。就拿医学来说吧，也许我们想：全世界的癌症一定都一样，所以美国人治疗癌症的经验，一定也会变成我们的经验。可是，外国有色人种在鼻咽癌和肝癌上的病例很少，但在台湾却很多。假如你是医学院的学生，你读了外国的内科学，那么在肝癌那一章，也许你就发现书上说这病例很少见，他们没有多少资料研究。关于肝癌的解答，你在这本以外国情况为基础的教科书上是找不到的。实际上，在台湾，我们在鼻咽癌和肝癌的研究上已有相当的成就。可是，我们的有关研究论文并不是写给我们看的，而是用别别扭扭的英文发表在别的国家的医学杂志上。对于外国医生，他看了只是了解有这么一回事，对他们没什么实际的价值。但是对于台湾的医学教育却是一项不可饶恕的损失。这个问题值得每个同学想想，如果开始的十年我们从没有变成有，需要借重外国人的经验，外国已有的成就，这是我可以同意的。然而三十年来我们整个学术界和大学教育，读的是别人要他们的子弟解决他们自己特殊问题的教科书，二三十年我们的老师很少用中国的语言，以中国的材料，针对中国具体条件写成教科书给我们读。你们应有权利要求老师写这种教科书。""对西方的附庸化"，是台湾学术界或者说是科学界的一般情况，至于其他的社会生活更不用说了，尤其最近十年来台湾学生生活普遍有了显著的改善，家庭生活富裕化，甚至在台湾正景气时，有学生自己搞起贸易来了。这并不是年轻人的错误，是这个客观而具体的环境所造成的。再说我们的音乐系，在二三十年来的教育下，没有培养出一个真正具有中国民族风格的音乐家，音乐系的学生成天和外国的音乐为伍，充其量只培养一个外国音乐的很好解释者，那就是演奏家。可是，他们花那么大的力气，那么多的心思，经过那么痛苦的煎熬，学的竟都是外国的东西，从来没有自己民族的声音。我曾听过一位教授说：没有一个音乐上具领导性的国家不是音乐民族主义者。他以德奥为例，他们的音乐教科书从小学到专门大学，多半都是他们的民族作家。愈低层的音乐教育愈多是他们自己的民族音乐，他们的民谣，他们民族几千年来的歌声。绘画更不用说了，我们可以从我们学生的画展中看出纽约、巴黎、东京的影子，毕加索的影子，许多我们在画册上熟悉名字的影子。文化上、精神上对西方的附庸化、殖民地化——这就是我们三十年来精神生活突出的特点。这一认识也许使我们惊愕，但却是不争的事实。此无他，唯一的解释，我想，是由于我们整个实际社会生活就是笼罩在别人强势的经济支配下的缘故。我们的附庸性文化，只是社会经济的附庸化的一个反映而已。

四　文化附庸中的台湾文学

在这样的精神环境，让我们回顾这三十年来台湾文学是怎样的一个情形。在台湾年轻一代文艺工作者成长的时期，我也参与了一点，所以我可以就这个问题做一回想，和大家做个探讨。首先，我要介绍的，当然是标示文学运动最重要的标志——文学同人杂志。先说当时由夏济安主编的《文学杂志》。它有两个组成部分，第一个部分是介绍西洋的东西，西洋的思潮和西洋的作家；第二部分是因为当时来台不久，新一代的台湾作家尚未成长，而当时的几个作家都是以回想在过去大陆上的经验为创作的题材，所以我替它起了个名字，叫"回忆的文学"。《文学杂志》中主要的这两个部分，并没有现实上台湾生活的反映。但很重要的一部分还是西方东西的介绍，用很大的热心加以评介。另外一本《笔汇》杂志，虽然和学院离得较远，却依然被笼罩在一片西化的潮流之下。"五月画会"的一些成员，当时，还只是师大艺术系的学生，整天在《笔汇》上搞"康定司基""达达主义""超现实主义"，在文学上，《笔汇》也花不少力气介绍外国的作家、批评和理论。主要的真正指导他们文学道路和思想的是西方的东西。《现代文学》更不用说了。它可以说是私人办的当时台大外文系的习作杂志。《现代文学》的同人，把学自课堂和阅读的西洋文学，以中文实践。五四新文学的传承中绝了，他们就在西洋文学中找传统，模仿西方文学的内容和形式从事创作。这样说，绝不是在批评或嘲笑他们，在社会经济全面附庸于西方的时代，文学艺术不向西方"一面倒"，才是不可能的。《现代文学》培养了很多优秀的作家，像白先勇、陈若曦、欧阳子、王文兴等。再说一九六六年创刊的《文学季刊》。如今看来，西方的东西在这个杂志中仍然占有很大的支配力。我们也曾花过很多力气，把还看不太懂的西方文学评论很吃力地翻译出来，然后登了出来，同时又介绍作家和流派等等。当然，我们也培养了许多作家，如大家非常喜爱的黄春明，产量较少但非常卖力精工的王祯和，还有现在作风已改变的施叔青。不过，《文学季刊》和《现代文学》毕竟有些不同之处，后者是全心全意地往西方走，而前者一直在寻找自己的道路，或者主观上愿意走自己的路。而这寻找的工作在一九七〇年以后有了很大的进步。我在《文学季刊》开始写些随想的东西，当时也曾把一些不必要的英文字眼夹在文章里，显然是崇洋媚外。当时，我对西方的影响已经有了反抗的意思。可是，即使如此，我还是乐此不疲，甚至到今天，有时候和人讲话偶尔还有几句英文单字。这是一种心态，是整个文化空气之下，我们的处境。

五 七十年代的变化

在七十年代的开始，客观事物和我们精神生活都有很大的变化。首先是国际政治上的撞击，五十年代开始的"自由世界和共产世界两分"的世界冷战的时代，已经慢慢结束了，趋向于多元化世界。在一个时代结束，另一新时代在形成的过程中，我们受到很大的撞击。我们过去一个劲往西方看，一个劲往东方日本看，总觉得人家好，所有美好的名词都和美国、日本联上关系。可是，到了七十年代以后，我们突然发现这些我们奉以为师、视以为友的"自由世界"重镇，竟冷酷地背弃了我们。一些本来似乎还很遥远的事，似乎跟我们没关系的事，忽然一下子都来到我们眼前了，使我们措手不及。这是国际上的变化。再说经济方面：经六十年代末年到一九七四年，由于世界性景气，我们遭逢前所未有的繁荣时期。在这个时期中，一方面是社会财富的增加，一方面也显示出工商经济体制内部的问题：显著的是财富分配的问题，工人的工作条件问题，工人的职业疾病问题，农村、渔村、矿区的社会问题等，引起了青年和社会深刻的关切。再加上"钓鱼岛事件"的勃发，首次启迪了战后年轻一代爱国情绪和民族主义的情感，真切地感觉到依附于强国下自己民族的危机。过去，我们对中国的感情和认识，是地图上像秋海棠的一片叶子的中国。我们只在中国现代史的课堂上，读到帝国主义的侵略时，悲忿一番，过会儿就忘了。"保卫钓鱼岛"的运动发生之后，青年同学才真正地在实际运动中参与了自己民族的命运。

1. "保钓"后的思潮和文学

这一切的变化，使年轻的一代，从原本只知引颈"西"望反转来看自己的本身、自己的社会、自己的同胞和自己的乡土，他们喊出了一个口号，"要拥抱这个社会，要爱这个社会"。于是，有了社会调查的运动，到山地、渔村、矿区等去调查当地的实际生活情形，他们也展开了服务运动，青年们带着一颗赤诚的心，到孤儿院、老人院去慰问。总之，他们开始关心自己校园以外的事物，关心实际的社会生活，当然这些关心也许还欠深入，但从发展的过程说，这是三十年来第一次在台湾的青年字典中有了一新的词汇——"社会意识""社会良心"和"社会关心"。在这样的思潮下，台湾文学也有了转变，那就是以黄春明、王祯和为代表的"乡土文学"。这一个时期的文学作家，全面地检视了在外来的经济、文化全面支配下，台湾的乡村和人的困境。他们不再支借西方输入的形式和情感，而着手去描写当前台湾的现实社会生活和生活中的人。在文学形式上，现实主义成为这些作家强有力的工具，以优秀的作品，证实了现实主义无限辽阔的可能性。这一时期的文学思想,表现在一个讨论战上,即"现代诗论战"。在这个论战中,相对于"现代诗"之"国际主义""西化主义""形成主义"和"内省""主观"主义,新生代提出了文学的民族归属,走中国的道路;提出了文学的社会性,提出了文学应为大多数人所懂的那样爱国的、民族主义的道路。他们主张文学的现实主义,主张文学不在叙写个人内心的葛藤,而是写一个时代、一个社会。

2. "乡土文学"

说到"乡土文学",有趣的是,一般所称"乡土文学"的代表作家如黄春明和王祯和等,都不同意将他们的文学称为"乡土文学"。中国新文学在台湾的发展,有一个过程。经过六十年代晚期以前的"西化"时代,在七十年的前夕和七十年代初年,作家开始以现实主义的形式,以台湾社会的具体生活为内容,检视西方支配性影响在台湾农村所造成的人的困境。七十年代以后,杨青矗的工厂和王拓的渔村成了小说的主要场景。他们在现实生活中找题材,找典型的人物,在现实的生活语言中,调取文学语言丰富的来源。在这一个意义上,王拓说:"是现实主义文学,不是乡土文学。"对"西化"的反动和现实主义,是这一个时期文学的特点。

从历史上看,"乡土文学"是抗日文化运动中提出来的口号。由于深恐中国文学在殖民地条件下消萎,由于中国普通话和闽南话之间的差异,由于日据时期台湾和大陆祖国的断绝,当时,伤时忧国之士,乃有主张以在台湾普遍使用的闽南话从事文学创作,以保中华文学于殖民地,而名之为"乡土文学"。当然,今天情况已有大的不同,但相对于过去"乡土文学"有强烈的反日帝国主义的政治意义,今天的作家,也在抵抗西化影响在台湾社会、经济和文化上的支配,具有反对西方和东方经济帝国主义和文化帝国主义的意义。毫无疑问,由于三十年来台湾在中国近代史中有其特点,而台湾的中国新文学也有其特殊的精神面貌。但是,同样不可忽视的,是台湾新文学在表现整个中国追求国家独立民族自由的精神历程中,不可否认地是整个中国近代新文学的一部分。

3. 殖民地时代反日抵抗文学的再评价

也就在七十年代的前夜,一些优秀的、年轻的文艺史学家,如张良泽、林载爵和梁景峰，开始着手整理日据时期台湾抵抗文学的历史。一直到今天，《文季》《中外文学》《夏潮》《大学》等，陆续不断地有介绍和评介日据时期台湾抵抗文学的文章。这和三十年来，文学性杂志上一味评介西方文学的事实，有多大的对比，多大的不同，这些前行代民族文学家，在过去近三十年中，由于文艺界以洋为师，"西洋"挂帅，竟被湮没了将近三十年的时间，随着时代的变化，和"现代诗论战""乡土文学"同时，开始了对先行代抵抗的民族文学家予以再认识和再评价，是有它的必然联系性的。

先行代抵抗的民族文学家给予我们的教育是什么？首先，是他们有明显的历史意识，他们的文学，强烈表现了整个近代中国抵抗帝国主义的历史场景；其次，这些作家表现了勇于面对当时最尖锐的政治、经济、社会和文化诸问题，不逃避，不苟且，在抵抗中，正面表现人类至高的尊严；再次，他们毫不犹豫地采取具有强烈革新意识和倾向的现实主义，作为他们文学表现的工具。对于台湾先行代民族抵抗作家的再认识和再评价，无疑地将成为新一代在台湾的中国文艺家最好的教材，让我们承传这一伟大而光辉的传统，发扬而光大之。

六　结论

七十年代以前，台湾不论在社会上、经济上、文化上都受到东西方强国强大的支配。在文学上，也相应地呈现出文学对西方附庸的性格。

七十年代以后，因着国际政治和岛内社会结构的变化，开始了检讨和批判的时代。"保钓"运动激发了民族主义和爱国主义的热潮，掀起了社会服务和社会调查运动；社会良心、社会意识首次呈现于战后一代的青年之中。在这个变化下，文学在创作上以现实主义为本质的所谓"乡土文学"的文学思潮，展开对西方附庸的现代主义的批判，提出文学的民族归属和民族风格、文学的社会功能；在文学史上，前行代台湾省民族抵抗文学的再认识和再评价，使日据时期民族抵抗文学中反帝、反封建的意义得到新一代青年的认识。从文学长期向西方一面倒到文学的民族认同，从逃避主义、现代主义、"国际主义"和主观主义，到文学的民族归属，到文学的社会功能，到文学的现实主义；从评介西方文学到对台湾先行代民族抵抗文学的再认识和再评价，是一条漫长的发展演变过程，有一定的历史、社会、经济的基础。而我们也从而可以肯定，新一代青年，将沿着这一条曲折迂回的道路，开发一种以台湾的中国生活为材料，以中国民族风格和现实主义为形式的全新的文学发展阶段，带来中国新文学在新阶段中的一次更大的丰收！

（本讲稿由杨丰华小姐整理，谨此致谢！）

——原载《仙人掌杂志》第一卷第五号，1977 年 7 月。

——本文依据《陈映真全集（卷三）》（人间出版社，2017 年 11 月）编校。

【作者简介】

陈映真，1937—2016，小说家，本名陈永善，笔名陈映真，另以许南村、石家驹等笔名发表评论文章。1968—1975 年因组织左翼读书会罪名入狱，1977 年以《乡土文学的盲点》一文加入乡土文学论战，同年发表《文学来自社会反映社会》。曾参与《文季》《夏潮》杂志编务，并创办《人间》杂志，开台湾报导文学先河。其创作和思想影响后学甚巨。

瓦器中的宝贝

陈映真

文化，在基本上，是一个社会的经济体制中各种关系的表现。在性质上，一个社会的文化，总是为了加强、增进和维护既有的经济和生产体制的；在内容上，一个社会的领导性文化，总是表现了这个社会中最强有力的、掌握了这个社会的生产手段者的思想、感情、道德和价值判断的。

在农业的、自然经济的社会，有讲求人与人之间严谨的阶级差等的、要求阶级顺服的、男尊女卑的、父家长专断的文化，以维系以土地和手工业为主要生产手段的社会，压抑低层农民的反抗和叛乱；在内容上，忠孝之道，长幼尊卑之序，三从四德之教，节义之德，浸透整个社会，成为全社会各阶层共同的价值和行为规范。即使在贩夫俗子之中，在民间戏曲之中，封建的意识，成为强烈甚至"吃人"的支配力量。

而工业革命之后所缔造的工商经济社会，却是以空前的生产规模，生产空前大量的商品，创造了空前的社会物质财富。这个新的工商社会，同时也建筑了与空前广大的生产规模相应的、空前多的人所涉入的"大众文化"。

这个大众文化有这样的几个特点：

一、拜金主义——工商社会，是一个由无量数商品所堆砌的社会。在商品流通的过程里，金钱是重要的流通媒介。因此金钱的威力大大地膨胀，支配着人类的一生。金钱是乐园的钥匙，是"一切力量的力量"。一切价值，一切关系，都可以简单地用金钱加以诠释、买卖。

于是一个站在国会之前侃侃而谈的一国首相，暗地里可以收取外国飞机公司的回扣；一个在学生时代充满理想热情的青年，一旦坐上大公司管理者的座椅,就大谈经济无国界,大谈宁可亡国而"民主""富裕",也不能容忍自己民族的"落后"和"专制";父母可以让女儿在火坑中先是找生活最起码的资料,继之则吸取奢华生活之所需;本来应该专心向学的大学生,把大部分的精力用于做生意、搞买卖,满眼满脑都是钱,钱,钱!对金钱的崇拜,成了一种至高的宗教,使全社会的人向金钱顶礼膜拜。

二、商品的拜物狂——工商社会,是一个商品的生产和消费的社会。正是商品的生产和消费的过程,推动着工商社会。为了促进商品的大量消费,拥有和使用大量商品,便成为工商社会的荣耀。无数种化妆品,各有其独特而奇怪的用途,涌进每个家庭的化妆台。无数种日常用品、舒适的家庭用具,诱使你将它们买进你的客厅、卧室和厨房。服装的款式、头发的式样、鞋子的式样、嚼口香糖、喝可口可乐、接吻爱抚的方法、耸肩摊手的姿态,都成为疯狂的商品潮到处泛滥。加上大量生产和大量消费,使更多的人可以取得这些商品,商品的拜物狂形成空前广大的范围,使社会大众漂浮其中,滚滚不息。

三、精神事物背后的物质动机——在猖狂的商品崇拜中,工商社会甚至将人们一向视为超然不可交易、买卖的事物——如美德、信仰、知识和良心——都置于商品法则的支配下。学术有其"市场",至今已是裸裎的事实。振振有词的"科学中立"论的背后,掩盖了多少资本家的贪欲。一个"父严母慈,温馨和乐"的中产阶层家庭观,正掩饰近代家庭关系中露骨的金钱关系。当代的基督教再也不提指责奢侈淫逸、追求人的最终解放和提携被侮辱者、被践踏者的先知教义。工商社会的"良心",永远不被及在冷酷的利润动机下的工业结构中,人类在生命、心灵、精神上的消耗、损害和斫伤。

但是,这样虚伪的精神事物,却以商品的魅力,经过最精确的设计和宣传,使绝大多数社会大众深信不疑,成为他们自己的文化、自己的思想和价值标准。现代急速发展的传播事业,便是将工商社会中少数有力的利得者的道德、思想和价值,说成是全体社会大众自己的道德、思想和价值的最雄辩、最诡诈、最有力的说教者。

像这样,工商社会的大众,实际上并没有真正属于他们自己的文化。

他们所爱唱的歌，他们所向往的生活方式，他们据以言动的价值模式，他们的衣着，他们的思想和感情，没有一样不是在维护和增进一个他们所创造而又不属于他们所有的物质社会，没有一样不是代表着少数拥有生产工具和商品的工商寡头的实际利益，也没有一样不是直接或间接、公开或隐藏地表达了属于真正掌握了工商社会的少数人的感情、思想和价值的。没有一份报纸、一份杂志、一门学科、一本小说、一曲音乐，是以广大生产大众所能懂得的语言、思想和感情去编印、撰写和创作的。于是销蚀人心的、激发对商品的无限需求的、庸俗的、安于既成现实的、懒散不求长进的、看不见激变中的世界的、堕落的"文化"，不但充斥社会的每一个角落，也充斥在教堂、课室、研究室和书斋之中，而且远远望去，还整个地照耀着"经济成长""国民所得""科学技术""自由""创意"等辉煌的光芒。

"落后地区"的大众文化，还要加上一个奇怪但又具有强大支配力的因素，那就是对于外国事物的崇拜。

原来今之所谓"落后地区"，绝大部分都曾是十九世纪后半叶西方帝国主义国家的殖民地。那时候，工商经济的西方国家，由于国内工商业高度发展，产生了对于国外市场、原料和更廉价劳力强烈的需求迫力，于是展开了疯狂的殖民地掠夺的竞争。

自给自足的、农业经济的殖民地，为了适应殖民母国工商经济掠夺的需要，便在强制性的、不自然的、外铄的情形下，使向来的农业经济趋向解体。而在殖民母国强大的支配下，在一定的范围内，走向附庸的工商经济，永远在工业产品与农业原料产品间差别价格交换下，受到无尽的剥削。因此，"落后地区"的文化，便鲜明而不可抹拭地炮烙着外国工商资本强大不可抵御的烙印。因为，我们已经说过，文化，在基本上，是一个社会中经济诸关系的表现。如果"落后"国家的经济诸关系中，自其走向近代经济的胚芽时期，以至于整个发生过程的每一个环节，都和外国工商资本分不开，则其文化的内容受到外国的支配，毋宁是非常自然的。

到了今天，北方的、富裕的先进各国，透过国际性跨国企业，透过国际性的银行群，透过高水平的技术知识的垄断，透过高级工业产品与低级原料、半成品之间的不等价交换,甚至透过政治的支配,对南方的、贫困的、后进的国家进行广泛而强大的统制。于是大国的文化——热门音乐、各种画派、各种流行款式、各种学术派别、各种知识……不止向"落后"国家做水银泻地式的倾泻,也顽强地向同是已开发但未若超级大国之大者渗透。

在这种情势下,资本、技术远不若大国,而在政治、经济上受其强烈影响的"落后"国家或地区,在文化上受其压倒性的浸淫,更是无法避免的事了。

大国对小国,富国对穷国,在经济上的这种压倒性的支配,在小国、穷国的文化和思想生活上,造成深刻的影响。落后地区的知识分子,尤其是受到西方强势文化教育或者曾亲自在西方受过"现代"教育的知识分子,往往极其忿忿地宣说或指责自己民族在文化上的落后。在他们的眼中,自己的祖国充满了可耻的贫困、无知、愚昧、迷信、懒惰、欺诈、不求上进、残酷、专制等等。而西方的国家,却相对地充满经济发展、科技文明、开化、礼貌、友善、正义、光明、民主、自由。这种心态,发展到极端处,竟以做一个中国人、一个落后地区的人为耻,宣称文明无国界;宣称哪个国家文明、民主、科学,哪个国家就可以管理这个世界,俾便将文明云云广播于世界。这种心态,在"大众文化"中,表现在社会的中上阶层,他们竟以使用外国语言,穿着外国服饰,接受外国习惯,购置外来商品为夸耀;在社会的下层,则对外来的事物表现出又畏惧又羡慕,同时又忿恨的情绪。

在东西洋经济帝国主义支配下的广大"落后"地区的文化,总是烙印着上述那种贫穷而又充满了物质诱惑的、附庸于外国的文化。这种文化是庸俗的、销蚀人心的、无作为的、自伤自贱的、附庸的、奴隶的文化。从整体的观点来看,这种文化在麻醉人心,在维护和增进既有的被倾销的、出血性的社会经济体制,从而在维护和巩固一个支配落后地带的新式殖民地体制。

然而,我们要进一步指出的是,这种文化是披着一件醉人的、蛊惑的外衣,以"大众文化"的样式,精密、集中而强力地在"落后"地区泛滥、渗透着。而且，像一切外来的资本一样，外来的文化，也有它的买办者在推波助澜。这些文化买办，往往又是居于"落后"地区的文化领导者的地位。

有一句很有名的话，说：当问题意识发生的时候，在客观上已经具备了解决这个问题的条件。"落后"地区的文化问题，在帝国主义全面支配了一段时间后，终会开始一项反省、批判和寻求乃至改造的运动。有帝国主义支配文化的地方，就必然地有反抗帝国主义者、寻求民族文化认同的运动，在千万层压制和困难的环境中激荡、成长。这种新的、反对外国支配的、寻求民族归属的文化运动，在社会轧铄深化、社会趋向转型和再编成的时代，尤为明显，并且为一个新生的大众文化的形成，预备最初的条件。

在这样的意义上，我们所谓的"乡土文学"，便具有它的重要性。当然，"乡土文学"的确切的含义，以及它所指谓的范围，至今尚待有一个比较明确的厘定（不，笔者甚至对于"乡土文学"之能否成立，毋宁是抱着质疑的态度的）。

如果"乡土文学"指的是以描写在"现代化"冲激下当前台湾农村中的人的处境及内容的文学——例如黄春明的许多优秀的作品——那么，它在"反省、考察和逼视'落后'地区中的人，在泛滥而来的外来强势的、支配的社会的、经济的冲击下的处境"这个主题上，便和成长于整个六十年代的许多杰出的台湾年轻的文学家的文学主题，有共同的地方。但是"乡土文学"在取材农村的时候，反映了尚未完全被外来文化完全吞食的，或者正在和向广大农村地带伸展巨爪的外来文化做着痛苦的、令人怜悯的抵抗的农村中人的困境，而引起我们特别的关注。我们在黄春明类如坤树那样的人物中，猛然回忆起几乎被我们遗忘了的，在我们的童年时代乡村的记忆中所熟知的人和事物。对于童年时代的、乡间的人和事物的乡愁，比什么都强烈地在情感上提醒了我们一个寂寞的现实——民族的、传统的文化之淹没在城市的、外来的文明里。朱铭的"牛车"，洪通的民俗性的画轴，小大鹏在林怀民的发表会中那么简单的动作，之所以立即激发我们的热情，分析到最后，恐怕是它们使我们在突然间撞见了那暌别已久的、自己民族的心灵所致吧。

面对外来文化冲击的 "落后" 地区，有几个反应的模式：（一）全盘西化，无条件（连梅毒）照单全收之；（二）负隅顽抗，企图扳回封建的、农村的古老过去的秩序。这两种态度之间，还互为水火。五十年代在台湾的文化问题论战，便是把曾在大陆进行于二十年代的论战，以较小、较浅的规模，在台湾重复了一次。然而，还有第三种反应的模式，那就是在现代化中走自己民族的道路。要自力更生，独立自主，勤俭 "建国"；既要认真、虚心学习外国的有益的经验，又要深入揭发和批评帝国主义支配性的影响；既要发展生产，办好 "国民经济"，又不走西方工商经济的老路；既要扩大民族的原始资本蓄积，又不走对内和对外残酷榨取的路子。在文化上，既要学外国和自己传统中的长处，又要保持自己民族独特的风格，不囿于自己传统中落后的因素。三民主义的道路，就是这样的一条道路。

中山先生是中国最早揭发和批评了资本主义和帝国主义的伟大的思想家。他不单要打倒封建的旧中国，他更进一步深刻地揭发了帝国主义在中国社会、经济、政治和精神、文化上的毒害。他指摘帝国主义 "将中国做成他们的商场，源源不绝地销售商品；一方面又将中国的土地出产及人民劳力，来满足他掠夺原料、榨取劳力的欲望"，他指摘帝国主义 "用宗教来耗夺中国人的精神"（《中国国民党九七国耻纪念宣言》）；他攻击一些 "把中国的主权，都送给许多外国人，只要自己学成美国人，便心满意足……" 的中国买办 "学人"。至于整个民生主义，一言以蔽之，就是一套反资本主义的社会经济学说。

在帝国主义下的中国，中山先生提出了民族主义；在外来资本支配下、民族资本薄弱的中国，中山先生提出了民生主义；在封建的、专制的中国，中山先生提出了民权主义。中山先生没有在帝国主义的凌辱和荼毒下，退缩到保守主义，也没有向西方的一切一面倒。中山先生为中国指出了另一条中国自己的道路：三民主义的道路；在政治、经济的国家和国际生活中，追求中国的独立和自由的道路。

有好长一段时间，我们把三民主义当作新科举制度中的《论》《孟》。但不需多久，一个忧时爱国的知识分子，将会发现所寻求的宝贝不在别处，而在自己家里的瓦器之中。在小小的枝节上，像一切学说一样，三民主义或有可议之处。但三民主义最基本的精神——追求"落后"地区人民在政治上、经济上、文化上甚至心灵上彻底的"人之解放"的精神——永远是中国乃至这一代全世界渴求正义、和平和幸福的人类共同的指针。

——原载《仙人掌杂志》第一卷第二号，以笔名石家驹发表。

——本文依据《陈映真全集（卷三）》（人间出版社，2017 年 11 月）编校。

什么人唱什么歌

——许潮雄译《写给战争叔叔》代序

尉天骢

最近在台湾成功大学中国文学系主编的《凤凰文学奖作品选集》第一辑里，读到越南"侨生"陈慧琴的《西贡无战事》，才使人对于越战获得今天这样的结局，约略追溯出一些原因出来。她描述战争时期的西贡说：

> 尽管战争不断，西贡的生活仍然繁华，吃喝玩乐的场所比比皆是，酒吧因美军的驻居而大加开设，投机者的口袋总是滚滚流进大批的美钞，越南的经济也就日形恐慌。战争也导致一些人的暴富，每一个照明弹的掉落必亮起他们发财的信心。于是尽管有人咒骂战争，也有人在战争的背后狞笑着，也许他们口头上喊的是但愿西贡无战事，而内心盘桓的又是另一战役的快点爆发。真正盼望和平的是那些兵士的家庭……

正因为从古以来，常常是"有人在战争的背后狞笑着，他们口头上喊的是但愿无战事，而内心盘桓的又是另一战役的快点爆发"；于是人世间便一面是"战士军前半死生"，一面是"美人帐下犹歌舞"；甚至于坐在暖室里幻想战地的梨花桃花，把别人的出生入死描绘成兰陵王破阵图那样的舞姿。便因为如此，战争的悲痛被冲淡了，好战者罪行一变而成了侠义式的美谭。有位国剧大师在说到京戏中的战争场面时，就一次又一次地赞美武旦武生们的舞蹈身段，如何把战争转化成美丽的画面。就感官的享受来说，这也许不错；但是，在这美化的业绩中，如果有人因之而鼓舞了自己或别人好战的心志，我们不知道那将会产生怎样的后果。

举例来说，在三国时代的历史记载中，我们会接触到如下的现象：

桓帝永兴元年，河水溢，百姓饥穷，流冗道路，至有数十万户，冀州尤甚。——《汉桓帝本纪》

灵帝建宁三年，河内人妇食夫，夫食妇。——《汉灵帝本纪》

袁绍在冀州时，满市黄金，而无斗粟，饿者相食。——《述异记》

汉末大饥，江淮间童谣云："太岳如市，人死如林，持金易粟，贵如黄金。"又洛中童谣曰："虽有千黄金，无如我斗粟，斗粟自可饱，千金何所值。"——《述异记》

时三辅民尚数十万户，催等放兵劫略，攻剽城邑，人民饿困。二年间，啖食略尽。——《魏志·董卓传》

自京师遭董卓之乱，人民流移东山，多依彭城间，遇太祖至，坑杀男女数万口于泗水，水为不流，又攻夏丘诸县，皆屠之，鸡犬亦尽，墟邑无复行人。——《魏志·荀彧传》

在《三国演义》这部小说里，我们完全看不到这些；我们接触到的只是英雄式的行径、才子佳人的传奇，以及一些书生的斗智。读了这些，我们面临的似乎不是一个死亡狼藉、杀伐狠斗的世界，而是面对着电影中欧洲中世纪那样充满艳情传奇的时代。更糟糕的，也许由于这些英雄行为的诱惑，很多人便成了那些杀伐狠斗的后裔，让老百姓的血染亮他们帽子上的红缨。而每次想到这里，就觉得好莱坞式的战争片实在蕴含着一些问题。不是吗？当我们接触那些美化过的场面，向往着那些英雄式的作为时，嘴里所咒骂的固然是法西斯的行为，而实际上仍然在投笔从戎的豪兴中跳不出军火商人的手心……

然而，可惜我们往往见不及此，于是便不能反省出：自己的行为是不是多多少少已成为战争的美化剂。在这种情况下，所有对战争的描写便成了一种美丽的欺罔。不信，我们可以摹一首余光中的《双人床》作为说明：

让战争在双人床外进行
躺在你长长的斜坡上
听流弹，像一把呼啸的萤火
在你的，我的头顶窜过
窜过我的胡须和你的头发
让政变和革命在四周呐喊
至少爱情在我们的一边
至少破晓前我们很安全
当一切都不再可靠
靠在你弹性的斜坡上
今夜，即使会山崩或地震
最多跌进你低低的盆地
让旗和铜号在高原上举起
至少有六尺的韵律是我们
至少日出前你完全是我的
仍滑腻，仍柔软，仍可以烫热
一种纯粹而精细的疯狂
让夜和死亡在黑的边境
发动永恒第一千次围城
唯我们循螺纹急降，天国在下
卷入你四肢美丽的漩涡

　　乍看起来，这位诗人好像充满了人道精神，究其实，不过用他"高贵"的感伤抬高他床上游戏的身价而已。如果他所说的那个战争是残酷的、反人道的，在这首诗里我们找不到一丝一毫的谴责；如果那场战争是反侵略的、不得不去牺牲的，我们在这首诗里也找不到一个字的赞美。整篇看来，不过是：你们在远方的战场，我在床上打仗，如此而已。

和一些名诗人的作品比较，有时我会在一些儿歌中发觉较多的纯真。记得小的时候，常常听一位被继母虐待的小孩用沙哑的嗓子唱：

小白菜呀满地黄呀，
三岁小孩死了娘呀，
后娘来了一年整啊，
生个弟弟比我强呀。

弟弟吃面我喝汤呀，
端起碗来泪汪汪呀，
我想亲娘一梦中呀，
亲娘想我一阵风呀，
……

有时当他唱着唱着而路边正好刮过一阵旋风的时候，我们整个人都会一下子从头顶凉到脚心……

民间的歌谣如此的淳朴而真实，然而它们之中却只有很少一部分能够幸运地被读书界保留下来；而且虽曰保存，却已被扭曲得变了样子；这是把黑人的歌谣被白人改变后的爵士调，或者把台湾民间的"思想枝"及"丢丢铜仔"拿来和电视或夜总会上歌星们唱的所谓"民谣小调"一对照，就马上可以看得明白的。张爱玲在她的《传奇》再版自序里，说过这样的话：

在上海已经过了时的蹦蹦戏，我一直想去看一次，只是找不到适当的人同去；对这种破烂、低级趣味的东西如此感到兴趣，都不好意思向人开口。直到最近才发现一位太太，她家里谁都不肯冒暑陪她去看朱宝霞（女伶名——尉注），于是我们一块儿去了。拉胡琴的一开始调弦子，听着就有一种奇异的惨伤，风急天高的调子，夹着嘶嘶的嗄声。天地玄黄，宇宙洪荒，塞上的风，尖叫着为空虚所追赶，无处不停留。一个穿蓝布大褂的人敲着竹筒打拍子，辣手地："侉！侉！侉！"……我坐在第二排，震得头昏眼花，脑子里许多东西渐渐地都给砸了出来，剩下的只有最原始的。在西北的寒窑里，人只能活得很简单，而这已经不容易了。剧中人声嘶力竭与胡琴的酸风与梆子的铁拍相斗。扮作李三娘的一个北方少女，黄着脸不涂一点胭脂粉，单描了墨黑的两道长眉，挑着担子汲水去，半路上怨苦起来："虽然不比王三姐……"两眼定定地望着地，一句一句认真地大声喊出。正在井台上取水，"在马上忽闪出了一小将英豪"，是她的儿子，母子凑巧相会，彼此并不认识。后来小将军开始怀疑这"贫娘"就是他的母亲，因而查问她的家世……她一一回答，她把"我"读作"哇"，连嫂子的来历也交代清楚，"哇嫂张氏……"黄土窟里住着，外面永远是飞沙走石的黄昏，寒缩的生存也只限于这一点；父亲是什么人，母亲是什么人，哥哥、嫂嫂……可记的很少，所以记得牢牢的。

　　……将来的荒原上，断瓦颓垣里，只有蹦蹦戏花旦这样的女人，她能够夷然地活下去，在任何时代，任何社会里，到处是她的家。

　　所以我觉得非常伤心了。……

很明显的，"这种破烂、低级趣味的东西"所以能使"不好意思向人开口"的大小姐"如此感到兴趣"，主要的便由于那些穷苦人的"惨伤"可以作为她们"感冒"时的发汗剂，这情形就像从高高在上的地位一朝跌下来的破产户，看到任何悲苦的现象都哀伤一样。其实，世间的悲苦并不都是一样的，至少民间的悲苦不是绝望的；他们逃无可逃，要想麻醉自己也无余闲，于是悲苦的后面便是闯下去；所以，在别人看来是荒原，在他们却有那么一天会燃烧起来，兴盛起来；因此，在他们的歌唱里就难免不张牙舞爪，愤愤不平，也因为如此，在"温柔敦厚"的标准下，他们不是被扭曲，便只有遭到排斥的命运了。然而，既然要生存下去，他们注定没有余闲去打扮，只好显露出这个样子……然而，石块虽粗，是终于可以迸出火花的，不像玛瑙珠玉只能挂在某些人的脖子上当装饰品。

做了都市人以后，好久没有接近民歌了，最近读到许潮雄先生翻译的《写给战争叔叔》，尤其其中的一些越战时的儿童歌，又仿佛隔着泪水再一次看到一些孩子的悲痛。例如范林武的《无心》，就这样写着：

蝴蝶蝴蝶
请告诉我
你从哪里来
——我从地平线那一边来
寻找路旁并排的树木

云啊云啊
请告诉我
你住在哪里
——我住在很远很远的
一个温暖的家旁边

小鸟小鸟
请告诉我
你从哪里回来
——我从天边海角
痴狂飞奔回来

风啊风啊
请告诉我
你的家在哪里
——我的家已支离破碎
只好伤心地吹来吹去

而阮氏垂桂的《梦》，所企求的只是一些最最平凡的事物——

　　请给我那传来阵阵笛声的故乡的黄昏

　　健壮的牛群踏上归途的黄昏

　　小孩子骑在牛背上摇晃

　　风载来阵阵香味的温柔的黄昏

　　也因为这些企求都是平凡的，也许有些人会因为它们缺少"传奇"而说它们缺乏"诗味"。"这能叫作诗吗？既不含蓄，也不典雅"。这样的怀疑出现是可以料想得到的。有闲有钱的人可以把"赏雨茅屋"当成美的标准，乞丐却只能用三字经在雨中咒骂；这些虽然让人觉得粗俗不堪入耳，也是没有办法的事。因此，为了不让一些老爷、太太、少爷、小姐们感到煞风景，京戏里苦得没饭吃的赵五娘仍然得在头发上带着一些金钗玉簪，而饱经刑罚的玉堂春仍得容光焕发。有一次，在观赏《苏三起解》时，听到一个孩子和他父母的谈话：

　　"那个女的练子好漂亮啊！"孩子说。

　　"那不是练子，那是枷锁。"戏台上正"舞"得非常轻快。

　　"我要，我要当犯人！"

　　孩子的话是平凡好笑的，然而却说了一般艺术家和批评家所说不出或不敢说的真理。今天的某些批评家是进步了，他们不会像林琴南那样直斥自己看不顺眼的东西是因为出自"引车卖浆之徒"，以显露自己的老爷少爷架势；他们只需要几条美学的，尤其什么"纯粹美感经验"的大论，就可以像蚩尤大放烟雾般遁逃了。然而，他们的卫道的喊叫虽然喊叫得很响，却也比什么更显露出自己的狼狈和惶恐。因为在言辞之外，还有更深一层的、被人揭了面皮的难堪。那么，这些作品会令一些人不快，将不仅因为它的言辞的不雅和企求的平凡了。然而我们相信：《三国演义》的英雄行径只能被人当作娱乐，"可怜无定河边骨，犹是春闺梦里人"却可成为历史的证人，因此，我们也有理由相信，这本出自一群平凡的小人物的文字，必将成为东方民族痛苦和奋斗的记录；由这记录，即使多少年后相信人们仍然会从这血泪中领会到人类历史中的共同脚步。到那时，也许大家就会更加懂得越南人民奋斗不息的伟大意义了。

　　——原载《仙人掌杂志》第一卷第二号，1977 年 4 月。
　　——本文依据《乡土文学讨论集》（远景出版社，1978 年 10 月）编校。

【作者简介】

　　尉天骢，1935—2019，毕业于台湾政治大学中文系，后留校任教。自 20 世纪 60 年代起与友人兴办《笔汇》《文学季刊》等文学杂志，引介西方思潮并提拔年轻作家，对台湾文坛多有贡献。1978 年参与乡土文学论战并编辑《乡土文学讨论集》一书，著有评论集《民族与乡土》、散文集《枣与石榴》《荆棘中的探索》《回首我们的时代》等。

回归何处？如何回归？（节选）

朱西宁

痖弦主编《幼狮文艺》时，约我写一个关于文艺的中国现代化的杂谈专栏，后来定名为"回归热"，一九七四年元月号起接续刊出。唯《八二三注》长篇小说完稿后，痖弦催促自五月号起连载，因不喜欢同一份刊物每期同时出现自己两篇文章，就要求他把这个专栏停止，因此只写了四篇。这样的大问题原就谈它不完，自然还有满腹的大话；近两三年来继续在人事里、读书里、受教于中国文化里，又见识了许多，思想了许多。若有所得，却又似有若无，只可说是哲不是哲学，是史不是史学，而且还会是文而不是文学，糟糟得依然如"回归热"那样子；当初写那个专栏，开头就有越说越不明白的一段：

> 我自知这题义甚为牵强，不相涉的近乎胡乱拉扯了来的。Relapsing fever，不过是经由螺旋状菌传染而反复发作的一种热病。但我觉它的中文名"回归热"颇有文学上暧昧的好，又或有所象征；而这象征自也并非肯定的等于。我想，这就方便。

但那时"回归热"所谈论的，是单单在文艺的回归民族文化，嗣后才见到文艺的需要回归民间，继又扩大而发现文艺在现代无明里走投无路，客观地要回归历史文明，而主观却不自知觉，尤还不甘，这已是世界性的了。如此乃越发庞杂得千万头绪。以我这样鲁钝，不独分外地摸也摸不到哲学的条理，便文学式的路数对此也觉束手无策，不知从何说起。

原来"回归热"虽已牵强，今言"回归"，也还是有些胡乱拉扯；心理学的"回归"，本为逃避现实、闪躲责任的紧张心理之一。说文解字起来，这两下里几乎是风马牛的各各相异。然而这种心理所表现于外在的下意识动作，紧缩交臂或咬指头的种种，终还是回归到胎儿或乳婴的生命初始形态。这样，说起文明、文化、文艺或文学的种种回归，宜当与否，也便没有什么好咬文嚼字的了；但取字面上的意思，还是好用的。而问题却在"回归"的词义，是否开倒车、走回头路等这种理性所认为的羞耻。所以需要阐释的，应当在此。

"回归"之难，本当在"回归何处"的"知"，与"如何回归"的"行"。这里不涉及知难行易或知易行难以及知行合一。今之世道最难者，是难在人的心智被现代的无明弄得萎缩，思考力普遍地持续不到三分钟。行固然无能，知也难得深入；以致往往仅凭浮面一些流行的成品概念来决定动作。智识分子的只读介绍或论评，不读原著，这种流风便足印证。所以从这样的"知"所产生者，充其量也只可以是"动"，未必成"行"。智识分子是这样，文艺家也多是这样，更遑论一般人的心智！这就难怪现前这个时代跃越性、创造性的新事物之如此难求。也因是这样不成问题的"知"却成为问题，这里还是先要把"回归"的观点给弄弄清爽才好。

一　回归的阐释

说文明的这些滞留、委顿、生机奄奄，都要归因给现代的无明，这先就会与一般流行的成品概念不合。没有人可以否认现代的物质文明是好的；若我们信奉二元论为真理，这也好说，接下去致力于精神文明的建造，功德圆满，也就无事。然而却又不然，物质文明直接斫丧了宇宙法则，此是心物二元的有凭有证。

即如对待宇宙基本法则之一的循环律，印度文化是断在只见轮回之恶，不识循环之善；西洋文化则短在只见圆形，不识圆象；唯中国文化从最日常的时令节气，孝悌忠信，至最幽微深邃的革命创造者天道好还的历史观，无一不是既形且象的合一；核子的涡状旋转、电子绕核而转、太阳系星球的自转和公转、银河系亦是不息的旋转，这些至微至大的有形现象，还只是今世纪物理学与天文学的新发见、新知识，唯中国人是远古即知——从那些远非今日如此知识丰富的自然现象的"形"，而直察虽现代文明亦仍无所得的自然法则的"象"，并师法而以之引领着日常生活与深远的生命境界。例如五行循环，有水生木、木生火、火生土、土生金、金生水的顺生，还有水克火、火克金、金克木、木克土、土克水的逆克。虽西方亦有地水火风，但皆是固定有形的物质，不是五行的超物质的"象"，尤缺乏五行的相生相克。这种超越知识的智能，便不止是累积渐进的文化，而是跃越而创造的文明了。而唯其现代文明尚不知此循环律，所作所为已是严重地破坏着这循环而仍不自觉；所以虽眼见地球资源能源已临耗竭，另一方面又塑胶品的不腐不烂，工业废水与排泄瓦斯的超过河流海洋与空气的自然净化能力，切断了物质的还元给自然界，却仍只能视为既享现代之福，便只好无可奈何地以此现代之灾的公害为必须付出的现代之福的代价，且也只能生出鲦的治标方法，到底还是不能从节制资本、节缩机器生产、节省消费、节约浪费等根本处来设法。这样自然是不明宇宙的基本法则，不识循环律，见形不见象，所谓的现代文明，怎可以不是"无明"？明明的了然该是怎样才好，却又不能怎样，此即无智慧，而文明则必须是智慧才得生发的。

　　从这循环律，乃可了然从春到夏既不一定就是前进，从秋到冬自也不一定就是回头。但因我们所接受的新式教育，大抵皆是西方文化的教育，观念里也便俱是他们的直线文化，所以也唯其直线运动，才有所前后进退。而直线运动是分明的违反宇宙基本法则；之所以说它是违反，其理由亦还是其事实。西方文化要直待今世纪才从爱因斯坦来发现，却仍不完整；他是先想象后求证，因从"有"来想象，想象出来的是"有"，故而是以形证形，以有证有，于形象有无之际徘徊，不得路数，是仍不见循环律，才自承相对论不是一切；乃在绝对面前，最后只好皈依上帝。由是可知，宇宙纵然无限，两点之间所构成的直线到底是有限；且不仅为空间的有限，还表现为秩序的时间之有限。若各星球作直线运动，除非整个银河系乃至所有各银河系同一方向运动，否则，秩序时间便必不得长久，那种横冲直撞刹那间的大毁灭，只好证明上帝的其笨无比；而若为的是所有各银河系同方向作直线运动，上帝虽有那种大能，创造出永无终点的大空间，却还是落在有限里，亦自见不出上帝有比人强的智慧。故在有限空间里作循环运动，反是无始无终的时空交合的无限。是从这循环律才见出创世主的这种凡人所不可及的智慧。

然而也唯有中国人看得出上帝变的这戏法高明的门道来。中国人的祖先得了这门道，把这戏法变到人世里来，便生出中国文化所独有的三纲五常种种高贵的伦理来。单说孝道的报本——天地君亲师，便大自然、天下、国家、民族、历史、祖宗、政府，全都无不包容在其中。今不独这高贵的伦理乃人类所需，更根本的还是中国文化所体认的宇宙五大法则（意志法则、阴阳变化法则、绝对时空与相对时空的统一法则、因果性与非因果性统一法则、循环法则），应是仓皇不知所措的全世界现代人的同归之处。单单冲着本民族得天独厚这样智慧的文化，便足够我们这辈流落在文化异邦的中国浪子"回归"的了。

循环法则的包容万象，是从这里省察到大自然的天道好还、星系运转、电子绕行、四季交替，以及中国文化的天人之际、死生之间、人世伦常、历史节气、政治原理等的种种循环，俱是智慧的律动。如此，则除非印度文化的摒弃轮回，西方文化的直线运动，皆因与天道无亲，失去向心力的挣脱，自此循环的圆上切线出去，违反循环律，必然有绝有尽；否则，现实的居于这圆的轨迹之任何一点，只需循之而自强不息地健行，去了还是来了，来了又是去了，四季来复却又并非今春是去春的重复，回归竟就是进化，也竟就是必然，如此自无所谓回头还是开倒车。所以不问是文艺的回归民族文化、文艺的回归民间，抑或现代文明回归历史文明，应都是与宇宙基本法则相通相合，这是最自然不过又最可以信任不过的。

这样的自然和可以信任，是人生志气的出处；但若不识循环律，文艺的回归民族文化自是要被争论和怀疑。这争论和怀疑是好的，不过如果喋喋不休，隔墙喧哗，谁也不服谁地各执一词，又谁也不会触及核心，这就是徒劳的浪费了。而怀疑若生不出想象和假设，也就把过程错成目的，为怀疑而怀疑，则必举棋不定，莫知所从，若再与无谓的争论汇合，其没有结果的结果，即最糟的自欺和互欺，回归民族文化便也只好拔河在复古和非古的两端，呈现于实际者，是以流行的成品概念来拒绝认知对方，至于互不相让。尤自一九六六年中华文化复兴运动以来，复古与非古虽都无不倾心拥护，唯彼此间则相对相违。复古的知道复兴是好，却说的尽是复古的意思，是因只懂得复古，所以执着而口齿不清，生不出新意。非古的亦知复兴是好，但亦因知离开传统便无复兴可言，这就尴尬而不甘，只好振振有词地反对复古，然于复兴有其先天性的无传统基础，乏立足处，自然是反对也反对得执着而口齿不清，主张也主张得没有创意。此两者终还是昧于循环律，各各的自知弱点，又理屈又不甘心，故而俱难理直气壮。

实在说来，十五、十六世纪欧洲的文艺复兴，本可为我们今日殷鉴；欧洲的文艺复兴是一种苏醒、再生、复活，意思昭然，即俱是先行承认古代既存的文化之价值——此是复古。然而在复兴的意义里，这复古只能是一部分，因为要复的那个古，已经死了，所以须得使它活过来才是兴，也才是完备的复兴。而非古只言兴，不要古，即不要复，故也只能是复兴的一部分，且无复无古亦无从兴起。此可明明见出复古与非古皆不必徒争两端，两者若得相亲，便各个补足所缺，合成而为整体一体的复兴。又十九世纪爱尔兰的文艺复兴，是复兴古代文化同时还是回归民族文化，比欧洲文艺复兴更性质近乎中华文化复兴。非古者应最熟稔这西方历史上两桩文艺大事，却仍因西方的只见历史其形，不识其象——即历史季节的循环律，也便不能给予我们非古者以教益，才会回身过来对自家的大事也竟这样只识一面，不知整体，以至执其一端，徒劳地喋喋不休，隔墙喧哗，精力耗费在这上头，实在无谓。

试看以西方文化性格为主的现代文明，纵然学术技术一日千里，已能够登陆别的行星，却于哲学、数学、文学、物理学等，大半个世纪中更无原理发现，且愈来愈益茫然，是分明已临走头无路的困境，亦分明出于生命本能的孺慕起古希腊、罗马、基督等文化黄金时代的乡愁，但他们的苦命里似是而非的辩证法，一直是历史旅途上一路否定过来；唯直线运动的文化势必如此。把已曾否定的，重再撷拾过来，自是羞耻的回头开倒车。于是感性需要，便是这样为理性文化所否决。而唯其治史观念只求客观、机械，不需性情——至少是蔑视性情，乃与历史无亲，故虽文艺复兴那样有胆有识，把埋藏在僧院中的古希腊、古罗马的文化翻出来再苏醒、再生、复活，但文艺复兴只合适单一发生的史事，已曾经过的直线上的一点，只好孤立在冷然的古道上，无日无月，与今世今人不亲不故，不出一丝新意。这种冷酷无情的历史观，于西方业已发生长久的陷害作用、自戕作用，是我们所万万不宜习染上的；否则的话，中国人若不能身免而自救，还妄念什么向现代文明压迫下的众生献策去回归历史文明！

如此看来，这"复兴"是最好的阐释"回归"。中华文化复兴，宜是历史季节的喜逢春暖花开，此与文艺的回归民族文化，自都无可异议。因识得循环律，自然就从枝叶花实仰靠根干来育养，以及枝叶吸收阳光空气的报本根干和花实的传宗接代等处，体认到形而上父慈子孝君君臣臣的人世伦常，不至仅限于西方科学精密的细胞学、品种学，或只知光合作用，而仍孤立来看，不感天道的至理在。又自然从新枝叶、新花实，体认到天地的生生不息，而不至误认是有形的重复，亦不仅只知质量变化，弄成一路蠢蠢的否定。所以在这毋庸怀疑的宇宙基本法则的循环律道上，于复古的一面，原是因于故步自封、停滞不前，今是要自信只需行健起来，便理直气壮地百无禁忌；非古的一面，是要从亲敬天地祖宗和民族文化起，切线自然向心而重返于圆的轨迹。这样就俱是循环律道上同心气的归一合一了。今朝的桃花依然笑春风，桃花是去年的桃花又不是去年的桃花，春风是今年的春风又不是今年的春风。这是与不是，便"复"与"兴"尽在其中了。所说文艺的回归民族文化，到底还就是接上根本而生新。

再就是文艺的回归民间，亦是流徙于循环律的轨道外，有较回归民族文化还更杂乱的喧哗、争端和犹豫不决。近三十年来，包含了诗、散文、小说、戏剧、绘画、音乐、舞蹈等当代文艺，都有多端的议论。二三十年下来，虽渐有归一之势，却根本上还有不得相通者。

先说现代文艺，因为创作上的模仿西方现代主义，理论尤其以之来标榜，起初自是只求现代，无视于中国，结果弄成不但与民族文化有隔绝，且一反"五四"之后文艺大众化的呼叫，重返象牙塔，强调了诗就是贵族的，艺术就是贵族的。这贵族自是意指格调的贵族，当非"五四"所说的政治贵族，亦不是共产党所说的资产贵族。言格调的贵族，毋宁是文艺发达史上不可免的周期性产物；特别是在中国，与西方的文艺流派兴衰出于人工刻意的彼此否定自是不同。如平剧的兴起，并非否定其前身的昆曲。中国文艺的真正创造力还是潜藏在民间，亦即一切文艺，无论内容形式，皆产生自民间；就文艺的完整或纯度言，自属不成熟、有缺陷、较为粗糙，也说不上若何规模，是要文艺家来处理经营，而格调乃随之逐渐提升。然而经过长时发展发达的历程，待其趋于完整、成熟，乃至臻于巅峰，成为纯度极限的艺术精品，也便停顿下来；它可以是永留绚烂，光辉无尽，却如花也谢，籽实也粒粒贵重喜气，一季的文艺也便是宝藏，就此止于至善，而随续着文艺节气的交替，又民间复生出新季的文艺，再做发展发达，中国文艺就是这样的生生不息而总从民间来，上凌霄汉，祀入文艺宗庙。唯现代文艺所说的贵族，虽在欣赏水平上与大家相去甚远，实则还不止是格调的曲高和寡，还应是异民族文化未经消化吸收的与本民族大众有差距，甚乃隔绝。所以现代文艺欲回民间，还要先回归民族文化才是。但这也可以不尽然，余光中曾提倡现代诗与摇滚乐结缘，是看中后者虽是西方的东西，毕竟也已风靡在一些中国学生中间。后来杨弦还用虽不甚中国，却尚平明婉约的谱曲，使余诗成歌，也曾一时流行在学生活动中间。最初的这种尝试，当还不能要求获致较广的大众来接受。此一如《神州诗刊》（原《天狼星》）第一号内以温瑞安为首的那些诗篇，皆欲回归民族文化，皆要回归民间，到底如何，好在都有程度上的发展，自非一日里即可怎样。然而既想要这样，也这样在做，就总比早年的不想不要，立意诗、歌谣与音乐分家，并自我地贵族起来，是要好得太多太大了。

二 社会文艺

再说社会文艺，此虽似最近三四年来才忽然发出呼声，稍前也有些似是而非的社会文艺创作发表，实则在台湾有它甚早的发迹。当初的民族文学，是反抗日本帝国主义侵略，同时也有的连带反抗它的资本主义侵略——代表性作家如杨逵，据说他的两位公子一名反帝、一名反资，真是彻底而现身说法。因而这样的作品是有较强烈的经济色彩。台湾省光复后，社会与政治形态改变，这一类型的文艺不复继续已二十余年。而所以近年来几乎是突然间有此倾向和主张，应非天意，还是出于人意——因有蒙昧与不诚；此首因社会的工商业化尚不足以构成产生这种文艺的背景——同样的工商业社会，其形态为自由经济、贸易出超，和民族工商业的保护主义，而经股东制度改变与社会性福利设施等所修正的资本主义已非当年。今日社会经济力最为薄弱者反为非生产者的薪水阶级，但亦因贷款制度，得以参与接近中产阶级的同等消费——所以社会文艺的出头，大抵还是出自现代文学中一支的理性自觉所要求的回归民族文化和回归民间。只是书斋式的书生的概念慈悲，既非出自生命的自然发展和要求，其与民族文化乃乏有机的血肉相连，于民间因也有隔，以至本无须寻觅却必须寻觅方可获得的回归之处，会因造作而偏失为"五四"之后的所谓新文化，此与民族文化是要有一定差距的——这新文化与民族文化的根本之间，最佳的可能关系，顶多只能是接枝之于砧木。此社会文艺，观其倾向与主张，回归处竟是接枝，而非砧木；这也没有什么不好，但经过半个世纪，这新的接枝与老的砧木间，其合与不合，一直还在两可。所以这社会文艺所作"大众化""时代性、社会性"的种种呼声，几乎皆是昔日新文化的回声，复诵而独不见己意、新意、创意。以是之故，其作品和理论，皆一以"五四"之后所流行的概念为依为归，复诵的不外是：财富是罪恶的、贫穷是良善的、劳动者是被剥削的、工农大众是伟大的、礼乐人世是封建的、三纲五常是统治者用来吃人的……这样地嘶喊下去，是愈嘶喊愈和民族文化愈远。未见与民族文化远隔而能与民间亲切的，而喊着中国啊中国，也就只好喊着一个概念，中国只落一个空空的死架子。这就是回归新文化的无出路，无去路。

　　……

　　——原载《仙人掌杂志》第一卷第二号，1977 年 4 月。
　　——本文为节选。

【作者简介】

朱西宁，1926—1998，生于江苏宿迁，祖籍山东临朐。本名朱青海，杭州艺术专科学校肄业。1949年随军赴台，曾任《新文艺》月刊主编、黎明文化公司总编辑、台湾中国文化大学中国文学系兼任教授。一生专注写作，以小说创作为主，兼及散文、评论。著有短篇小说集《狼》《铁浆》《破晓时分》《冶金者》《现在几点钟》《蛇》等；长篇小说《猫》《旱魃》《画梦记》《八二三注》《猎狐记》《华太平家传》；散文集《微言篇》《曲理篇》《日月长新花长生》等。

台湾乡土文学史导论

叶石涛

台湾的特性和中国的普遍性

"美丽之岛"

台湾位于副热带的台风圈内，四周海洋环流着汹涌的黑潮，因此雨量丰沛，四季如夏，木草青翠欲滴，难怪航经台湾海峡前往日本的葡萄牙水手会高喊"Illa！Formosa！"而赞不绝口，从此台湾就被欧美人称为"美丽宝岛"了。这样的瑰丽大自然和副热带的气候，的确给居住在此地的历代人们带来深刻的影响，塑造了他们一种独得的性情：这便是勤劳、坦率、耿直、奋斗、忍从以及富于阳刚性。在研究乡土文学史上，这岛屿的大自然及种族性，毫无疑问的，是重要的决定性因素之一。

由于有此瑰丽如绘的风土、丰饶的物产，因此自古以来台湾是四周种族垂涎、窥伺之地。从旧石器时代开始，可能有矮黑人或从长江流域被驱逐的暹罗系种族及中国北方的华夏族等种族已经定居在此。进入新石器时代以后，玻里尼西亚、美拉尼西亚等太平洋种族，以及从南方漂流过来的马来系种族、中国大陆的原住少数民族等接踵而来，似乎在语言、文化、宗教方面迥不相同的许多种族杂居在此地，其中某些不被淘汰的种族便成为山地同胞的祖先。这些种族似乎拥有相当高度的文明，这只要看到从台湾各地出土的彩陶、黑陶文化遗物，台湾东部的太阳巨石文明的遗迹，就不难明白了。

大陆的影响

然而，始终给台湾带来重大影响的是一衣带水的中国大陆的中华民族。台湾的少数民族能够摆脱新石器时代，直接迈进铁器时代，毫无疑问是来自大陆的影响（甚至吸烟习惯也可能是由大陆传来的呢）！史前时代的事迹，散见于中国历代史书以外，几乎无从查明。不过，自踏进有史时代开始，台湾接二连三地受到异族的蹂躏和统治，其被压迫、摧残的历史事迹，倒斑斑可考。

由于台湾弧悬海外，有时与大陆的文化交流断绝，因此，难免在汉民族为主的文化里，掺和着历代各种遗留下来的文化痕迹。如果我们仔细考察台湾的社会、经济、文教、建筑、绘画、音乐、传说，便处处不难发现富于异国情趣，有异于汉民族正统文化的地方。在这孤立的情况中，则各种文化熔于一炉的过程中，台湾本身建立了不同于大陆文化的浓厚乡土风格。然而，台湾独得的乡土风格并非有别于汉民族文化的，足以独树一帜的文化，它乃是属于汉民族文化的一支流。纵令在体制、艺术上表现出来浓厚、强烈的乡土风格，但它仍然是跟汉民族文化割裂不开的：台湾一直是汉民族文化圈子内不可缺少的一环；因为台湾从来没有创造出独得的语言和文字。因此，当我们回顾台湾乡土文学史的时候，我们不得不考虑到它的根源以及特殊的种族、风土、历史等的多元性因素。毫无疑问，这种多元性因素也给台湾乡土文学带来跟大陆不同的浓烈色彩，朴实的风格、丰富的素材，以及海中岛屿特有的、来自遥远国土的、像黑潮一样汹涌地流进来的崭新异国思潮影响。

"台湾意识"

——帝国主义下在台中国人精神生活的焦点

"台湾乡土文学"的意义

那么，到底什么叫作"台湾乡土文学"？这种文学是由哪一个种族所写的？作品的主题应该包括些什么？它是光写台湾一块狭窄地域的文学而排斥国际性吗？——是探求普遍的人性或只限于描写特殊的台湾一地的事物？我以为南非白人作家 N. 歌蒂玛（Nadine Gordimer）在她的著作《现代非洲文学》里，开宗明义地给"什么叫作非洲文学"所下的定义，恰好可以拿来应用在台湾乡土文学上。她说："所谓非洲的作品就是非洲人本身所写的作品，以及在非洲这块土地上，曾经在精神层面和心理层面上有过跟非洲人同样共通经验的人所写的作品；在这种情况下，绝不受语言和肤色的制约。"

很明显的，所谓台湾乡土文学应该是台湾人（居住在台湾的汉民族及台湾少数民族）所写的文学。然而由于台湾在历史里曾经有过特殊遭遇——被异族如荷兰人、西班牙人①、日本人窃占几达一百多年的惨痛历史，所以在这块土地的乡土文学史上，亦留下了使用外国语言所写的有关台湾的作品；甚至台湾人本身也使用统治者的语言去写作，这只要回忆一下日据时代众多台湾作家的作品，个中情况也就不难明白。

"台湾意识"

尽管我们的乡土文学不受肤色和语言的束缚，但是台湾的乡土文学应该有一个前提条件，那便是台湾的乡土文学它应该是以"台湾为中心"写出来的作品；换言之，它应该是站在台湾的立场上来透视整个世界的作品。尽管台湾作家作品的题材是自由、毫无限制的，作家可以自由地写出任何他们感兴趣及喜爱的事物，但是他们应具有根深蒂固的"台湾意识"，否则台湾乡土文学岂不成为某种"流亡文学"？我们以为一部分留美作家的作品，假若缺少了这种坚强的"台湾意识"，那么纵令他们所写的在美国冒险、挨苦、漂泊、疏离感等的经验和记录何等感人，也不算是台湾乡土文学；因为他们的作品跟居住在此地的现代中国人的共通经验，压根儿扯不上关系，无异是使用中国语言去写的某种外国文学罢了。不过这种"台湾意识"必须是跟广大台湾人民的生活息息相关的事物反映出来的意识才行。既然整个台湾社会转变的历史是台湾人民被压迫、被摧残的历史，那么所谓"台湾意识"——即居住在台湾的中国人的共通经验，不外是被殖民的、受压迫的共通经验；换言之，在台湾乡土文学上所反映出来的，一定是"反帝、反封建"的共通经验以及筚路蓝缕以启山林的、跟大自然搏斗的共通记录，而绝不是站在统治意识上所写出的、背叛广大人民意愿的任何作品。

帝国主义和封建主义下的台湾

那么为什么台湾乡土文学始终是"反帝、反封建"的文学呢？这道理非常明显：因为在以往的历史里，台湾人民一直在侵略者的铁蹄蹂躏下过着痛苦的日子。除去短暂的明郑三代及清朝三百多年的统治以外，我们有被殖民者荷兰人和日本人直接统治的惨痛经验；即令是明郑三代和清朝时代，我们仍免不了在殖民者的虎视眈眈之下，苟延残喘。

荷兰殖民时代

荷兰人首先侵入澎湖，其第一次在明万历三十二年（一六〇四），第二次在天启二年（一六二二），之后乃定居于台湾本岛直到永历十五年（一六六二）被明郑赶走为止，先后约有六十年之久。在这漫长的时间里，荷兰人留下了有关台湾的政治、经验、传教等庞大文献。我们在最后一任台湾太守揆一（Coyett）与其同事所写的《被忽视的台湾》一书里，可以看到殖民地台湾的现实情况；这算是以统治者的眼光看到的第一手报道文学吧？如众所周知，台湾是农业社会，谁控制了土地和农民，谁就是此地不折不扣的王者。然而，直接统治台湾的揆一之流的荷兰官员，其实只是个荷兰东印度公司的雇员罢了；而那东印度公司并非位于金字塔的塔顶，它的上面还有荷兰联邦议会存在，东印度公司必须受荷兰联邦议会主权的支配，因此东印度公司拥有的一切土地便属于议会所有，台湾土地的所有权亦通过议会的特许而授给公司，再由公司租给农民。我们不难看到殖民者的层次井然如金字塔似的劫掠组织，君临在台湾人民的头顶上。

因此，荷兰人，令我们先民耕田输租，以受种十亩之地，名为一甲。

分别上、中、下则征粟，其陂塘堤圳修筑之费，耕牛农具籽种，皆由荷兰人资给，这便是所谓"王田"了②。在这种封建的土地生产制度下，荷兰人是最大的田主，农民只是个纳租的佃农罢了；也许是与佃农还差一筹的农奴吧！因为荷兰人不仅控制了土地和生产工具，而且所有经济大权一把抓，骑压在台湾人民头上。因此不堪被奴役的先民纷纷揭竿而起来反对暴政，其中最著名的当推在二层行溪河畔溃败的郭怀一未获得成功的革命吧！

明郑藩镇时代

明郑光复了台湾以后，仍然沿袭荷兰人的土地制度，得以形成坚固的封建社会。郑民复台后，荷兰人的"王田"被接受，成为官田，而郑氏宗党及文武职官亦招佃耕垦，这便是"文武官"私田，除此而外还有镇兵屯垦的营盘田存在。因此，几乎所有的土地都被控制在官府手里，农民充其量只是缴纳田赋、丁税的工具而已。尽管郑氏的赋税并不苛酷，但是在这金字塔似的专制封建社会里，一般人民的生活可能不算富裕吧？而且郑氏的社会经济的一部分须仰赖于对外通商；前后通商的有日本、琉球、朝鲜、菲律宾、澳门、暹罗、马六甲、爪哇等地，大都拿糖、白鹿皮去购买火炮、望远镜、铅、铜等战争武器，可见郑氏的经济一部分乃由外国所控制。

清　代

清朝统治台湾有二百十二年。直到光绪廿一年日本北白川宫能久所统率的日本侵台军入侵台湾为止。在这漫长的清朝统治期间，民族革命运动兴起了四十多次。真可以说是"三年一小反，五年一大反"。清朝领台，承袭明郑时代遗制，后来土地所有制度逐渐改为"大租小租"制度。原来，台湾在清代时，私人垦荒的风气颇盛。由富人出资招募移民开垦荒土，那富人便称为垦首，移民则称为佃户；佃户须向垦首永久缴纳一定的租谷，这便是所谓大租。后来佃户之中亦有人将其垦好的土地转让与人耕作，征收一定的租谷，这便是小租。换言之，一块土地上同时有两个"不劳而获"的业主存在。这种不合理的双重剥削的土地制度，到了清末才由刘铭传办理"清丈赋课"，认定小租的业主权，但并不完全取消大租的权益。然而，在小租业主的田地上从事劳动的佃农，仍然是"没有土地"的穷光蛋罢了。日本据台后，一九〇四年公布大租权整理律令，收购大租权才把大租消灭③。然而，日本制糖会社和三井、三菱等大财阀的侵入，从台湾农民手里又掠夺了大约台湾全部耕地一成半的肥沃美田。因此日据时代"没有土地"的佃农，占有全体农民 60% 到 70%。清代，大租小租的土地所有制度有效于建立专制的封建社会；清朝官僚和大租小租等地主勾搭在一起，形成统治阶层，一般农民只是任他们劫掠、欺凌的可怜虫而已。

清末到日本殖民统治台湾的时代

到了清末列强帝国主义的侵入，使得台湾沦为英国金融帝国主义者嘴里的一块肥肉。自从一八五八年开埠通商以来，台湾的金融经济都被控制在列强手里。台湾的米、糖、茶等重要物产都由妈振馆（即英文 merchant 也）所垄断收购，生产者须忍受层层的中间剥削。英、美、法、德等列强相继派领事，划地为租界，设商行，建栈房，轮船出入，台湾同祖国大陆一样已是地道的次殖民地了④。

日本人是不折不扣的殖民者，他们全盘接受列强的经济权益，成为台湾人民唯一的统治者。从此以后，台湾人民在日本帝国主义的镇压榨取和岛内封建地主的双重欺凌下，沦为三餐不继的赤贫。

台湾乡土文学中的现实主义道路

帝国主义下台湾生活的现实意识

如上所述，台湾一直在外国殖民者的侵略和岛内封建制度的压迫下痛苦呻吟；这既然是历史的现实，那么，反映各阶层民众的喜怒哀乐为职志的台湾作家，必须要有坚强的"台湾意识"才能了解社会现实，才能成为民众真挚的代言人。唯有具备这种"台湾意识",作家的创作活动才能扎根于社会的现实环境里,得以正确地重现社会内部的矛盾,透视民众性灵里的悲喜剧。当一个作家在描写他生存的时代时,现实的客观存在固然会决定作家的意识,但作家的意识也会反过来决定存在;而这时候,构成作家意识的重要因素之中,积累下来的民族的反帝反封建的历史经验,将占有一方广大的领域。民族的抗争经验犹如那遗传基因,镂刻在每一个作家的脑细胞里,左右了他的创造性活动。台湾作家这种坚强的现实意识,参与抵抗运动的精神,形成台湾乡土文学的传统,而他们的文学必定有民族风格的写实文学。

"台湾乡土文学"中的现实主义

台湾乡土文学所采取的写实主义手法,并非现代欧美作家肆无忌惮地在作品里所追求的那种肉体、精神两层面的无穷尽的异常性;因为欧美作家的意识,已被发狂的世界——即资本主义社会的拜金思想——所侵蚀,是穷途末日的畸形世界,这完全和我们乡土文学的历史经验背道而驰。我们的写实文学,宁愿描写冰山浮现在海面上的那一部分可视的一角,而冰山隐没在海里的那不可视的部分,只在我们的"掌握"之中罢了。我们虽不否认那潜藏的深层心理的存在,但这部分并不成为主要描写的对象。普鲁斯德、D. H. 劳伦斯、乔伊斯带给我们的,只是"破坏的形象"而已;这种文学可能带我们走进死亡和毁灭的深渊。因此,我们的写实文学应该是有"批判性的写实"才行。我们应该学习十九世纪的伟大作家巴尔扎克、史当达尔、迭更司、托尔斯泰、普希金和果戈里的典范,以冷静透彻的写实,同被殖民的、被封建枷锁束缚的人民打成一片,去描写民族的苦难才行。须知写实主义之所以会发挥它的真价,就在于反对体制的叛逆所产生的紧张关系的存在。写实主义手法里一向存在着明、暗两个层面,那"明"的一个层面是简洁、清晰、富有诗意的,在"暗"的那一个层面却是讽刺、曲解、幻想以及阴森的,而唯有统合明、暗两个层面的写实文学,才够得上是完美的民族文学。

有待整理的文献

从荷兰殖民时期到日本殖民统治时期，有关台湾的政治、社会、经济、种族、风土、历史、文化的文献真可以说是不啻汗牛充栋了。光说荷兰人的外交文书、报告书、函牍、航海日志等多得不计其数，其中较著名的，除上述《被忽视的台湾》之外还有 Zeelandia 城日记（《热兰遮城日记》）、《巴达维亚城日记》等。此外，日、英、法、葡等国家有关台湾的文献五花八门，种类繁多。至于中国人本身所写的记录，除正史之外，尚有许多宦游人士所著的诗文。雅堂先生在《台湾通史》卷二十四 "艺文志" 卷头写着："台湾三百年间，以文学鸣海上者，代不数睹。" 他共列举了宦游人士著书八十种凡一百六十卷。而对这未经整理和评价的浩繁卷帙，我们心情毋宁是惨痛的。

郁永河文学

那么，以现代人的观点来看，从荷兰殖民时期到台湾割让这将近三百年间的宦游人士的吟咏诗文及游记，真的都是属于稗官野史之流，没有留下一部经得起考验的、富于民族色彩的写实文学吗？这也并不尽然！我以为仁和郁永河所写的《稗海记游》是一部台湾乡土文学史上永不能磨灭的伟大写实作品，可以比美安德烈·纪德的《刚果纪行》吧！郁永河的文章跟《刚果纪行》一样，流贯整篇作品的是脉脉搏动的浓厚人道精神；他用卓越的观察力和分析力，栩栩如生地记录下来清朝领台初期，离荷兰、明郑三代不远的汉番杂居的社会情况。他使用正确、简洁、有力的笔触如实地描画殆尽台湾那雄壮、美丽的风土；榛莽未辟的荒原、蛮烟瘴疠的山河，莫不跃然于纸上。他的作品透露出来的是跟大自然抗争的人类，充满斗志，永不屈服的精神。

郁永河是浙江杭州人，生平喜欢游历探险。康熙三十五年冬，正当他由浙江到福建游历时，福州火药局爆炸成灾。典守者负偿，欲派人到台湾采硫。当时的台湾俗称 "埋冤"，无人敢前往。郁永河虽是个羸弱书生，但毅然接受这采硫的差使。康熙三十六年春，他从厦门动身到台湾，而后从台南府往北投出发。这路途的艰辛及沿途所见风物的描写，把写实文学的精华发挥得淋漓尽致。当我们读到他描写北投采硫的情况时，禁不住打从心底深处涌上一股激动之情：那硫气蒸腾的山谷景象无异是人间地狱。我们透过他的文笔领略到那死谷带给人的可怕印象。

毫无疑问，郁永河的锐利眼光没有放过汉番之间存在的矛盾。他洞悉土番被欺凌的悲惨情况。郁永河是深恶痛绝这种"种族歧视"和剥削的。他用花布七尺以换取土番一筐硫黄的做法，充分证明他富有仁爱宽厚的精神，这不正是福克纳关怀黑人的悲天悯人的胸怀吗？

台湾文学中反帝、反封建的历史传统

武装抗日时代

光绪二十一年，清廷把台湾割让给日本，台湾人民誓死反对，同年五月反抗割让、冀复归祖国于来日的"台湾民主国"诞生。但这共和国是短命的，只维持了十天光景："共和国的国徽黄虎，卷缩着长尾巴，由于失去给养而倒地毙命。"⑤"台湾民主国"虽然溃灭，但是台人的武装抗日民族革命并没有停止。自光绪二十一年到民国四年约二十多年间，民族抗日运动如火如荼地展开，一直到余清芳的噍吧哖事件以后才逐渐趋于平静。台人的武力抗暴招致日本殖民者疯狂的镇压和杀戮。以噍吧哖事件为例，台湾人民惨遭屠杀的，约有三万人之谱，包括幼儿、老人在内。难怪，这给一个台湾作家的脑里刻下了难以忘怀的印象，并决定了他探求真理的生涯。杨逵曾经在一次接受访问时，心有余悸、满腔悲愤之中说出下面的话："我九岁时，发生噍吧哖事件，那时成天有日本的炮车轰隆轰隆从我家经过。这个形象一直影响我，幼小的我，就在那时受到很大的打击！"⑥当然这岂只止于日本殖民者的隆隆炮车轮声？后来我们在另一位前辈作家吴浊流的小说《无花果》里，曾读到他家在抗日革命战争里被焚毁的始末。

被凌辱的农民

从荷兰殖民时期到日据时期，我们一直生活在殖民者的铁蹄下，英勇抵抗，并努力挣脱加在我们身上的封建枷锁。由于台湾经济一直以亚洲式稻作生产方式为其基础，所以被损害最惨重的，莫过于占大多数的农民了。日据时期的乡土文学，大都把农民作主要描写的对象，其道理在于此。然而农民在得不着任何外人帮助的环境下所做的反抗，往往换来的是挫败和屈辱。特别是像日本殖民者这种顽强的敌人，农民赤手空拳的武力抗争几乎是无效的，得到的只是野蛮的报复。

非武装抗日时代

在日据时代初期二十年间，用武力去抵抗的时期是黑暗、绝望的时代；不用说，在如此的一个时代里，文学是几乎不存在的。台湾的乡土文学是以非武力抗日的政治、社会蓬勃的启蒙运动为背景而开展过来的；这正如国内的五四运动刺激了三十年代文学的开花和结果一样，每一种文学运动必有其时代、社会的背景，作家好比是反映时代风暴敏感的一支晴雨计。

当我们回顾日据时代文学时，我们可以把它二十多年的历史分作三个阶段；分别是一九二〇年代的"摇篮期"，一九三〇年代的"开花期"及一九四〇年代的"战争期"。这三个阶段尽管是连续割裂不开的，但每一个时期都有其明显的特征；我们可以在每一个时期的主要作品里看到反帝、反封建思想的开展、深化、反动、衰微等各种特色。

台湾文学的"摇篮期"

一九二〇年代的"摇篮期"文学是属于由资产阶级与知识分子领导的民族运动的一翼[⑦]。这只要看到台湾文化协会的政治运动以揭橥启发民智、灌输民族思想、提倡破除迷信、建立新道德观念、改革社会为其目的就不难明白[⑧]。因此反映在文学上的是革新的、进步的反帝反封建思想；新旧文学论争，提倡白话文，可以说是符合时代潮流，切合政治启蒙运动的文学主张。白话文运动以民国十二年黄呈聪所写的《论普及白话文的新使命》及黄朝琴的《汉文改革论》两篇论文为其嚆矢。接着留学北平的张我军投身于主张新文学的阵营，极力宣传以北平官话为基本的白话文运动。他用清新的笔触以"建设白话文学，改造台湾话"为主题，前后发表了《糟糕的台湾文学界》《为台湾的文学界一哭》《揭破闷葫芦》等评论，引起了新旧文学孰是孰非的热烈论争。由今天看来，用语体文去写作乃是天经地义的原则，何劳大家费心费力地争论不休？难免令人有啼笑皆非之感；但以当时墨守成规的旧文人而言，这种主张真叫人惊骇，无异是"洪水猛兽"。因此，旧文学的拥护者得到日本汉诗会及汉诗人的援护，主要地以日文报纸的"汉文栏"和雅堂先生的"诗荟"为中心，挺身反击。但这论争以革新派掌握文坛主权而告结束。在这论争里，我们可以看到文学的新旧论争其实是观念之争，旧文学方面所代表的是传统的封建思想，而新文学方面所代表的是反传统的革新思想；这和国内的五四运动如出一辙。尽管代表旧文学一派的旧文人不见得没有民族思想，但是日据时代的文学始终是和台湾的现实环境息息相关的，它属于中国抗日民族革命运动不可割裂的一环。但他们显然未能看透旧文学所拥护的封建旧式体制，其实是殖民者最好的统治工具。如果要打倒殖民者，必须连根铲除封建体制，否则统治者和封建地主阶级必然会勾搭在一起，形成一堵难以攻破的铜墙铁壁。

在此时期里（一九二五年前后）已有先驱性的作品出现，如张我军的处女诗集《乱都之恋》及小说《买彩票》，赖和的《斗闹热》，杨云萍的《光临》等。这些作品大都发表在《台湾民报》上。《台湾民报》是启蒙时期的为民喉舌。它在奠基台湾乡土文学上扮演了重要的角色。一般说来，一九二〇年代约十年间的乡土文学，尝试性的作品较多，离成熟还有一段距离。然而它却酝酿着更高层次的发展。原来这时期的文学受到第一次世界大战后的民主思想，特别是威尔逊所提倡的民族自决理论显著的影响以及和国内五四运动遥遥呼应，颇有些反帝反封建的色彩[9]。这在新旧文学论争、台湾白话文运动、罗马字化运动等一连串的主张和行动上表现出来。然而，假若缺少了此时期的一番激烈论争以摸索文学的使命和评价,磨炼表现的技巧,那么一九三〇年代约八年间的"开花期"也就无从发展开来。

台湾文学的"成熟期"

第一次世界大战后的世界性经济恐慌给殖民地台湾带来越来越恶劣的情况;特别是日本殖民者剥削下的佃农几乎无以为生,农村的凋敝使得农民的觉醒加速发展。在这种经济情况下,反帝反封建已不再是观念的游戏,而是跟穷苦大众息息相关的生活现实。因此,资产阶级的民族革命运动——即台湾文化协会等的启蒙运动——业已失掉往昔的指导力量,代之而掌握时代潮流的社会主义革命理论,渗透于台湾各阶层的人民之间,逐渐变成民族革命运动的主要思想意识。

《台湾文学》

一九三〇年,以台湾作家王诗琅、张维贤、周合源,日本作家平山勋、藤原泉三郎等人为中心结成的台湾文艺作家协会,主张"确立新文艺""文艺大众化",和日本的KOPF联系之下刊行了中日文并用的"台湾文学"。台湾和日本作家初次合作的这本文学杂志,是以反抗殖民者的共同思想为基础发展的,染上了浓厚的统一阵线的色彩。

《福尔摩沙》

一九三二年,以东京留学生张文环、王白渊、巫永福等人为中心,组织了台湾艺术研究会,同时刊行了三期文艺刊物《福尔摩沙》(*Formosa*)。他们标榜"愿作台湾文学的先驱者,建立台湾独得的文学,积极整理及研究乡土文艺,创作真正的台湾纯文学……"由此可见,《福尔摩沙》的政治性淡薄,似乎较注重文学的创造发展和乡土风格。张文环后来主编《台湾文学》,有《山茶花》《夜猿》《艺妲之家》《论语与鸡》等小说发表。去年(1976)在日本刊行了日文长篇小说《滚地郎》,证明了他的创作能力并未衰退,同时他的富于乡土色彩的写实主义的文学风格,也仍然令人喜爱。

《台湾文艺》

毫无疑问,在台湾和日本作家的合作里仍然存在着令人困惑的各种矛盾和问题，这使得他们的统合活动容易瓦解。因此，接着出现的是清一色由台湾作家本身所组织的台湾文艺联盟，主要包括赖和、张深切、黄得时、郭水潭等作家。他们在台中举行台湾文艺大会，开会中始终有剑拔弩张的警察在场监视。然而，他们终于顺利通过了规章，发表了宣言。这次大会高唱"推翻腐败文学，实现文艺大众化""拥护言论自由及文艺大会""破坏偶像、创造新生"，有鲜明的旗帜，明显地表露出来强烈的抵抗精神。台湾文艺联盟前后刊行中日文并刊的杂志《台湾文艺》共十五期。在第二号卷头，张深切曾经阐明台湾文艺联盟的根本精神，他如此写道："我们的杂志并非'为艺术而艺术'的艺术至上派，而是'为人生而艺术'的艺术创造派。"由此看来，尽管他们的主张非常动人，可是似乎缺少了尖锐的意识形态，而且组织是松懈散漫的，往往令人分不清是作家的团体，抑或作家和读者共同组织的团体。

《台湾新文学》

针对这两种文艺团体，杨逵后来在《文学评论》上写了《台湾文坛的现今情况》一文，批判了台湾文艺作家协会和台湾文学联盟，同时指出台湾的进步性文学所面对的社会性问题与文学大众化问题。他以为文学既然是表现生活的手段，那么台湾新文学运动应革除"吟风咏月""无病呻吟"的文学游戏，致力于追求文学的"控诉"精神，排除自然主义文学那种绵密的黑暗层面的描写，追寻光明，唤起人们心底深处的"希望"（Vision）。

基于上述的信念，杨逵便主编了《台湾新文学》杂志。《台湾新文学》一共刊行了十四期，由于一九三七年台湾总督下令禁止汉文栏，压制汉文刊物，终于不得不停刊。《台湾新文学》曾经刊行了一期"高尔基特辑号"；由此可见这杂志所追求的思想意义何在了。《台湾新文学》的主要作家有赖和、杨逵、叶荣钟、吴新荣、郭水潭等人。

日文作品

一九三〇年代末，已有许多以日文写成的佳作陆续问世：以杨逵的《送报夫》为首，接连有吕赫若的《牛车》、龙瑛宗的《植有木瓜的街镇》等作品被刊登在日本著名的文学杂志；这证明了台湾作家在日本语文的运用驾驭、小说的技巧方面已经可以和日本文坛的第一流作家并驾齐驱。至于这是否为台湾作家的光荣和屈辱,那是另外一个令人深思讨论的问题。总之,在"开花期"里,无论是以中文写作的作家或以日文写作的作家,似乎都一致倾向于写实文学,而且也颇能掌握社会情况中的矛盾、对立、纠葛等的诸样相,鞠躬尽瘁地为民族解放尽了力。

特别是赖和,他的创造力在此时期里有如喷泉似的涌了出来。套用杨逵的话来说,赖和有"伟大的思想和气节"。此时期里他的小说有《浪漫外记》《丰作》《惹事》《赴了春宴回来》《一杆秤仔》以及《善讼人的故事》等,主要描写殖民者那一副狰狞的面孔、台湾平民(农民)的苦难忧苦、新旧士绅的反叛或迎合。不过赖和真正关怀的,倒是被损害最重的农民。而在描写统治工具的愚蠢和弱点之际,他同时肯定了蛮横无理的统治是不会永远存在的。[10]

抵抗运动的跃进

一般说来,"摇篮期"的台湾乡土文学是跟随着"六三法撤废运动""台湾议会设置运动""台湾文化协会"等资产阶级民族运动而发展开来的。领导者以富裕的地主阶级和知识分子为主,深受梁任公的影响,认为台湾民族运动的方式应效法爱尔兰人之抗英,厚结日本中央显要以牵制总督府对台人之苛政[11]。但是也由于采取了这种温和的迂回方式之故,后来这些民族运动也就难免一败涂地了。须知对于顽强的敌人,这种方式是太失之于"厚道"了。殖民者绝不会平白把民主自由送给被殖民者。随着台湾殖民地社会内部矛盾的激化,旧文化协会等运动逐渐衰亡,完成了它历史的使命。跟着抬头的新一代领导者,已经得到历史的教训,深知不流血安得自由的道理,他们接受崭新的思潮,学习民族运动开展的新方式,摒弃了妥协和迎合。"开花期"的乡土文学充分反映了许多新的抵抗经验。因此,此时期的文学有坚强的信念以告发和控诉殖民者,并富有参与实际运动的热诚。然而时代的转变,给这"开花期"的文学带来了惨痛的一击。

"战争期"的台湾文学

一九三七年"七七事变"发生。一九三九年第二次世界大战爆发。这使得日本殖民者一面加紧侵略大陆和东南亚细亚，一面在殖民地台湾忙着钳制言论，控制台湾人民的思想。以民国二十六年的禁止汉文及刊物为开端，殖民者加强摧残反帝反封建思想，奖励穿"国民服"，常用"国语"（日语），改姓名为日本姓氏等，推进了一连串的"皇民化"（奴化）运动，设立运动的指挥中枢"皇民奉公会"。日本作家群起响应，陆续设置"皇民奉公会文化部"和"文学报国会台湾支部"，进一步地企图用枷锁套住台湾作家。在官方的支持下成立的"台湾文艺家协会"，尽管标榜为作家自主性的亲睦团体，其实说穿了，只不过是企图使台湾作家穿上奴化的新衣，为殖民者卖命罢了。

屈　服

在这种日渐恶劣的处境里，除非怀有透视未来理想社会的坚强信念，否则动摇和投降是免不了的。于是有些台湾作家有犬儒主义式的逃避，有些作家有奴颜婢膝的行为，但并非所有台湾作家都屈服。尽管在"大东亚文学者大会"席上的台湾作家之中，有人作了"感谢皇军"之类的愚蠢发言，但像杨云萍就有不同凡响的发言：他反驳日本作家片冈铁兵的信口雌黄，一针见血地指出很少有日本作家认识台湾文学的事实，且进一步理直气壮地要求日本政府补助研究亚洲文学的经费。

对　立

在这战鼓箫声中，尽管套住作家心身的枷锁那么沉重，但仍有两个文学团体存在且活动。其一是以日本作家西川满、滨田隼雄、池田敏雄及台湾作家邱永汉、黄得时、龙瑛宗为中心的《文艺台湾》集团；另外一个是以台湾作家张文环、吕赫若、吴天赏、王碧蕉、张冬芳以及日本作家中山侑、名和荣一、坂口襑子等为主的《台湾文学》集团，而这两个文学团体形成了"思想上对立的两个阵营"。黄得时曾经在《晚近台湾文学运动史》里写道："上述两种杂志同样是代表台湾的文学杂志。但各共有迥然相异的特色；则《文艺台湾》的成员七成为日本人，以成员互相的向上发展为唯一的目标；刚好相反，《台湾文学》的成员多为台湾人，为台湾全盘文化的向上及新人不惜开放纸面，努力使之成为真正的文学磨炼的园地。因此，前者的编辑因过分追求美而流为趣味性质，乍看很美，但因小巧玲珑远离现实生活之故,得不着一部分人的高度评价。正相反《台湾文学》以写实主义贯彻始终,富于野性,纸面上洋溢着'雄心'和'刚毅'的精神。"

不过,支配着这两个文学团体的思想意识皆没有尖锐化,所以也有人认为这两种杂志"相差无几"。

被压迫者和流浪者

在强权的威压下不可避免地,有良心的作家若不是噤若寒蝉,否则就只好暗地里期待着解放的一天到来而默默写作。但是曾经写过《送报夫》的杨逵,在这篇小说里,把被压迫阶级的满腔愤怒和辛酸透露出来,且使日本作家德永直心折而说出:"小说里弥漫着美国资本主义征服印地安人时候的血腥气味。"杨逵并没有向殖民者屈服。他在两幕戏曲《扑灭天狗热》里,假装提倡扑灭天狗运动而以辛辣的讽刺刻画出榨取农民的高利贷李天狗的一副嘴脸。在差不多一样时期里,另一个作家吴浊流,冒着生命的危险,偷偷地写着著名的长篇小说《亚细亚的孤儿》。这是描写没有归宿的台湾知识分子到处流浪、漂泊、寻找安居之地的小说。但是真的台湾人是没有归宿的吗?这种知识分子的彷徨和疏离感是否为当时所有台湾人民的心声?吴浊流的这篇小说无疑正确地刻画出台湾知识分子的精神历经路程,亦说到了台湾人民在日本殖民者统治下的苦闷和痛苦,但被损害最惨重的农民是否感觉到同样的苦闷?事实上这些劳动者在这篇小说里并没有位置,他们也无从参与这被放逐的流亡生活,恐怕他们也无暇顾及这种"奢侈"的苦闷吧?

台日作家的统一和对抗

在这两种文学团体里,都有台日作家携手合作。然而在第二次世界大战下的台湾作家和日本作家的合作关系中,存在着许多复杂的根本矛盾和多元性的因素;究竟殖民者和被殖民者之间有难以弥缝的裂痕存在,民族性的对立阻碍着双方真正意愿的沟通,所以这种合作未能带来更高次元的统合,反而往往招致不欢而散的结果。台湾作家的日本经验大都是痛苦、不愉快的。然而一味苛责日本作家也是不公正的,有一小撮日本作家的确具有远见和关怀。如果借用张良泽在《钟理和作品中的日本经验与祖国经验》一文结尾话来说明，也许来得妥切。他写道："近代中国民族的厄运，应该由中国民族自己负责，我们不能全归罪于外来民族。"

新生代台湾作家的前途

以新旧文学论争为其开端的日据时代台湾乡土文学，在第二次世界大战的炮火洗礼之中逐渐趋于瓦解和溃灭，但它的根本精神仍然由新一代的台湾作家所承继；从光复到现在的这三十多年来的此地文学的蓬勃发展，证明了这种精神永不磨灭，犹如那不死之鸟一般，从一片灰烬中重又飞翔起来。但是这三十多年来的台湾乡土文学所指向的路线，是否通往光明和理想的坦荡大道，而不是窄门？的确值得我们深思。忝列为台湾作家中的一个老朽作者，我应该说我的心情毋宁是痛苦而沉重的；夜半为噩梦所惊醒而低头回忆之时，真有禁不住夜长梦多之感呢！

注

① 见方豪《六十他定稿》（下册）中《台湾的文献》："万历四十七年（一六一九）即有西班牙教士乘船遇风，在台湾登陆，但略作调查，旋即回去。至天启六年（一六二六）西班牙人始由菲律滨率舰队到达台湾北部，活动于基隆、淡水八里岔、金包里、关渡、三貂角、苏澳之间，传教重于通商，至崇祯十五年（一六四二）为荷人逐出；共窃据十六年。"

② 见郑喜夫《台湾史管窥初辑》中《明郑晚期台湾之租税》。

③ 见叶荣钟《台湾民族运动史》。

④ 见林曙光《台湾地方人物趣谈》中《顺和栈沧桑史》。

⑤ 见 James W. Davidson *The Island of Formosa*。

⑥ 见杨素绢编《压不扁的玫瑰花》。

⑦ 见叶荣钟《台湾民族运动史》中《凡例》。

⑧ 见林载爵《日据时代台湾文学的回顾》。

⑨ 见《大学》53 期陈少廷《五四与台湾新文学运动》。

⑩ 见《夏潮》6 期梁景峰《赖和是谁?》。

⑪见叶荣钟《台湾民族运动史》。

——原载《夏潮》杂志第 14 期，1977 年 5 月。

——本文依据《叶石涛全集·评论卷二》（台湾文学馆，高雄市政府文化局，2008 年 3 月）编校。

【作者简介】

叶石涛，1925—2008，战后台湾重要的文学评论家，早年师事日人作家西川满，发表多部日文小说。著有《台湾文学史纲》。

"乡土文学"的盲点

陈映真

最近拜读了叶石涛先生的一篇力作《台湾乡土文学史导论》，深觉得这篇文章是近两年间出现的、自五〇年代以来已不得一见的、运用了新的历史科学以讨论文学的好文章。

在这篇文章里，叶先生指出台湾由于它的地理的、历史的条件，在精神生活上，自有台湾的特点，同时也有中国的一般的性格；叶先生也从一九四五年以前的台湾社会经济史上，指出帝国主义和封建主义，一直是在台湾的中国人民现实生活最大的压迫。因此，反对帝国主义、反对封建主义的主题，一直是过去台湾作家最当关切的焦点。叶先生也从而指出历史上"台湾文学"之现实主义的传统——有别于堕落的、为写实而写实的自然主义——应是具备明显的改革意识的现实主义，以及具备类如巴尔扎克作品的带有强大的、自发的倾向性的现实主义。

但是，文章里有一个重要的论题，即作者对于"台湾乡土文学"一辞，尚没有十分明确的界定。从《台湾乡土文学史导论》的篇名去看，令人有一个印象，即台湾还有别的文学，例如"民俗文学""都市文学"等等，而作者是为其中特定的范畴内的文学——"乡土文学"写史，从而度之。可是就导论的内容去看，作者把从郁永和到吴浊流之间的，即四〇年代以前的台湾重要的文学作家和作品都包罗进去，其实便是一部近代的、在台湾的中国文学的历史。那么，所谓"台湾乡土文学史"，其实是"在台湾的中国文学史"。至少，就叶先生看来，一九四五年以前的台湾的文学，是"乡土文学"吧。

台湾的新文学所发生的社会环境，是一个殖民地资本主义的社会形成和发展阶段的社会。在这个社会里，一方面是旧式封建的土地关系趋向终结，一方面是半封建的、小农的土地关系和日本现代化垄断资本同时并存。日本在台湾的垄断资本，以糖业资本为主要。制糖工业和农业有深刻的关联。当时台湾农民的三分之一，就是为日本制糖会社提供剩余劳动的蔗农。其他的工业，能集结工人达五百名以上的工厂，几乎没有，而且大多和农业生产部门有紧密的关系。因之，农村和农民，便成为当时日本帝国主义下台湾社会物质的——从而人的——矛盾之焦点。叶先生所说，日据时期台湾作家关切的焦点集中在农村和农民，便正好反映了这一个具体的现实。

那么，如果日据时期的台湾的文学家，大都以农村和农民为创作的题材，并不是出于当时的作家主观喜好，而是出于那个特定历史时期的特定的具体条件下的文学任务。如果叶先生是以日本殖民时期的台湾的文学，有农村、农民的特点，而据以称台湾的文学为"乡土文学"，恐怕不能表现出"乡土"以上的、更具实质性的东西吧。

"乡土文学"一辞，沿用已有数年，如果从连雅堂算起，已有五十多年了。近来，文学思想界正在对于"乡土文学"的意含，展开厘清的工作。钟肇政在去年说："……没有所谓'乡土文学'。"他认为，"所有的文学作品都是乡土的……因为一个作家必须有一个立脚点，这个立脚点就是他的乡土"。倘然有人以"乡下的""很土的"眼光去看，钟先生就"不能赞同"了。石家驹以为，"乡土文学"在取材农村的时候，"反映了尚未完全被外来文化吞食的或者正在向广大农村地带伸展巨爪的外来文化，作着痛苦的……抵抗的农村中人的困境……"。但是他却认为在"反省、考察和逼视'落后'地区中的人，在泛滥而来的外来强势的、支配的、社会的、经济的冲击下的处境"这个主题上，"乡土文学"和"其他成长于整个六〇年代的许多杰出的台湾年轻文学家的文学主题，有共同的地方"。那么，就在这个"共同的地方"，"乡土文学"便消失了它的独特性。

王拓把"乡土文学"和二十多年来台湾的"西化文学"对比起来看。相对于"西化文学"之没有民族风格，脱离台湾的具体社会生活、文学语言和形式的西方化；乡土文学表现了中国的民族情感，表现了台湾具体的社会生活，并且从民众所广泛使用的语言中，求取语言丰富的宝藏。王拓并且进一步把乡土文学和其所产生的时代，即六十年代末期以至七十年代初的政治、经济的条件，联系起来理解，从而扩大地视为中国的现实主义文学的一个组织部分。

是的。放眼望去，在十九世纪资本帝国主义所侵凌的各弱小民族的土地上，一切抵抗的文学，莫不带有各别民族的特点，而且由于反映了这些农业的殖民地之社会现实条件，也莫不以农村中的经济的、人的问题，作为关切和抵抗的焦点。"台湾""乡土文学"的个性，便在全亚洲、全中南美洲和全非洲殖民地文学的个性中消失，而在全中国近代反帝、反封建的个性中，统一在中国近代文学之中，成为它光辉的、不可割切的一环。台湾的新文学，受影响于五四启蒙运动有密切关联的白话文学运动，并且在整个发展的过程中，和反帝、反封建的文学运动，有着绵密的关联，也是以中华民族归属之取向的政治、文化、社会联动的一环。抵抗时代的台湾文学之中国的特点，应该也是叶先生所关切的，但却令人觉得在这篇优秀的文章中着笔不力。

除非强调台湾抵抗时期文学之中国的特点，文中所提出的"台湾立场"的问题，就显得很暧昧而不易理解。

"台湾立场"的最起初的意义，毋宁只具有地理学的意义。它在近代的、统一的中国民族运动产生之前，相应于中国自给自足的、以农业和手工业为基础的中国社会经济条件，而普遍存在于中国各地。

然而在日本占领台湾，使台湾社会变成一个完全的殖民地社会之后，"台湾立场"有了政治学的意义。台湾的社会矛盾和殖民地条件下的民族矛盾，互相统一。在社会经济上被榨取的当时台湾的农民、工人和市民阶级，在民族上绝大多数是在台湾的汉民族；而在社会经济上居于榨取和支配地位的资本家，在民族上有压倒性的是日本人。在被压迫者的一方，则以"台湾（人）立场"和"日本（人）立场"对立起来。

有过这样的立论：台湾沦为日本殖民地之后，日本在台湾进行了台湾社会经济之资本主义改造。台湾从陷日前的半封建社会，进入日据时期的资本社会。在台湾的资本主义社会形成过程中，近代新都市兴起，而集结在这些新的近代都市中的，是一批和过去的、封建的台湾毫无联系的市民阶级。他们在感情上、思想上和农村的、封建的台湾的传统没有关系，从而也就与农村的、封建的台湾之源头——中国，脱离了关系。一种近代的、城市的、市民阶级文化，相应于日本帝国对台湾之资本主义改造过程，相应于在这个过程中新近兴起的市民阶级而产生。于是一种新的意识——那就是所谓 "台湾人意识"——产生了。立论者将它推演到所谓 "台湾的文化民族主义"，倡说台湾人虽然在民族学上是汉民族，但由于上述的原因，发展了分离于中国的、台湾自己的 "文化的民族主义"。

这是 "用心良苦" 的分离主义的议论。

让我们先看日据时期的台湾资本主义改造的实体。日本领台后地籍的整理；山林沼泽的国家管理；赋税的法律改革；土木工程的兴建；农产品——蓬莱米、甘蔗、番薯——的商品化改造；地主阶级纳入中央集权政府之下而打破其封建权力，即收夺了地主在地方上政治、法律和经济上独立的权力；制糖工业的日资垄断，农民的雇佣劳动者化……确实使台湾的社会进入了 "不同" 于同时期大陆的社会阶段。

但是，我们应该看到这一切变化的殖民地性格。基本上，日据时期台湾的资本主义化，有一个上限，那就是在日本帝国主义经济圈中，台湾必须在 "工业日本、农业台湾" 的限制之下。因之，在日据时期，台湾的工业一般不发达，而且又一般和农业生产部门分不开。例如当时最大的工业，即日资的制糖工业，工厂规模不大，而且离开广大的甘蔗生产部门，台湾的制糖企业是无由想象的。

再就当时台湾籍的资本家来说，据矢内原的研究，大都是从过去的封建土地资本转化而来。和土地资本无关的资本家，只有汉奸分子和股票投机分子。更重要的是，台湾籍的资本家只有分得利润之权，而无直接经营和管理之权。

这样看来，在日据时期的台湾，是台湾，是农村——而不是城市——经济在整个经济中起着重大作用。而农村，却正好是 "中国意识" 最顽强的根据地。再就城市来说，由于台湾籍资本家也同受日本殖民者在经济上、政治上的压迫，有反日的思想和行动，而这些城市中小资本家阶级所参与领导的抗日运动，在一般上，无不以中国人意识为民族解放的基础。这是只要熟悉日据时期台湾民族运动和文学运动的人所深刻理解的。因此，在这个阶段中的"台湾意识"，除了叶先生所不惮其烦地坚定指出的"反帝、反封建"的现实内容之外，实在不容忽略了和台湾反帝、反封建的民族、社会、政治和文学运动不可分割的以中国为取向的民族主义的性质。如果叶先生的"台湾意识"论，是以台湾这一地区在其殖民地社会的历史阶级中台湾的中国人民反对帝国主义，反对封建主义，追求国家统一、民族自由的各种精神历程为内容，那么，它便首先是中国近代史上追求中国的独立和中华民族彻底的自由的运动中的一部分。只有从局部的观点看，在对抗日本侵略者的层面上去看问题时，有反抗日本的、反抗和日本支配力量相结托的台湾内部封建势力的"台湾意识"；但从中国的全局去看，这"台湾意识"的基础，正是坚毅磅礴的"中国意识"了。

也许叶先生的论文，是以台湾的文学之中国的性格为一种"自明的"认识，而未着意加以申论。但笔者有鉴于海内外对于台湾的文学寄予日益深切的关怀，乃就读后的一点粗糙的感触，引申成文，盼望一切真诚关切台湾的文学的各界，再作进一步的讨论。

台湾的中国新文学，于半个多世纪的时间中，在荆棘中顽强地抽长、开花。近廿五年来，新一代台湾的中国文学作家，在暂时的受支配于倾销而来的美日文学之后，在最近开始了对殖民地时期台湾先辈作家之再评价和再认识的工作。先辈作家的历史责任感，他们和野蛮而黑暗的现实毅然对决的气魄，文学题材的社会性、民族性和现实性的传统，揉和新一代作家对中国语言和方言语言的较为熟练的把握，我们可以十分乐观的态度肯定台湾的文学，必然会有更大的丰收，为整个中国文学贡献出我们应有的贡献。在这一点上，我们又很不能理解叶先生对"新一代的台湾乡土文学"作家的将来，何以抱持着那么语焉不详而又触目惊心的悲观的态度了。

——原载《台湾文艺》革新号第二期，1977 年 6 月，以笔名许南村发表。

——本文依据《陈映真全集（卷三）》（人间出版社，2017 年 11 月）编校。

陈映真:《"乡土文学"的盲点》,以笔名许南村刊于《台湾文艺》革新号第二期,
1977 年 6 月

谈民族主义与殖民地经济

——访胡秋原先生（节选）

《夏潮》月刊

经济问题

问：近来台湾的文化界关于文学及其他文化见解的争论，主要还是由于对台湾经济结构的看法相异而引起的。尤以"台湾是殖民经济"的意见，更引起激烈的反应，在此可否请胡先生解释一下什么是"殖民经济"？

答：殖民经济应该是说殖民地的经济，殖民地对帝国主义者而言，即指受帝国主义控制的经济。所谓"帝国主义"，就是一国控制外国地方和人民的政策，工业革命后成为世界上的主要现象。这可说是工业国家对农业国家的侵略政策，以取得原料、市场为其主要目的，而用非经济的政治、军事、外交、文化的方法，来控制别国的经济，以保障它的原料来源，同时以别人的国家为销售它货物的市场。这是考茨基的帝国主义定义。霍布森、希尔费丁、卢森堡特别注重帝国主义对落后国家进行资本输出的作用。

譬如说，外国人过去在中国投资建造种种铁路，铁路也是资本，这些铁路及附近矿山的权利自然也就属于他们所有了。又像过去的英美烟草公司，在中国的广告说，"用中国烟叶、用中国人工、在中国制造"，并在中国倾销，这就是帝国主义资本输出最标准的例子。

帝国主义者与殖民地的关系，是国与国的劳资关系。帝国主义国家的人民是资本家，殖民地的人民出劳力。不平等条约是工具，军事是最后武器。二者之间的中介人是买办阶级。

第二次世界大战以后，英、法两国，在亚洲、非洲的许多殖民地后来就被德国占领了。他们在东方的殖民地，如印度、新加坡、香港也被日本占领了。最后美国、俄国一反攻，日本的殖民地也就一一垮台，大部分殖民地都独立了。所以我们可以说，帝国主义的殖民主义，在第二次世界大战后已经宣告结束了。

过去的殖民地构成了今天的第三世界。但是二次世界大战以后，又有新帝国主义、新殖民主义的名称。过去帝国主义的殖民地和现在的第三世界比较起来，有什么不同呢？就是贫跟富之间的差距比以前还要大，富国更加富了，从前殖民地独立了的国家更穷了。第三世界虽在政治上独立，但经济上没有独立。所谓新帝国主义、新殖民主义，可以指资本主义的美国、西欧、日本。他们用军经援、政治控制或技术合作口号竞争和剥削第三世界。

现在世界上有三种国家，已开发、开发中和未开发。已开发的国家更富了，开发中、未开发的国家一般称为第三世界。当然今天第三世界也有富的国家，像沙特阿拉伯、科威特有石油，所以他们富了，平均所得听说还比美国高（实际上也只有少数上层阶级与酋长有钱而已）。其他地区人民，如印度、巴基斯坦、依索比亚还是穷得常常饿死人，有人称为第四世界。那为什么许多殖民地完成了政治独立，还是一样穷呢？

第一，是过去在压迫之下，缺乏政治经济的经验，虽然现在帝国主义离去，还是在经济上，习惯地依赖他们从前的母国。

第二，是由于国际贸易的缘故。有人说国际贸易是促进落后国家经济成长的。但是事实上，并没有办法达到这样的地步，先进国家和落后国家的贸易，仍然会造成开发中国家的不利。

首先对这个问题做科学的研究的，是中南美洲经济学家 Prebisch，他在联合国会议中发表的一份报告里，有简单的一句话：先进国家和开发中国家的贸易条件是不平衡的，因为开发中国家初级品输出之需要趋于减少；而他们自先进国输入工业品之需要则趋于增加。因此，愈是推广国际贸易，只会增加富国和穷国贫富的差距。瑞典的 Myrdal 和印度的 Singer 又做了许多补充。最近的南北会议，就讨论了先进国家和落后国家贸易间不平等的问题。先进国家一切设备、经营情况好，资本大；而由于技术进步，能制造原料代替品，同时食料之消费并不因收入增加而增加。结果开发中国家无法打开外部瓶颈。像阿拉伯国家石油一涨价，就引起经济危机，和先进国的责难、威胁。但他们说，如果我们（落后国家）的原料不应涨价，那你们（先进国家）的工业产品为什么要涨价？这也不是无理由的。

我们台湾有些人却专门帮富国讲话，就不知道如何争取贸易条件的平等、技术之上进，只是一味地说："我们能输出，我们赚钱了！"却不晓得你再造十船的皮鞋输出，人家一架波音飞机就把你赚回去了。他们卖你一个电子计算机，你就要造十船的纺织品，用上十万人的工人，每个月拿个二三千元，终年忙碌、血汗淋漓，人家一下子就把你给赚回去了。今天开发中国家输出的是原料或加工品，你的机器靠人家、技术也靠人家，老实说，工业国家侵略农业国家，一如高级工业国家侵略低级工业国家。现在有一个名词，叫作"技术帝国主义"，过去他们用军事力量、不平等条约来保障他们的财产；现在不必了，他们的技术好，只要不把科学技术的Know-how告诉你，就依然控制你的经济，剥削你的劳力。所以今天的殖民地经济，就是技术帝国主义的高级工业国家侵略低级工业国家这个东西。

问：从这个观点来看，您认为台湾的经济结构，是不是属于殖民地经济形态？

答：整个第三世界，只要一天不能具有独立的科学技术，就不能脱离殖民地经济形态。你想，什么叫"中日技术合作"？你没有资格讲独立技术，所谓的"技术合作"就是加工啊！凡是用劳力多的，你做！高级的工业技术，他做！这就是今天标准的帝国主义与殖民经济公式。像裕隆汽车跟人合作，据说我们的自制率达60%，但是你只能做车身、车轮，而汽车动力、引擎是人家的。你整天敲敲打打，只有贡献劳力。凡是只能出卖劳力，你的劳力占多数，而借用的技术是人家的，那你赚的钱大部分还是要送人家。为人家出劳力、服务的经济就是殖民地经济，殖民地经济就是依附人的经济，也就是不能独立的经济。这也就是说，把大的利益分给人家，自己卖劳力的经济，就是殖民地经济。

过去，帝国主义的殖民时期，外国人也曾经用中国人工制造他的货物，自己还是要卖人工，为人作嫁。现在，我们已取消不平等条约，成为独立国家，但我们不利用这条件发展技术，发展民族资本，仍然不能脱离人家的技术而经济独立。结果，就是贸易逆差。从前孙中山先生认为中国每年银圆十五亿的贸易逆差已经不得了，说中国要亡国了！现在我们台湾一省每年贸易逆差高达十五亿美金，那还得了？但是我们还给"中日技术合作"挂招牌，以"中日技术合作"为光荣，以加工出口为得计，就是帮助人家资本输入并出口，这便是协助帝国主义的利益。

在这殖民地经济的基础上，今天日本人有计划地不让我们翻身，而我们也不能自立。过去有人帮日本人赚钱，构成买办经济。今天台湾的经济，也有买办经济存在，松下、本田机车等公司的代理商也就是买办的资本。当然，我们也有一部分的民族资本，但是毫无疑问的，买办资本已占了一个很大的数字。总之，台湾是有殖民经济的成分。

问：这样的殖民地经济对台湾的社会、文化产生什么样的影响呢？

答：我想有两个最大的害处，一个是买办经济成分日渐增多，会影响到我们民族经济的独立和它的完全发展。……依我说，一天靠人家，就永远自己不能够站起来。其次，经济上靠人家，不能独立，结果，跟着经济依靠人家而来的是崇洋媚外，跟着外国人走，跟着外国人想发财。这就要发生政治上的外国派。外国人的财还不是从中国人发来的？于是外国人就可以用在中国赚的钱买中国人。而在崇洋媚外空气下，那文化也便一天一天地腐败了。例如，什么叫作报纸？报纸是国民的喉舌、民族的良心，外国人能够控制的吗？但是他们就偏偏拿广告来控制，叫你这个消息不要登，那篇文章不要登，你敢登，我的广告就不来！试想一个国家的新闻不能独立，你的舆论大都崇洋媚外，也不替自己的政府和老百姓说话，那你的新闻舆论还值多少钱？于是专登些杀人的消息、色情的宣传，投机取巧的方法，为报纸老板一个人自己发财，而它的新闻也就间接影响到社会上奢侈的风气，以及政治上贪污的风气，而且愈来愈坏。然一个国家是没有那么多的财富可贪污的。一个国家的工业不能独立，经济情况不好，又有崇洋媚外、奢侈、贪污，你想，这个怎么能够不危险呢？这样到了一定时期，台湾就由经济殖民地到政治殖民地。一切帝国主义的目的，就是为了赚钱，现在世界帝国主义不再用打仗的方式来占领外国，而改用"和平"的方法或其他经济"合作""交流"的方法。何必要打仗？打仗，杀你一万，也要自损三千，就用经济"合作"，让你觉得很快活、很舒服而不知道亡国的痛苦！最后应注意的是，日本为了它的安全与政治野心，必须控制台湾海峡，也就必须控制台湾。

问：殖民经济对台湾既然危害这么大，那么，胡先生您认为台湾应该如何做，才能免除这种经济形态？

答：今天第一件事情就是要实行三民主义。民族主义就是要全体中国人团结起来，自立自强，决不依赖外国，不受外国欺侮。全民族独立了，老百姓自己才能当家！民权主义就是要全中国人之间平等，于是才能巩固全民族的团结。民生主义是要求发展国家工业，发展民族工业，同时，也就是脱离殖民地经济。孙中山先生说，三民主义就是要把全中国民族团结起来，形成一个独立自主的国家。中国的存亡问题，就在于我们能不能够发展工业，而这也必须在技术上赶上他人，这也是中国建国和立国的基本原则。但是，孙先生说要实行三民主义，反对帝国主义，现在却有人说不行。近几年来有些假学人说民族主义落伍，而不知今天正是民族主义世纪。

第二件事情，千万不可以通货膨胀。一通货膨胀就民不聊生了！就要造成自己的混乱和分裂了。落后国家的经济，不能跟人家乱来。最近有人主张发行大钞，说什么发行大钞，印刷成本可以便宜啦，可以帮助大商人交易啦！如非愚蠢，就是包藏祸心。

第三件事情，是要有很坚实的计划来发展科学技术。要有自己的技术来代替日本人的技术，就能每年赚十五亿美元。最近台湾清华大学宣传电动汽车，号称"新发明"！这个玩意外国几年前都有了。所谓"电动车"，没有一样新东西，只是把一大堆电池放在汽车上，怎么可以叫作"发明"？必须有新的电池才可叫作发明。我们在科学上自立，不是容易的事。但没有这个目标，便永远受制于人。像我们研究发展原子能，到达快成功的地步，美国人就把你的设备拆掉，不要让你再继续发展。所以我说，一个国家的科学技术不独立，这个国家也没有生存的保障！

第四件事情，落后国家的经济发展，一定要有计划，要有专门研究的机构，培养经济人才，收集数据，灵通消息，同心协力替国家、替中国人发财。经济发展是要花脑筋的，不能走旁门邪道。人家是个富国，我们是穷国；但外国富国之中，也有富人和穷人。古典派是外国富人的经济学，社会主义是他们穷人的经济学。但他们的穷人和我们穷国不同。……现在很多人迷凯因斯，以为消费、浪费可以刺激生产的理论。那是大胖子经济学。咱们能够有既浪费，又发财的事吗？最后要说的是，今天的台湾这个地方，到处都在破坏自然环境，地上天天在挖，不必要地挖，烧森林、乱筑堤防，还要筑什么翡翠谷水库。简直是要把环境破坏。下了四小时的雨，到处都发生水灾。以前石门水库一建，每次泄洪，下游的芦洲、三重本来是很好的地方，结果就变成咸地，好好的地方不保护，又要去开什么海埔新生地。说老实话，台湾就这么大，我们应该爱护这个地方的自然环境，保持水土。这是我们生存的基盘，你把基盘毁掉，那还谈什么建设？

文化问题

问：最近有不少人对于文学有否民族性这问题提出质疑，请胡先生谈谈您的看法。

答：什么叫作一个民族？我们自然可以从血统关系来谈。但是语言文字才是真正造成一个民族的重要条件。有语言文字，才有文学，才有民族。像 French 是法文之意，亦法国之意；English 是英文，亦英国人；Chinese 是中文，亦中国人。于是才有 French literature、English literature、Chinese literature，所以，我认为有了一个民族的语言、文字、文学，才有这个民族。如果我们把英国文学、德国文学、俄国文学、中国文学加以比较一下，就可以知道文学和民族的关系，就像鸡生蛋、蛋生鸡一样，一离开各国民族的文学，哪里还会有什么民族可言？既然如此，一国文学即一国的国民文学。一国的文学以该国的语言文字将一民族生活的特点和感受、愿望刻在文学上，具有这民族生活之风格，因此，为这民族所欣赏，所共感；而也因此，经由文学，教导、启发、感动这个民族的思想和感情。于是，一国文学与其民族也便有一种交互作用：一方面文学反映一民族生活的特性；另一方面，文学也塑造、再塑造，教导和再教导一国国民的精神和生活。

问：依您的看法，文学作品和社会经济有没有关系？

答：这个关系当然同样的密切。文学就是一个民族的社会生活的写照。一个人不是生活在一个"真空"中，他离不开他的社会，以及经济的情况。游猎时代有口头文学。进入农耕时代，文字发明，有种种描写贵族与平民的文学。继而都市发达，印刷发明，文学更多彩多姿了。到了工业时代，文学又发生了很大的变化，而且电影、电视种种也都产生了。人类的社会经济当然影响文学。大家也知道，一切社会经济、科学技术、文学艺术哲学都是文化的成就。文学是文化的一部门，整个社会文化的变化也影响文学，而人类的生活大都要受到经济的影响，当然文学也要受它的影响。但也受到一时精神状态的影响，而后者更为直接，因文学是精神的。

问：现在想请问胡先生，您认为当代中国作家肩负有什么使命？

答：首先我要问你所谓的"中国作家"是什么意思？我想是指大陆和台湾双方来说的。不久以前有一位作家要编一本《中国六十年来代表作选集》，要我选一篇代表作去。我不愿参加，如果大陆那个大地方的作家没有一个选上去，只有这边的文学作家也没有什么意思。……说到作家的使命，那又首先要有可称为文学的作品。从前乾隆皇帝，在每张名画上都要填上一首歪诗，盖上他的图章，但是任何"清朝诗选"就没有选上他的诗的！倒是古代的亡国皇帝李后主，大家都选他的词，因为他的文章好。再就谈到文学使命，中国作家也是中国人民，并没有什么中国人民以外的特别的使命。每一个中国人首先要求我们这个国家和人民的生活好一点。上面说到文学有文学的功能，即描写一个民族生活，使人欣赏感动，而能启发国民，改进共同生活。一个作家如果只是写一首自己欣赏的诗，赚点小钱，出点风头，这没有什么意思。真正的大作家，一定要代表大多数的中国人民说话。中国现在的问题还是没有解决。孙中山先生说："余致力于国民革命凡四十年，其目的在求中国的自由平等。"

老实说，我们中国自从鸦片战争以来，就一直在追求这个目的。孙中山先生追求这个目的。如何才能达到这个目的呢？就文人地位而言，民国初年新文化运动主张科学、民主，也是为了达成这个目的。可惜以前的新文化运动走错了道路，弄成崇洋媚外，以至由西化而俄化，中间不无成功，于今离目的更远了。所以我们要有一个真正的新文化运动，这便是要创造中国的新学术，也只有创造中国的新学术才可以重建中国为一个新的国家。因为必须我们的学术能够和人家自由平等才能有对外的自由平等。我们现在所以不能和人家自由平等，是因为我们的学术不如人、科学不如人、文学不如人。另外，我们要对外求自由平等，对内就决不能压迫自家人。对内压迫自家人，既无理由，亦无力量对外讲自由平等，是不是？我以为今天要有一个新文化运动，对内求自由平等，对外也求自由平等。文学家以及其他学术专家，应该在各个人的范围内努力求实现这个目的，这才是真正的文学，真正的文化。这也就是中国文学家的使命。

问：文学既然要求自由平等，那么，文学作品如果描写社会的不公平，是否就是丑化社会呢？

答：我们人类都在追求三个最高东西，真、善、美。科学求真，道德（广义的道德，包括政治、经济、法律等）求善，文学、艺术求美。我们积极地追求这三个东西，我们消极地也要避免三个相反的东西，即谬误、罪恶、丑陋。科学是要把谬误、疏忽、错误避免掉。一切的道德，是要使日常生活和法律政治上的行为避免罪恶。文学艺术求美，所以要把种种丑陋的东西——灵魂上的、生活上的丑陋东西一一去掉。文学固然本身总是为了求美，但是文学还是可以包括真、善的目标，并且教育大家一起求真、求善。如果社会上有丑陋，你不讲、不去写，那你就不求真、不求善了。

文学是要求人类生活的美满，唯其求美满，我们要知道丑的地方。文学是一面镜子，把社会上不公道、不义、不善的、不美的事情照出来，让大家都有羞愧心，然后努力把它除掉，以求一个美的世界，此即《乐记》所谓的"移风易俗"。移风易俗就是要把坏的改为好的，好像一个人要把病除掉才能健康一样。如果文学不写社会上不公道的事情，讳疾忌医，让社会这个千疮百孔的病人烂下去，那你不是在害人吗？这个道理很简单。当然，文学并不应该专门讲丑的，总是将美丑对照，而给人一个理想的。也就是说要把社会不合理、不善、不美的东西揭露出来，让大家看了会觉悟，懂得求善、求美。

像美国文学界有一本书叫《黑奴吁天录》，讲出美国黑奴制度的不公道，终于唤起了美国人的良心，直到林肯的解放黑奴，才真正促成美国的统一。又如俄国作家屠格涅夫写了一本书《猎人日记》，也曾经推动了俄国改善农奴运动，这在俄国也是件大事。又如波兰的显克微支，匈牙利的裴多菲，鼓吹民族独立，直至今日仍有鼓舞作用。文学在我们中国，自古以来就是要替老百姓讲话的，说出老百姓的疾苦、民生的疾苦，文学家天生是老百姓的代言人。社会上不公、不义的事情，如果不能引起作家的正义感与灵感去写，那就不是文学家了！只是文字上的糊涂虫而已！……

问：文学应该求美，也要教育人求真、求善。那么目前的乡土文学，有没有违背您所说的这个原则？

答：目前在台湾所谓的"乡土文学"，的确是表现了爱乡心。人都有爱乡心，一个人没有不对他的故乡有爱心的道理。我们一般人说爱国，原来的意义就是爱乡心。外国文之 Patriot，出自希腊文之爱父或父亲之地。像春秋战国时代分那么多国家，"国"字有个框框的东西。故乡与故国也是同义。乡土文学所表现的爱乡心，扩大来说也就是爱国心。

今天在台湾，最近几年开始流行的乡土文学，它是有存在的理由和价值的。就说最近所看到的少数乡土文学作家的作品，有些本省籍作家写的比起过去大陆的作家有过之无不及。这也有一个理由，台湾过去在日本的统治下，文学是个荒芜的时代。尽管那时候也有反抗日本的台湾文学和正统汉人文学，究竟在语言、文字的运用上，还常常带有"咔咔咕咕"的日本调调。而现在许多青年人利用很纯粹的中国的语言、文字写得很成功。这表示台湾这个文学的处女地，刚刚在长东西，它是能够发展的。所以，我觉得现在的乡土文学还不坏，但是这不过是初步的成功而已，还应该继续让它发展。

文学有好有坏，但我们常常要"伟大作品"。什么才叫作"伟大价值的文学"？最伟大的文学绝不是靠文学作品本身，一定是这个文学作品所描写的是伟大的事情，将伟大的事情描写得好，当然它就伟大起来！这也便靠有伟大的观点。像托尔斯泰的《战争与和平》，不仅写拿破仑侵入俄国的大事情，战争内容描写得很生动，也讲了大道理，说明了这个战争不是俄国少数将军打胜仗，是全体俄国老百姓打了胜仗。伟大的文学作品，一定要有伟大的事件、伟大的描写和伟大的观念等等配合起来的。

有人谈近年来台湾文学，就提到白先勇。我看了他几篇文章，文笔还不坏，很俏皮。但是他写的都是他所熟悉的生活环境，写大陆上少数有权有势的达官贵人或名女人来到台湾，感怀过去的情形这一套玩意。另外一些所谓乡土作家，则描写了台湾普通的小人物，农民、工人等等。我觉得这些都是今天台湾社会生活上的一面。我想，我们有一个大题材是可以写的，那就是一九四九年二三百万人民撤退来台的这件大事。历史上也没有这样一次大的移民，二三百万人形形色色，有好的、坏的，有卑鄙的、高贵的，到这岛上来，这也是一件大事啊！……我说这些话没有别的意思。写作的基础是切身的生活体验，现在台湾的乡土文学，写在台湾的卑微或无名的人物，是当然的；但我们也可以站在台湾来看大陆、看世界，这也可以写出许多东西来。我们的乡土文学已经有一个很好的开始了，还应该发展它，扩大它的眼界，发生一个更大的力量。我的意思是说，这条路是对的，它应该可以再进步，达到一个伟大的成就。

现在有一些反对乡土文学的宣传。像彭歌的文章，先从"人性"的理由来反对，这似乎没有什么理由。现在又由"三十年代文学"开放不开放来反对。他似乎认为当时国民政府就是被老舍、茅盾等人弄倒的，现在不应该开放这样的文学。我没有对三十年代文学是否应该开放的问题写过文章。就说三十年代文学可不可以开放罢，首先可以问他："你看到三十年代文学没有？如果你能看，你没有变成左派或共党，那怎么知道别人看了就会变成左派或共党？你可以看，别人就不能看，那别人的知识都要比你彭歌低？"彭歌似乎在劝我们要"警惕"，一如不能等到贪污判罪以后再办贪污！啊！"警惕"，诚然应该"警惕"。但我想一个人如怕有贼来偷，应首先警惕他的房屋是否牢固，不能整天在房屋四周看，怀疑这个人、那个人有可能是小偷，又大叫贼来了。这一类"警惕"，到底是基于什么心理呢？我想大概一是杯弓蛇影，二是有迫害狂，三最坏的是帮助做贼喊贼的人！

　　——原题《访胡秋原先生谈民族主义》，载《夏潮》杂志第 20 期，1997 年 11 月。

　　——本文依据《乡土文学讨论集》（远景出版社，1978 年 10 月）编校。

【作者简介】

　　胡秋原，1910—2004，作家、史学家、《中华杂志》创办人。乡土文学治战期间，书写《中国人立场之复归》一文，一一驳斥反乡土派作家的相关观点，并广邀乡土文学作家参与《中华杂志》编辑会议和发表文章，陈映真称胡为"保护、保存乡土文学"的大伞。

　　《夏潮》杂志（英文名 China Tide）创刊于 1976 年，至 1979 年被查禁为止，共发行 35 期。《夏潮》自第四期开始改版改革，其主要发动者苏庆黎、陈映真等，怀抱

民族主义与殖民地经济

"办一份社会主义的刊物"的想法,自觉策划、登载有关环保、工人、渔民、少数民族问题及日据时期反帝运动与文艺的文章,以"第三世界"视野开启对美国、日本政经结构和台湾经济模式的反思,推动新民歌运动,引爆"乡土文学论战",在新的社会意识和社会运动的涌动中,《夏潮》对不同脉络的青年、知识分子、政治/社会运动参与者都起到过启蒙作用。

我们的民族·我们的文化

尉天骢

一

　　虽然近二十多年来主管教育的机构一直高扬着民族精神教育，但文化界和学术界却时多时少、时隐时现地出现着对民族历史和文化的怀疑和否定。五〇与六〇年代之际，一位五四时代的新文化领导人除了以"一种文化竟然容忍缠足、吸鸦片这类恶习如此之久的理由"而重提中国旧文化的否定论外，并公开宣称："凡是强调民族主义的，在消极方面，一定是陶醉于过去历史的，认为过去都是好的，这样自然不易吸收新的文化、新的思想；在积极方面，一定是抬出老祖宗，认定自身的民族文化是最伟大的，这样自然是不进步的、顽固的。所以强调民族主义的政党，一定是保守的、排他的、反动的。"接着，他所领导的一个个人主义的刊物就公开说："在此时此地，'历史文化'一词究竟作何解释，实在令人莫测高深。"这种"要承认我们事事不如人"的态度，到了六〇年代便形成一种西化的潮流，一些文学艺术工作者宣称文学艺术的创造只是"横的移植"而非"纵的继承"，并说："我们必须努力度过那最初的（革命期的）传统之扬弃（其实应该说是破坏）与实验阶段不可避免的矫枉过正，以及表现上的刻意冒险，以建设我们的成熟。"于是所谓"现代化就是彻底地西方化"。而另一些文化工作者更将三〇年代初陈序经的"全盘西化论"予以翻版，一方面打着反传统的旗帜对中国的历史文化予以全盘否定，另一方面则由全盘否定进而一面倒地推行全盘西化运动；而事实上，全盘西化就是全盘美国化运动。这个潮流大概到了七〇年代后期，才告一结束。

回顾这一段历史，我们可以找到它的现实基础。五〇年代，正是朝鲜战争结束，美国的经济开始显露空前繁荣的时代，那时台湾与美国刚缔结协防条约，受到它的经济力量的影响，资本主义在此地开始展开有力的发展。如《民生主义育乐两篇补述》所说，这正是一个农业社会迈向工商业社会的转型期，在这个阶段里，一些政治上、经济上、社会上、文学艺术上残存的封建意识和作为，必然成为往前迈进的障碍；站在这一立场上来对原有的民族历史文化作一批判，的的确确是有着它的进步意义的；也就因为如此，在六〇、七〇年代之间，各大学学院及文化机构中西化运动与反传统作风才能获得众多拥护者。

二

既然如此，为什么这种西化运动与反传统作风在六〇年代后期与七〇年代初会趋于没落呢？主要的便因为这种西化运动与反传统作风并不只是手段，而是把它当作目的看待的。此话如何说呢？因为，紧接着四〇年代的大动乱，五〇年代正是住在台湾地区的中国人选择未来方向的时候；而美军协防所带来的一时期的安定，便助长了某些人那种想忘掉痛苦的过去的心态，认为在所谓的"世界主义"的目标下，可以获得今后的安定舒适的生活；于是，他们便想与中华民族的历史和文化一刀切断脐带的关系，然后在此地建立另一个与大陆不生任何关系的中国。这种观念虽然在当时也曾遭到很多人的批评，但时势造舆论，到了六〇年代与七〇年代之交，由于美国和日本经济力量的进入台湾所带来的一时期的繁荣，由于和美国、日本之间密切的文化学术的交往，由于越战期间和美、日之间的连锁关系，更由于长时期与大陆所处的隔离状态，遂使得某些人与西方的关系愈来愈形密切，而与本土的关系愈来愈感到稀薄，于是，牙刷主义不仅泛滥于一般中上层社会，甚至连很多学术文化界，尤其历史文化教育的院士、教授之流，挟牙刷主义以自豪。在这种风气的传播下，前此出现过的"世界主义"一类的观念便在人们，尤其在中上层社会中流行开来。

　　然而，很可惜的，这些人只着眼于"世界主义"的理想，而未着眼到自身在政治、经济、"外交"、文化等方面所处的附庸地位；但是，到了七○年代，随着联合国事件和国际经济的大动荡，随着越战的结束，不仅使人看出欧美的很多缺点，而开始对西方文化采取批判的态度，而且台湾自身所处的困境，也使人顿悟到自救才能人救，进而体认到世界主义必须以民族主义为基础的事实。于是，随着民族工业——十大建设的急起直追，在各种文化建设上也渐渐朝着回归民族本位的方向进展。乡土文学的提出、新民谣的开拓、民族形式的讨论，就像中国功夫和针灸那样，一时间成为文化界研究的论题。然而，这种回归是与五○年代以前的复古的封建主义者所不同的，而是经过一番西化运动的摸索后，在自己所处的社会上所寻得的新方向。容我们作这样简略的综合：六○年代的西化运动是对五○年代残余的封建主义的否定和修正，而七○年代的民族本位的回归，又是对六○年代西化运动的否定和修正。在这样的发展中，客观的事实告诉我们：在国际间充满着倾轧、冷战、诈欺的生存竞争中，一个人只想分享别人的快乐，而不肯自己有所牺牲，只想随心所欲地选择自己向往的乐土，而不肯用血汗来改造自己的现实，这种专捡便宜的好事根本是无法在世界上找得到的。因此，狭隘的、排外的、封建家族式的民族主义固然是社会前进的障碍，然而，不能因为如此，就一竿子打翻整条船而把自己民族的历史文化整个否定。很明显的一个事实摆在眼前，如果文化是一种生活的态度和经验，而人们的生活又是具有社会性的，则通常我们所说的历史就必然指的是全民族的事实。今天，科学虽然如是发达，但是，一个人只想赤手空拳改造世界而不借助任何前人的智慧和经验，根本是不可能的。所以，所谓民族精神，绝不是一种抽象的认知，而是一种真实的力量的结合；而且一个人也唯有与他的同胞生活在一起，与他们的喜怒哀乐有着息息相关的血肉关系，他才能真实地体认到民族历史和文化的力量。持专捡便宜的生活态度的人对此是永远感受不到的，所以历史教育应该不只是知识的教育，而是一种与现实生活有着密切关系的生活教育。

三

谈到文化，我觉得应该指的是人们应付自然环境、人为环境以及其他困苦时的方法，换句话说，也就是一种生活的方式。每一时代有每一时代的困难，要解决这些困难，单单凭"无羽毛鳞介以居寒熟，无爪牙以争食"的个人是不够的，他必须从前人求取经验，更必须与大多数的人结合在一起才能产生巨大的力量。于是，在这种群体共同操劳的工作中，人们不但知道追求好的生活，而且要求合理的生活，进一步更要追求有理想的生活。这话怎讲呢？因为在世界上，有人要过好的生活，但他的好的生活却建立在别人，甚至大多数人的痛苦上，如古代的专制帝王和贵族们所从事的那样，这是不合理的。与此相对的，公平才是合理的。此外，人们不能只为自己生活而不顾下一代，于是在生活中又必然地要建立他们共同的理想，甚至为了这理想而坚忍地付出了莫大的牺牲。这样说来，在人们一代一代的生活经验中，我们不是可以看到两种情况吗？其一是建立公平、坚忍、爱人的生活；其一便是自私地为个人打算因而伤害到别人的生活。回顾人类的历史，无时不是在这两种情况的交战下发展下去的。而人们的所谓道德、法律、政治、文学和艺术，也莫不是这两种情况下的产物。所以，我们回顾一下历史，便知道人们对传统也是有了两种不同的看法的，一种是站在多数人这一边，一种是站在少数人这一边。我们可以在传统中有所选择，绝对无法把整个传统推翻掉。我想：今天我们所以认为中华文化的复兴有其可能，也就站在这一个观点而言。为什么我要先说明这一点？因为五四运动以后，有一批买办文人，他们没有体会到数千年来我们的祖先为自己民族生存所付的代价和所作的努力，而只看到一些不好的事物，因此就拿这些不好的事物来作整个中华文化的代表，于是全盘否定中国文化之余便一面倒地主张全盘西化起来，甚至认为中国的一切好东西都因外国而产生，他们常常批评中国文化中没有民主和科学，因而自卑起来。但是，我们可以问他们一下：外国人是不是从开天辟地起就有民主，就有科学？没有。他们的民主是从他们的君主专制中发展出来的，他们的科学也是从他们的迷信中推广、演变而来的；如此，为何说中国文化中没有这些成分呢？

因此，我们虽承认外来因素可以给我们的文化一股冲击力量，但我们更承认文化演变发展的最主要力量还是内在的原因。即使没有外国人的影响，我们的君主专制也必然会发展成为民主；即使没有外国人的影响，我们的生产方法也必然会由农业进展为大工业；这正如它以往从氏族社会进为封建社会、从游牧社会进为农业社会一样。我们面对传统文化就应该采"扬弃"的手段，所谓"扬"即光大、发扬那些好的，所谓"弃"即丢掉那些不好的；而一阶段一阶段"扬弃"的累积，就形成了一部文明史。这是我对中国文化史的一个粗浅看法。

中国有五千年的历史，在这漫长的岁月里，各种制度、思想、典籍可说是浩若烟海，然一言以蔽之，我们可以归纳出几个中华文化的共同精神：

一、在长久对付困难之经验中，了解了人的价值和力量，由是而产生了知其不可为而为的坚忍力量。大家所熟悉的愚公移山即是。有了这些，中华民族在极端困苦中才不为敌人打倒，尤其近百年来的面对帝国主义，更是因这种力量取得胜利的。

二、在长久的共同生活中，了解到人的团结和互助才是克服苦难的最好办法，这就是中华文化特别重视伦理精神的原因。基于此，中国的老百姓都以公正为荣、以自私为耻。孔子说"己所不欲，勿施于人""己立立人""己达达人"，就是指此。而"仁"的意义也是指二人以上的活动；两人以上的活动就具社会性，在社会中能想到别人、顾及别人，才能孕育出民主、平等的精神。关于此，墨子等人也有很多解释，不赘。

三、由于中华民族长久的生活经验，知道生活不但有现实面，而且还有理想面，老子所说的"生而不有，为而不恃，长而不宰"，孟子所说的"舍生取义"等观念，无不以理想主义而为下一代牺牲。文天祥说"孔曰成仁，孟曰取义，唯其义尽，所以仁至"，就指的是这种牺牲精神，我们在历史上所看到的仁人志士，在近代史上所看到的烈士，其所以视死如归，不像今天一些买办那样见美金则膜拜，见绿卡则傲视自己的同胞，就是这种民族精神培育出来的力量。

但是，为什么历五千年之久，我们还不能建立一个 "老吾老以及人之老，幼吾幼以及人之幼" 的大同社会呢？其原因一方面是我们还有很多缺点没有克服，另一方面是还有很多外在的敌人阻扰我们。去消除这些不良的因素，去开创未来，正是我们从事中华文化复兴的一大工作。

四

就与现实生活的关系而言，在台湾地区的中国人所体验到的历史，应该是充满血泪，可以给予人们一种鼓舞、一种方向的。因为，就前一阶段的台湾历史来说，它的被割于异族，一方面显示了封建王朝的腐烂，一方面显示了国际帝国主义的狰狞；就后一时期的台湾历史来说，它不仅说明了近代中国所遭遇的命运，也表明了它与国际局势的演变有着不可分割的关系。如果我们的历史教育能在这方面作一彻底的剖析，相信生活在此地的中国人必然对自己今天命运的所以如此，会有一层深刻的了解，从而对于未来的发展也就有所认识，对目前该如何做而有所肯定了。无如，我们多少年来的历史教育只是 "为历史而历史"；三民主义告诉我们的是民生史观，而历史教育中的民生却往往指的是帝王和贵族的民生，而不是大多数人的民生。帝王贵族只是极少数的一撮人，因此在历史教育中，人们接受的往往只是过去的奇谭趣事，而不是与今天的自己有着血肉关系的过去经验，这样，即使人们能倒背每一条历史年表，对他会有什么作用呢？再加上长时期的升学主义，历史已不再是活生生的经验，而只是考试中属于计算机操作的一个小黑块，这样，连 "为历史而历史" 都办不到，还谈什么影响和力量呢？

就这样，人们渐渐与自己民族和历史脱节了，他们认识不到在过去那样艰苦的处境中，自己的先人是如何克服困难，从生活闯过来的，当然也就往往不知道自己今天所食所衣必须付出的代价；他只羡慕今天的高楼大厦，而不了解今天的高楼大厦是过去多少茅草房屋累积起来的，这样就产生了他那虚无的无根状态。这种虚无、无根的状态使之只看见中国人的缠足、吸鸦片，而看不见外国人的贞操带、卖鸦片和帝国主义。近二十年来，我们在台湾可以看到一个泛滥于知识界和学术界的现象，很多家庭即使经济力量不够也想尽办法将子女送往国外。在起初他们的借口也是什么"追求现代知识"一类漂亮话；然而到了七〇年代，尤其在美国与中共的交往愈加密切，关系正常化被人们认为即将到来的事实之时，我们才看到这些以留学为名，以"逃难"为实的真相。这样，在过去的二十年里，要栖栖惶惶、随时准备开溜的他们好好在台湾这块土地上扎根结果，当然是不可能的了。

　　知识界抱持历史的态度既然如此，最后它必然流于小考据、小琐碎、小趣味的清谈，好在历史不是属于这少数人的，在台湾我们看到广大的群众每天在日晒雨打之下从事生产和建设，也看到成千上万的战士枕戈待旦的牺牲奋斗，面对这些人，我们才发现真正的民族力量。今天的事实如此，过去的历史也是和此一样，让我们在这些人中，去发掘真正的民族历史和力量吧！

一九七七年七月

——原载《中国论坛》第八期，1977 年 7 月。

——本文依据《民族与乡土》（远景出版社，1981 年 6 月）编校。

评余光中的流亡心态

——二评余光中

陈鼓应

一　流亡心态

时代苦痛摧击下的台湾知识界，近年来产生了两种主流的心态：一种是中兴心态，一种是流亡心态。中兴心态是面对现实，对不合理的现象希求改革；流亡心态是逃避现实（包括逃避到色情玩乐里面），演成牙刷主义之风。

在余光中的一首诗里，他说在台北"这座城里，一泡真泡了十几个春天/不算春天的春天，泡了又泡/这件事想起就觉得好冤/或者所谓春天/最后也不过就是这样子；一些受伤的记忆/一些欲望和灰尘"。（《在冷战的年代》四六页）"泡了又泡"是自述他的生活态度；"一些受伤的记忆""一些欲望和灰尘"是陈述他的生活内容。"泡了十几个春天"，就是说十多年来他只是在"泡"着虚度时日；"泡"日子，便是他的失根性与失落感所产生的浮游心态。他在台湾这十几年的日子，只是"一些受伤的记忆"与"一些欲望和灰尘"，甚至哀叹生活是"分期的自缢"，这恰是"亡命贵族"的生活写真。至于他的冤屈感（他说在台湾的十几年"一想起就觉得好冤"），显然是不实的。在此地多少贫家子弟被摒于高等学府的门外，余光中在优越的生活条件下，上大学，念研究所，做讲师，当教授；多年来他春风得意，一帆风顺，他有什么"冤"好喊？

既然余光中觉得在台的十几年过得"好冤"，那他对我们这地方自然无所依恋，无所顾惜；在"去去去，去美国"的浪潮下，他遂开始向外游动了。"收到南伊州大学航空信的那天上午／他坐在朝南的那扇窗／漠漠的眼神追一只黄蝴蝶。"（《在冷战的年代》）终于，犹如一只翩翩飞舞的蝴蝶，他飞越到太平洋的彼岸。美利坚的一切使他沉醉。在那大雪纷飞的日子，天寒地冻，他忽而想起台湾；台湾"到冬天，更无一片雪落下／但我们在岛上并不温暖"。（《在冷战的年代》）本岛四季如春，但在余光中心中，"却并不温暖"。虽然岛上的人们给他的温暖可不小；然而台湾只是他的跳板，跳到美国之后，回头看看台湾，不顺意了。当他登上美国的高楼时，不由自主地说："比起来台北是婴孩。"（《望乡的牧神》四十页）

纽约市的脏乱是世界闻名的，在他眼中却"隐隐约约要诉说一些伟大的美的什么"。总之，比起美国，"台北凄凄切切，完全是黑白片的味道"。

然而，"两重相思"，正是边际人特有的意识情状。在台湾时，他一面怀念故乡，一面想往出洋；去了美国，则故土乡愁日深，对台湾的思念也日增——唯有台湾才有他的市场，才可闻到掌声，才有下女替他做饭，还有"阿秀在厨房里哼歌"给他听呢！这种生活，只有台湾才享受得到。因而，不久他又踱回来了。

然而，余光中始终无法在中国的土地上安定下来。《公墓的下午》这首诗道出了他的心思："总有一种精美的激动，到秋季似乎就要远行。"当然，这只有"高等华人"才有这样"精美的激动"，我们这里的人群：渔民在日落时就要出海撒网，农民在黎明时就要荷锄耕作，工人在早起时就要赶班。"一到秋季就要远行"的那种"精美的激动"与"形而上的享受"，一般人是无法享有的。

在"精美的激动"下，余光中遂在"西雅图与基隆之间摇摆复摇摆"。（《天狼星》）"未完成的出国手续待我去完成，又是松山机场的挥别"；"总是这样。松山之后是东京之后是西雅图"。（《逍遥游》）虽然他也感觉到："走来走去，绕多少空空洞洞的圈子。"（《白玉苦瓜》自序）但如今余光中毕竟成了牙刷主义者了。

二　灵魂 "嫁给旧金山"

高等知识分子的出国深造，其中有不少人是为求吸取先进的技术与经验以作为充实母国建设的参考，但也有一些人漂洋过海便如涉 "忘川"，心向异国。

余光中甫抵美国，便将台湾的许多 "负荷" 一股脑儿扔掉，台湾的 "噪音和空气染污的双重迫害忽告解除"。（《敲打乐》后记）好不快哉！更令他快慰的是："海关人员对我说：'欢迎回到美国来。' 一时竟有温暖的回家之感。" 据友人相告，余光中初到美国，便到处打听如何申请绿卡；这番 "回到美国" 的欢迎词，的确温暖了他的心——温暖到他心坎的深处！于是他一面在帝国大厦前 "顿足复顿足"，急于要顿掉 "太平洋对岸带来的尘埃"。（《万圣节》）一面施展 "方向盘的缩地术"，驰骋于 "坦坦荡荡的大平原"，情不自禁地吆喝起来："咦呵咦呵咦—呵！" 诗人展开了嘹亮的歌喉，歌唱着："另一个大陆的秋天，成熟得多美丽！" 他咏叹美国那 "白霏霏温柔的雪"，如 "女友那样白的手"。（《白玉苦瓜》）赞颂落矶大山 "磅磅礴礴" "苍苍皑皑"，神游其间，竟不知今年是何年，今夕是何朝何夕了。（《白玉苦瓜》）

余光中到了美国，把美国的一切都美化了，美国的风景固有其美处，但在山水以外，他既看不清 "洛克菲勒家族" 等财团对内外的吸吮，也见不到五角大厦对他国的控制与掠夺；美国境内，这一边是少数富豪的穷奢极侈，那一面是无数黑人濒于饥饿线上的挣扎。触目可见的黑人——美国式民主、自由与平等最直接的讽刺和羞辱，他却视若无睹。偶尔提到印第安人，也只是他站在摩天大楼里这样赞叹："印第安人的落日熟透时，自摩天楼的窗前滚下。"（《逍遥游》）谁都知道北美殖民地是在印第安人的尸骨上建立起来的。在白人淘金狂热的时期，红人被整村整村地歼灭掉；南北战争之后，最少发动了一千次以上的军事烧杀行动。十九世纪中叶又颁布 "印第安人迁移法"，成千成万的红人被驱出密西西比河以西的地带而死在路上，印人现在还叫这条路为 "眼泪之路"。提到印第安人，我们就不免记起他们这一部惨绝人寰的血腥史，然而余光中却竟以熟透的落日美化他们的环境。至于千百万黑人遭受奴役的历史——他们戴着锁链成群成队地被驱使在种植园里劳作，为庄主发财致富而滴尽血泪，折磨而死在美国土地上的悲惨历史，在余光中那些大量描绘美国人情风物的诗文中，却只字不提。这且不说，他对美国的扩张侵略的史实，其溢美之词竟比拿到绿卡的人都要过分。他说：

> 那里的眼睛总是向前面看，向上面，向外面看。他们看见二十一世纪，阿拉斯加和夏威夷的延长，人类最新的边疆，最远最辽的前哨。（《望乡的牧神》六四页）

这成什么话！即使是一个有良知的黄发碧眼的美国人，也不会把"阿拉斯加和夏威夷的延长"视为"人类最新的边疆"。美国独立时的领土，仅限于加拿大以南，密西西比河以东及佛维利达以北的地区。此后六十多年间，除了侵夺印第安人的居地以外，不断伺机掠夺邻国的土地，才把它的疆界自大西洋岸扩张到太平洋岸。但美国领土的扩张欲，犹不知足，一八六七年取得阿拉斯加，一八九八年并吞夏威夷。当美国太平洋探察队继续西航到马尼拉时，不禁垂涎欲滴地对菲律宾说："这真是地球上最美好的地方之一。"不久它的海军就拿下了这块"美好的地方"。于是它继续向西眺望着说："中国那儿是一片无限广大的市场呀！"不久在"门户开放"的政策下，它深深地插进一脚。美国的名作家马克·吐温谴责美国政府的侵略行为时说："我们狡猾地伪装成无私的朋友，把信任我们的力弱的人民引入圈套，然后一把扼住、套紧他们。"这话说得很对；美国领土的扩张，是到处浸染着别国民族的血迹而获致的。余光中真是忘了自己是哪一国人，竟然把美国向"阿拉斯加和夏威夷的延长"的帝国主义的行径，视为"人类最新的边疆"；这不是显露了他对世界近代史的无知，便是曲意为帝国主义的行为美化说项。

余光中曾经说：他将自己的生命划为三个时期：旧大陆，新大陆，和一个岛屿。他觉得自己同样属于这三种空间，三种时间。这虽然说明了他之为边际人的流亡心思，同时也表白了他对美国的迷恋程度。"新大陆是他的情人，和情人约会是缠绵而醉人的。"（《望乡的牧神》六五页）无怪乎他一提起美国，便 "咦呵！咦呵" 地赞叹不已："咦呵爱奥华。咦呵内布拉斯卡。咦呵科罗拉多。咦呵犹他。咦呵西部。" 写到南太基，也以同样的笔调咏叹着："在纯然的蓝里浸了好久。天蓝蓝，海蓝蓝，发蓝蓝，眼蓝蓝，记忆亦蓝蓝。" 这时余光中完全沉醉在那蓝眼碧珠的世界里，他自己招认着："恐怕我已蓝入膏肓而蓝发而死。" 真的，除了乌发黑眼无法染蓝之外，他的 "灵魂" 早已 "嫁给旧金山" 了。

三　乡愁与所谓 "中国意识"

当余光中在美国西部咦呵咦呵地一路欢呼赞美过去时，最后忽然想起了中国。想起中国，他顿然颓伤："东方的大蛛网张着，正等待你投入，在呼吸一百万人吞吐的尘埃，五千年用剩的文化。而俯仰于其中，而伤风于其中。" 想到东方，想到台湾，就觉得像个张着大蛛网束缚他，觉得本土的空气充满着尘埃，中国文化是 "五千年用剩的文化"。总之，回到自己的国土，俯仰其中，就会引起他的伤风感冒。这就是一些人所说的余光中的 "中国意识" 吗？

（一）"杏花春雨已不再"

台湾写诗的人中，余光中的《乡愁》是最为浓烈的一个。他的作品里，到处可见到他的 "思乡" 的咏叹。"梦里江山" 的凄恻是令人感怀的，对于生离久别的亲人家园的忆恋，尤令人同情。自古以来，中华民族的历史便多灾患，战乱时期朝政之间虽常处于纷争对峙的状态，但人民之间犹可交通往来，《孟子》书上就曾说，只要政事搞得好，各地百姓便可奔赴会聚。（《天下之民至焉》七九页）今日的处境迥异；所以余光中咏叹 "喊我，在海峡这边/喊我，在海峡那边"，（《五陵少年》）茫茫海水的相隔，致使无数同胞长期父子不相见，兄弟妻子离散，这种骨肉相离的惨剧所激起的乡愁，是多么令人回肠！然而余光中的 "乡愁"，却非此类。他对故乡的愁恋，归结起来，不外是往昔"良辰美景"的追忆罢了！

怀念祖国壮丽山河的感情，是可珍贵的。然而余光中所忆念的"长江水、腊梅香"，只因它是才子佳人嬉戏的场所，且看他下面的一些倾诉：

> 杏花春雨已不再，牧童遥指已不再。（《听听那冷雨》三二页）
>
> 春天，遂想起/江南，唐诗里的江南/小杜的江南/苏小小的江南。
>
> 春天的江南，想起/那么多表妹，走过柳堤。（我只能娶其中的一朵！）
>
> 在杏花春雨的江南/在江南的杏花村/借问酒家何处。（《五陵少年》七七页）

这就是余光中的"故都春梦"：想起那么多表妹婀娜多姿地走过柳堤。他犹沉湎于"小杜的江南""杏花春雨的酒家"。于此可见，他的所谓"乡愁"不过是迷恋旧式堕落文人酒色生活的小情趣罢了！有人见他诉说"乡思"，还以为这是"中国意识"的表现呢！

（二）"焚厚厚的廿四史取一点暖"

如果余光中有什么"中国意识"，那么，他的"中国意识"，可以拿"缅古蔑今"来形容它。但他所缅的"古"，正是古之腐堕面；他所蔑的"今"，正是今之拓展面。

余光中的思古幽情，特别倾注于古典诗词中的声色世界。举凡"唐朝的猿啼""杜子美的月亮""杜牧的酒家""未央的宫女"以及"长生殿""华清池"，都在他的缅怀之中。也竟称这种缅怀为"新古典主义"，为"回归中国的精神"（《莲的联想》），在"新古典"的口号下，他的诗不过出现"像一首小令——从一则爱情的典故里你走来，从姜白石的词里，有韵地，你走来"之类的俗得肉麻的句子。他还乱用"典故"，写出："一枝短烛，自晚唐泣到现代，仍泣着，因小杜的那次恋爱。"（《莲的联想》）"一枝短烛，仍泣着"是套用杜牧"蜡烛有心还惜别，替人垂泪到天明"的句子；他所谓"新古典中国"，不过是"自晚唐泣到现代"的一片哭声的缠绵哀情；他屡屡提及小杜，而小杜的名诗大半都是对于青楼妓女的歌咏，余光中特别倾慕小杜，莫非就是忆恋他那种"十年一觉扬州梦，赢得青楼薄幸名"的淫靡生活？杜牧的诗固有他"绮罗铅华"的一面，但也有他忧伤时事的另一面。他很留心"治乱兴亡之迹，财赋兵甲之事，地形之险易远近，古人之长短得失"，(《上李中丞书》)希望在现实政治上有所发挥。他的"一骑红尘妃子笑，无人知是荔枝来""霓裳一曲千峰上，舞破中原始下来"以及"商女不知亡国恨，隔江犹唱后庭花"，都是反映现实的佳作；他的"感怀诗"，则表现了他爱国忧民的心情，而这些余光中却丝毫未曾学习到。饮酒狎妓在当时的文人生活中已蔚然成风，杜牧自不例外；他所写下的那些征逐于酒色的作品，独为后世无聊文人所乐道，不幸余光中正是承袭这一类糟粕。

余光中所谓的"新古典"，除了吸取旧式文人那种春意阑珊、艳绝婉柔的情调之外，还在诗句中装璜着盘古、女娲、蚩尤、彭祖一类的神话人物，以示其极尽远古蛮荒之追思。其实信史上多少开疆拓土的民族英雄，他从不提及；提到的只是"汨罗的悲涛，易水的寒波"，他的沉溺于"悲涛寒波"，和他在现实上不断地播散着灰色情愫正是相应的。

这样看来，余光中的"新古典"，不过欲承袭历史的颓伤面。相反的，从《诗经》以来，关怀民生，爱民救世的传统，他却视若无睹。对于一部中华民族苦难的奋斗史，他竟视为"无非是一张黑白片"。他还认为中国文化是"蠹鱼食余的文化"，(《天狼星》)他要"焚厚厚的廿四史取一点暖"。他所说的"廿四史"是指一部中华民族的历史；焚毁中华民族的历史，只是为了他自己"取一点暖"而已；这是侵华时日本军阀所说的话，竟出自余光中之口。

（三）诬蔑七亿人民是蛀虫

余光中对于我们中华民族筚路蓝缕、斩荆披棘以开辟道途的史实，如此懵然无知；对于中华民族奋斗创发克服重重艰难的苦干精神，这般缺乏信心，这和他的蔑今的"中国意识"是相关的。

想起今日的中国，他就感到气馁地说："空空的祖国啊茫茫地转。"

（《白玉苦瓜》）由于他自己的懒散闲荡，便以为他的同胞们也和他一样无所事事，只在高塔上吹风、云雾里打滚似的。而广大同胞朝朝夕夕努力改善环境的成果，他竟视若无睹，只知睁眼说瞎话。他便侮蔑地把七亿同胞看成"蛀虫"，说"七万万人在一张海棠叶蛀得已经不能够再蛀"。事实上，中国的人民一向是勤奋工作的，只有极少数的人是蛀虫，他以他自己蛀蚀的心灵，"推己及人"到七亿同胞身上打转；而自己却沦入自怜自伤的不堪境地，他遂以自己的懦弱去观照大众，认为中国人是无望无助的。

因此，他有下面的一些诗句："无松果落地的中国，铜驼、铁塔皆已倒塌，皆已倒塌的中国。"（《敲打乐》）这该是帝国主义侵凌下的中国败落的景象，而余光中的视觉依然停留在倒退的历史轨迹上。

偶尔余光中也提一下帝国主义的侵凌，但也只是一点伤感式的，说说就过去了；当他喝下几杯洋酒时，帝国主义的侵华劣迹更是忘得一干二净。且看他的一首诗《饮一八四二年葡萄酒》，这时他竟乐陶陶地赞叹"异国的春晚和夏晨"，称颂异国诗人的绯色私奔；而一八四二年正当鸦片战争后订立《南京条约》之年，他却把帝国主义的刀枪首次凶狠地插进中国的胸膛的事实，完全抛诸脑后。在以后的几首诗中，他也曾提及中国的受侵，但他却徒然表示一些羞辱感，频呼："被人强奸轮奸""丧失贞操"。《敲打乐》一诗中，他竟然说出"中国中国你令我羞耻"一类的话。

（四）"中国中国你是一场惭愧的病"

自从余光中"应美国国务院之邀"，过着"一生中最潇洒的日子"以后（《敲打乐》后记），他便深深地打上了美国的烙印。这时的余光中，摇身一变，变成了另一副模样，他洋腔洋调地唱起来：

> 给我一张铿铿的吉他
> 一肩风里飘飘的长发
> 给我，一个回不去的家
> 一个远远的记忆叫从前
> 我是一个民歌手

　　给我的狗

　　给他一块小铜钱

　　管黠批评余光中说:"他的长相竟是'一肩风里飘飘的长发',如同嬉皮,四处流浪,浸缅于过去的记忆,无所事事,唱着洋腔洋调的歌,带一条狗……我们实在无法想象余光中变成这种模样:吉他、长发、流浪、狗、乞求——这能使余光中成为一个典型的中国人吗?"(《余光中变什么?》,《后浪诗刊》,七期)这时的他,"生活讲话写字一点也不中国,艺术的兴趣更不中国";这时的他,不仅"不中国",反以中国为耻!

　　《敲打乐》是颂扬美国而以中国为羞的一首长诗。主题不外是一面盛赞美国,一面伤心中国。他看到美国的青色山脉,草波麦浪,千里公路,万里草原;看到"钢铁"般的城市,高耸云霄的帝国大厦,"泱泱自尊"的自由女神。这时原本失落的他,顿时"扬扬鼎沸起来",在"高速而昂扬的节拍"中嘹亮地歌唱起来。在他歌颂美国雄伟以后,忽然想起中国,他遂颓伤地说:"中国中国你是不治的胃病""中国中国你令我伤心""中国中国你令我早衰""中国中国你令我昏迷""你已经丧失贞操服过量的安眠药,说你不名誉,被强奸轮奸轮奸,中国啊中国你逼我发狂""我的颜面无完肤,中国中国你是一场惭愧的病,该为你羞耻?自豪?我不能决定"。他遂由羞惭而痛苦地叫喊着:"不快乐啊颇不快乐极其不快乐不快乐。"这就是他对中国的全盘态度。

　　余光中去到美国,拿着表相的美国标准去看中国,于是产生莫可言喻的"羞愤";由羞愤感而恶意漫骂国人就像"一些齐人在墓间乞食着剩肴,任雷击任电鞭也鞭不出孤魂的一声啼喊",这即是说,中国人如齐人乞食一般,苟且偷生,不知奋发,任人怎样刺激都是麻木不仁的。近百年来,帝国主义对中国抢夺掠取之余,还极尽诬蔑之能事;然而他们也仅止于辱骂中国人为"睡狮"、为"东亚病夫",远不及余光中这般的恶言毒语,他甚而认为祖国犹如"患了梅毒"的母亲(《在冷战的年代》忘川);他急于逃避,如逃避他母亲的麻风一般;他急欲忘掉这样的一个祖国("忘川"是希腊神话中的河名,在这首诗里隐喻母国"患了梅毒",但愿喝饮"忘川"之水以遗忘中国）。

面对中国的苦难，一个人要决定的，重要的不是羞耻感或自豪的问题，而是如何拿出勇气和决心来面对苦难和残缺；面对中国的苦难，不是蓄意去逃避它，而是要如何投入去改善它。

在我们这个社会里，无数人切切实实地工作，切切实实地生活，并非像余光中那样浮游在上层而作那自渎式的乡愁。今日台湾在美日资本的压力下，一般民众还为了乡土的建设作艰苦的奋斗；而余光中不仅置身度外，且蓄意抹杀民众的建设成果。

（五）"在西敏寺预约一块墓地"

余光中既将新大陆视为"缠绵而醉人的情人"，既将灵魂"嫁给旧金山"，他遂时时刻刻梦想加入英美诗人的行列。但他却不幸生而为中国人，难以实现，于是只好退而求其次，痴心妄想希望在死后变为异国鬼，并葬在西敏寺。他在《给莎士比亚的一封回信》的短文中曾说："后会有期，说不定我会去西敏寺拜望您的。"他长期游离于国土之外，对于本土社会飞跃进步的情形虽无所知，但对西敏寺的行情却打听得很清楚；他知道"西敏寺教堂已经够拥挤"（《天狼星》），因此他在十多年前就"已向西敏寺大教堂预约一个角落，作为我的永久地址"（《五陵少年》五九页）。不过要葬在西敏寺，先决的条件他必须是英国人，而且只有对大英帝国有贡献的人。近年来他的移居香港，也许就是试图迈向西敏寺的第一个步骤吧！

尽管这样，余光中的处境仍是可堪哀怜的，台湾嘛！他始终存着过客的心理，不愿久居；大陆呢？他回不去，也不愿回去（即使回去也找不到他的"市场"）；美国呢？黑发黄肤的文人终究难以被彼社会所认同的。这样，他遂成了只能在各条边上沾一沾却不能着实落根的边际人。于是，认同的问题遂成为他的严重的问题。

他在《江湖上》的一首诗中，写出了这种边际人的境遇的心声："一片大陆，算不算你的国？一个岛，算不算你的家？答案啊答案在茫茫的风里。"他在自注中说："'一片大陆'，可以指新大陆，也可指旧太陆，新大陆不可久留，旧大陆久不能归。"

"在茫茫的风里"飘荡着,这恰是流亡心态所造成的边际意识的写照。飘荡日久,致使他自己都弄不清身属何方!狡兔三窟固有其逍遥处,但是像"失根的兰花"一样,造成他的边际意识的混淆。这是他的诗文所以多属于留美文艺一类的无根之作的缘故。

克鲁泡特金描绘波兰在俄帝统治下的情形时说:"他决不会把国民性失掉的,他有他自己的文学,他有自己的艺术,他自己的工业,所以俄国人只能用暴力和压迫奴役他们,可是并不能使波兰人同化。"(《我的自传》)然而我们的诗人余光中,却没有等到别国来统治便已遗弃自己的文化。作为一个诗人也应该把自己文化的精髓用诗的语言表达出来,却不是以歌颂别国"天空非常希腊"就满意。

文艺的花朵是无法绽开在没有土壤的地带的。中国的道路虽多曲折,但只要敢于面对现实,敢于承担责任,则前途是乐观的。作为一个文学工作者,一如其他领域中的工作者,与其冷眼旁观讯笑嘲弄,莫如洗面革心回归家园投入工作的队伍。

——原载《中华杂志》173 期,1997 年 12 月。
——本文依据《这样的"诗人"余光中》(陈鼓应自印,1977)编校。

【作者简介】

陈鼓应,1935— ,祖籍福建长汀县河田乡,1935 年生于漳州,1949 年随父母赴台。后就读台大中文系、哲学系,师从方东美、殷海光。1971 年与台湾大学、政治大学一批青年讲师,改组《大学》杂志,呼吁言论自由和政治改革。1973 年因参与台大校园内的"保钓运动",举办"民族主义座谈会",被台大哲学系解聘,引发"台大哲学系事件"。1976 年参与苏庆黎、陈映真等创办《夏潮》杂志。1984 年到北京大学哲学系任职,讲授老庄哲学。2011 年起,受聘为北京大学哲学系"人文讲席教授",并接任"道家研究中心"主任。著有《悲剧哲学家尼采》《庄子今译今注》《道家的人文精神》等二十余种著作。主编《道家文化研究》杂志。

20 世纪 70 年代的陈映真与陈鼓应 （陈鼓应提供）

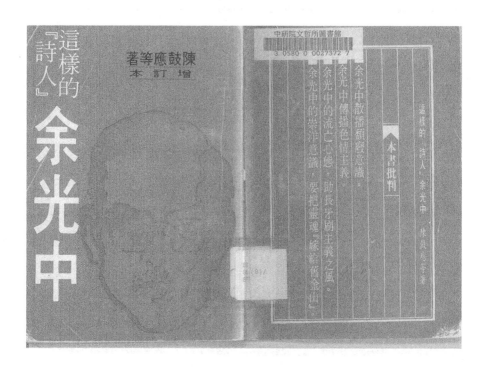

這樣的『詩人』余光中

陳鼓應等著

目錄

寫在前面

陳鼓應

我寫了「『評余光中的頹廢意識』和『二評余光中的流亡心態』之後」，本來預備寫「三評余光中的實辯意識」的，但一評剛發表，就引起了相當熱烈的反應。有一位知名的學者說：「沒想到余光中的東西這麼無聊，這麼稚稚！」有位在中央黨部任職的先生來信說：「我雖然很少讀余光中的詩，但一直對他印象很好。這次文藝大會時，我還在會場上遇見他，真沒想到他會寫出『吐魯番』、『火山帶』、『雙人床』一類如此類膩的作品。想起他坐在文藝大會主席台上那幅道貌岸然的樣子，實在太不對稱了！」我接到許多反應意見的信件和電話。如果我的第三評文章再發表出來，恐怕會給余光中過重的刺激而使他失去心智的平衡，還不是我的用意，我深知余光中沉醉於虛名久矣，如果不着力貼他一下，他是不會猛醒過來的，我評他

1

《这样的"诗人"余光中》／陈鼓应等著

一个作者的卑鄙心灵

黄春明

各位老师、各位同学：

今天各位看到我穿牛仔裤和蓝衬衫，再加上这一件小格子西装外套的这一身打扮，相信再也没有人会说我乡土了吧。也好，免得有人借用新典故，又说什么"狼来了"的。如果一定得说什么来了，那么今天应该说我是"羊来了"才对。不过，刚才我骑机车穿过辛亥隧道之后，就一直淋到你们这里，所以我这一只羊是淋湿了的羊，带三点水的"洋"了。

刚才上来介绍我的同学说，我今天要跟各位讲的题目是"现实世界与小说世界"。我一听之下，心里马上纳闷起来。原来我们并没有约定要讲这个题目的。我一直还以为就像我过去的经验，对方都让我海阔天空地随我漫谈，所以我没有在这个题目上做任何的准备。再说，好吧，就拿"现实世界与小说世界"这个题目来谈，我这么一想，即刻脑子里就忙着打起转来了。但是，想了想，答案好像很简单：现实世界里的人物，他们肚子饿了就想要吃饭，洋化一点就吃西餐，一样都离不了吃。小说世界的人物，他们何尝不是一样？难道能不食人间烟火？这有什么好讲呢?！（等着一阵笑声过后。）对不起，这么说令大家觉得有点开玩笑，其实并没有什么不对的地方。要拿"现实世界与小说世界"来作为一个演讲题目的话，换个排比的方法来讲，也是一个很精彩的题目。现实世界只有一个，小说世界可多着哪！有超现实的小说世界，有荒谬的小说世界，有寓言的小说世界，还有武侠的小说世界，吾爱你、你不爱吾的小说世界，太多太多了。所不同的是，现实世界的主宰永远是我们，就是绝大多数的我们大家。正如我们的团歌所唱的："时代在考验着我们，我们要创造时代。"这是绝对正确的。我们大家的祖先，受严酷的原始现实社会的考验，创造了封建的时代，再经过几千年封建的现实社会的桎梏，我们又创建了民主自由的时代。我们大家就是现实世界的主宰。然而，小说世界的主宰是各色各样的作者，他们各个在自己的小说世界里当上帝。在那世界里，希望女主角有多漂亮就有多漂亮，要某一个人物死，被汽车压死，或是病死，都随作者的意思。所以才有"笔下留情"这样的话。我们大家跟许多小说世界，始终保持一段莫可奈何的旁观的距离。当然，要是从学理上，或是站在现实社会的某一个层面，拿什么样的小说，以及具有什么心态和思想的作者，来做分析的话，我相信，"现实世界与小说世界"这个讲题，一定可以让我们学得很多。可惜，我个人不是一个用功做功课的人，更不是一个饱学的文评家，面对着这样的题目要我来讲，实在令我感到头晕目眩。不管怎么样，我今天是无法扛着这样的题目上讲台的。这一点，请各位多多原谅。如果一定要有一个题目才像演讲的话，那么我们就把今天我所要讲的题目，定为"一个作者的卑鄙心灵"吧。

水和水源

"一个作者的卑鄙心灵"这样的题目，大家乍听之下，一定以为又是骂人的啦。接着你们心里面又在猜想：今天黄春明不知道要骂到谁的头上？到底谁是卑鄙心灵的作者呢？你们一连串这样的联想和猜测，是有原因的。因为前不久，在我们文坛上，曾经有过一番漫骂大展，好不热闹，一直到今天，偶尔还可以听到零星的炮火。

好吧，大家不用猜了。我今天要讲的"一个作者的卑鄙心灵"，这里所指的作者就是：黄——春——明——。

好了，好了，请各位不要笑了。我这个人就是这么糟糕，任何正经事，或是严肃的事情，一落到我身上就给冲淡了。我知道你们为什么笑。你们觉得太突然也是好笑的条件之一。可能你们很多人都是第一次听到一个人站在大庭广众前，说自己卑鄙。我也是头一次这样地来面对自己。但是，你们听起来很简单，其实在这个背后，我是经过一番努力和挣扎来的。我想我在背后怎么面对自己，怎么努力挣扎过来的这件事，对大家并不是很重要。你们当中，有很多是我的读者，有些人是听人说我，因此有些印象。而这些印象，不管是直接读了我的小说的，或是听人家谈起的，相信就没有卑鄙的这样的影子在里面吧。所以你们要知道，黄春明的卑鄙心灵的具体事实在哪里？这才是重要的。

为了了解的方便，为了要把心灵这种抽象的东西说得清楚，单单谈现象是不够的。所以我希望从我的写作经验来谈，同时来考察写作时的生活和心态。相信有部分人，会执着不同的看法而不以为然；他们认为作者的生活是生活，作品是作品，作品一旦诞生了，它在艺术领域里是独立的，诸如此类的说法。对过去一直都是这样的看法，所以艺术才显得玄秘，艺术家才显得伟大起来，艺术工作者也就容易自欺欺人。诚然，一般的读者可以绝对地，除了作品以外，不清楚作者的一切生活情形，但是，一个作者一旦跨出习作的阶段，开始渐渐地拥有广大的读者的时候，他的作品就像一条拥有许多饮用者的流水，作者就像是这条流水的水源。水源的一切状况，跟流水是极其密切的，尤其是水质方面，比水量更影响饮用者的健康情形。这一点作为一个作者的时候，是不能不清楚的。在这里而言，什么是水质呢？应该是作者的生活、心态和思想才对。不会是和生活脱了节的、形而上的文学理论吧。

幸运的作者

过去，从写作的动机和写作过程中的经营来看，我是相当冲动型的一个人。跟我同过学的，或者是跟我同过事的人，都看过我一言不合就挥拳头的丑事。另一方面，一感动起来心软得不得了。可以说很情绪化的一个人。说我是感性大师，我想我是当之无愧的。这样的一个人，每当一件事物被他抓在手里的时候，也正是心里滚烫得最厉害的时候，大脑的职责也都一时被滚烫的心取代了。大脑一被取代，也就没有思考的活动了。这样子的心性，随伴着我的时间，相当长久。所以在写作上，在题材的选择、处理的方法上，也都随这样的心性去作主张了。过去我大部分被认为是乡土的那一系列作品，都是这一段时期的产品。

作为一个作者，在世俗原有眼光来看，我是幸运的，我一开始就受很多前辈和朋友的鼓励。在作品而言，文缘很不错。文缘就是文章的文，人缘的缘。很多写文章评论我的作品的文评家，夸奖我，读者大部分都喜欢我，就这么一帆风顺地被称为作家，并且还小有名气。其实这是一种误会，而且是善意的误会。

通常，一个作者如果看到批评他的文章时，一般的反应是这样的：看到说他不好时，他十分不高兴，甚至于当晚不眠不休，夜车开到底赶一篇文章反驳加漫骂。如果看到说他好的，他就高兴。诚然说他好到如何如何，说这又象征什么，那又象征什么，说得玄而又玄，说的人自己也搞糊涂，作者本身更不懂。然而，作者只要领会到人家说的，是在好的一面，他就笑纳默认了。有些人还特别多买几份刊登赞美他的刊物，剪贴的剪贴，寄给朋友的寄给朋友，这还不够，等到作品结集时，还要附在集子里面，或是有人访问他时，还要念念不忘如数家珍地，把这些说他好的文章一篇不落地，还特别记取发表的刊物和时间而一一列出来。可见大部分的作者都盼望人家说他好，有名无实也无所谓。我虽然没去记取这些说我好的文章，也没去搜集，但是，当时看到了这些东西的时候，我的心里是舒服的，是愉快的，什么叫作飘飘然呢？就是这个时候的感觉。本来这是人之常情，没什么可以厚非。可是，当一个人的作品，跟广大的读者发生了沟通的时候，默认有名无实的赞美，就有盗名欺世的嫌疑。

两种评法

现在来看看我自己，是不是有盗名欺世的嫌疑呢？综观评论我的作品的文章，概略可分两类：一类是属于所谓的纯文学艺术理论的。这一类的问题，"纯"与"不纯"的人一谈起来总是纠缠不清，我不拟在这里谈它。第二类是属于社会性的文学理论的。这一类的文评，过去对我的评价很高，说什么小人物的代言人啦，又是小人物的心声啦，其结论的四个字就是"悲天悯人"。对这样赞美我的文评家，他们本来善意的用心，我是应该好好地感激一番。可是，过去对这些人给予我的鼓励，我不但不曾表示过感激，还默认下来，自认为当之无愧。自己还真的以为有"悲天悯人"的伟大心灵，拥抱着苦难的小人物。一个作者不一定能够正确而全盘地了解自己的作品，可是我扛起所谓的"悲天悯人的胸怀"而沾沾自喜的事实，是无法欺骗自己的。如果真正是悲天悯人的胸怀，那么该是对真理谦诚、对人谦卑才是。我知道那时的我，是最爱露锋芒、最爱出风头的时候。那时候，就是在写一篇关怀小人物的小说，或是做一件好事，可以说尽是为了出风头。想一想，真是惭愧。爱出风头的人，他对出风头自然办法很多，随时随地都可以出风头，为什么偏偏选择了写那种叫人看起来很人道，通篇透着关怀人的暖流的小说，叫人觉得黄春明这个作者是一个悲天悯人的作者呢？照我这么说，可能有人不能完全赞同，他认为除非我一开始就有把握写好这一类小说，充满人道主义的小说，准备出出风头。不然在情理上的逻辑是说不过去的。

不过，我现在可以告诉各位，当我的小说在评论界获得了鼓励的时候，我变得自私自利起来了，我珍惜着那一点小名气，并且憧憬着未来的文学生命，同时，西方有些浪漫派的成名作家的成名模式，似乎告诉你伟大的艺术家是魔鬼的化身的那种结论，也有影子在我幻想中的心里晃动。他们那样堕落的私生活，如果换上一个普通的人，不知要遭受到如何的谴责。然而这一些，却随着作家的成名，统统变成理所当然，更荒谬的是，流露在传记的文字上，或是作者当时被访问的言语上，有意无意地肯定了那些堕落的生活是艺术家的特权，他之所以会成为一个伟大的艺术家，就是因为有了这样的经历。当然，如果一个艺术家，能够从不知觉的堕落的生活中醒悟过来之后，而成为一个伟大的艺术家，这个可能性我们是可以明白的。但是，有多少的年轻朋友，为文学艺术这样子的着了魔，真的是着了魔了。那时我一直无法静下心来，好好找个工作先把最起码的生活安定下来。那时我认为没有什么比文学艺术更重要的了。怎么重要法呢？因为它可能使我变成一个艺术家。至于成为一个艺术家又怎么样呢？根本就不会想到这样的问题。

成为艺术家以后又怎样？

一个家庭如果出了这样一个孩子，是相当不幸的。像我的小小家庭：我和太太、婴儿一家三口，而当爸爸的我，竟然是自私自利地梦想着当一个作家，那是很悲惨的事。结果太太和小孩子受到无法弥补的伤害了。而我还认为要成为一个作家，就是要这样受苦的罢。我今天无法把过去的生活情形详细地报告出来。不过，记得当时几个文学的朋友，他们关心着我的生活，却比我的文学生命来得更关切。诸位要是看过那时候写的《儿子的大玩偶》《癣》之类的作品，那里面多多少少都有我们的生活影子。我有些事情还不能明白，连家里的人都没能去照顾，还能悲天悯人吗？或者应该问，到底悲天悯人是什么意思？对于一些人物的不幸遭遇，正如我小说中的小人物的生活，付出于实际无补的那一点本能的同情，这就叫作悲天悯人吗？或是所谓的恻隐之心，不忍人之心？

当你们在看我那一类的小说，也一样地同情着里面的小人物时，除此之外，透过这些小人物，只让你们觉得这只是个案的话，那我们不能否定，在我的作品里面，是流露着人皆有之的恻隐之心而已。以我现在的看法，如果指着某一篇作品，说是作者有悲天悯人之胸怀的话，那应该是读者透过那篇小说的故事，无形之中，作者成熟的技巧引导着读者共同地触觉到大环境的实体，并由作者忧时伤世的思想指引着，让读者活生生地体认到，我们的民族到底为了自己的什么缺点受苦受难。而作者的声音绝不是概念的，更不单是知识的，而是真正地出自作者完善的人格的呼唤。所以要说我是一个悲天悯人的作者，那实在还遥远得很！

或许我们从一个初学的作者，在选材的客观条件上来看，说不定更容易了解到，一个作者的心灵，以及他的心灵的成长。

心灵的成长

在正常的情况下，初学的人想写小说的话，一定是写他自己，或是他自己最熟悉的人物和环境。在这个起步上，我是正常的。开始时我写了不少关于自己的东西，包括自己觉得全世界都跟他敌对起来的那种感觉，其中最典型的一篇，即是我拿来在我的集子前面做序，嘲笑它是苍白的《男人与小刀》。过后就写熟悉的身边人物，他们要不是邻居，就是罗东的小同乡。像《锣》里面的憨钦仔，就真的有这么一个人。我写自己和写他们，这都是很自然的事。那么恰好他们是小人物，对他们和家乡却有一份说不出的感情，在这两造之下，写出小说来时，碰巧形成拥抱小人物的热烈的场面来。如果我不在那里长大，假定是在台北，那么我想，初期我的小说就不是这样的面目了。从这里可以说明，悲天悯人的作者不是可以因碰巧诞生出来的。悲天悯人的作者，单凭对人对地的那一份说不出的感情，而没有生活的体验和思想的成长是不够的。

回想起来，小说中的那些小人物，还有没写进去的，他们三十多年前都是我童年的朋友。我们在一起的时间比跟家人在一起的时间，要来得长很多。我们在一起时，无所不谈，无所不玩。然后，随时间的流转，不知道在哪一天，大家很自然地，不知不觉地不告而别了，有的是真正离开了家乡，有的是往社会的各种不同的层面散开了。三十多年过后，我们有了很大的变化，不管是经济上、文化上都有了很大很大的差距。也许有人认为这是必然的，其实我也这么想。但是仔细地想了一下，这答案并不是那么简单。

就拿我童年的几位朋友来说吧。去年我回去时还碰到过四位，有一位是乡下乐队的鼓手，婚丧庆典他都必到。本来是小喇叭手，因为牙齿一颗一颗地掉光了，才委屈他打大鼓。请注意，一个喇叭手的牙齿一颗一颗地掉光了，听起来固然好笑，但是牙病和家庭的经济是十分密切而形成恶性循环的。有一位是理发师，据说马杀鸡还没登场之前还不错，后来女理发师吃香了，他的顾客相对地减少，因为剩下来找他的老年人一年一年相续地减少了。有一位是曾经因为赌博杀人，才被关出来不久，因为关了十二年，出来之后家人散了，家产都没有了。还有一位在看平交道。这样的四个童年朋友，加上我黄春明五个。现在就把我们五个人列出来，就用世俗的眼光来看，一定是说：好啊！黄春明你真有办法啊！叫他们四个人讲，一定也是这么说我的。那么最被冷落的就是那位刚出狱不久的朋友了。他自己也感到十分自卑。其实我的童年朋友不止这四位，我列出他们四位的原因是，当时这四位朋友都比我聪明得多，尤其是刚出狱的这位朋友，记得当时跟他们学了不少事情。

机 会

现在事隔三十年，为什么事情有这么大的差别？我黄春明比他们努力？不！绝对不是。那又为什么？（坐在前面的一位女同学说："机会不一样。"）对！机会不一样，谢谢你的答案。我是有机会读大学的，当时我们家里的经济能力，是养得起我读大学的。但是我把读大学的精力，耗费在读两所高中和三所师范学校上面去了。如果把我的机会随便让我这四位朋友其中的一个来接受的话，他的生活一定跟现在的情形，完全不一样。当然，我不能说他的生活一定倾向好的一面，因为还有别的其他因素，也在叫人改变。

不过，就机会而言，一定活泼得多吧。这里说的机会，很多是用金钱可以换取的，如生存的机会，生活的机会，物质享受的机会，受高等教育的机会，不知道你们有没有稍做计算，你们从小到你们现在，读完大学到底要花多少万吗？相对的，家庭经济比较困难的，生活得很吃力，物质生活谈不上享受，子女的教育在服完义务教育后，也将劳力投入家计，如果情况更糟的话，相对的也有另一面的机会，那就是有营养不良的机会，有无知的机会，有卫生习惯不好的机会，有窃盗与抢劫犯罪的机会，从任何社会的秩序的表面来看，好像穷人扮演了最讨厌的角色。私娼、贩卖人口、偷窃抢劫、肮脏、无知等等，干尽了所有的坏事。所以很多人直觉地就讨厌穷人，有了这种直觉的对穷人的厌恶反应，对穷人的问题也就不加思考了。并且他们肯定地认为，穷人是自甘堕落的。好的，我们现在暂时假定这么说："穷人是自甘堕落的。"这是假定的。那么从我们这个假定刚说完之后，有两个婴儿诞生了：一个生在穷人的家里，一个生在有钱人的家里。请各位说说看，这两个婴儿生长的过程，长大之后的人际关系会不会一样？不会的！

为什么？

机会不一样！

对！机会不一样。每一个人都会出麻疹，现在免疫学很发达，麻疹早就有预防针，并且我们的卫生机构，也替所有的老百姓免费打预防针。可是，那个穷人母亲生了孩子不久之后，又得回到劳力的忙碌工作，一方面她过去没有好好上过学，所以也不懂得打预防针的重要，而疏忽了这件事。过后小孩子出了麻疹，又得不到正确的照顾，结果这小孩子发了高烧，把脑子烧坏了。这是不是他们穷人的自甘堕落？一开始这个小孩子投胎到穷人家，这也是自甘堕落？

贫　穷

话说到这里，好像离开了本题非常远。不会，我没有离开轨道，我就是在谈"一个作者的卑鄙心灵"，而那位作者就是黄春明我自己。我的卑鄙的地方就是，在我还没了解到我们与社会的关系，也还没了解到，当我们这个社会，有人浪费一千块钱的同时，就有人因为一千块钱，遭受到很大的困难，在我还没了解到有这样的社会关系之前，写了几篇以小人物的生活为背景的小说，乘文评家说我是悲天悯人的作家，我竟自以为是地默认了。盗名欺世，这是卑鄙之一。

对了，说到这里，我必须对刚才上面所谈的穷人问题，作一点说明，之后，我再来举出黄春明的卑鄙之二。因为我们这个环境，有人对谈贫穷显得很过敏，其实像美国那么富有的国家，照样有乞丐。我在旧金山的街上，就给过美国乞丐零钱。我们省政府五年来推广的小康计划，还有据说这几年来的经济发展成果，拉近了贫富的差距，把我们的社会又向均富的理想推进一大步，还有每年的冬令救济，从报纸和电视，我们都可以看到需要帮助的家庭。这一切都在说明我们的社会是有贫民的。可贵的是，及时的援助，和长期有计划性的努力，都在改善经济生活的环境。一个国家，一个社会，有贫穷不见得是可耻的事，可耻的应该是，不准许谈贫穷，贫穷人得不到照顾。但是，有些既不代表政府，又不能代表民间的人，自己得到温饱了，看到有人谈贫穷问题时，就想给人送帽子。这也是属于卑鄙的。

今天，谈到我自己，谈到我的小说，小说中的小人物背景，这样谈下来自然就谈到贫穷了。

我个人，也从正视这样的一个问题之后，才发现自己可鄙的地方。现在再来看看，我的卑鄙之二。

西班牙斗牛狗

在我写以小人物为主的那一系列的小说的时候，也正是我获得"有良心的作家""人道主义的作家""小人物的代言人""悲天悯人的胸怀"等等这一类的称赞的时候，我有一个朋友，因为他要出国，就把一只西班牙斗牛狗寄养到我家里来。西班牙斗牛狗在台湾很少，就是我们卡通影片常看到的那一种，大头小耳，眼睛鼻子颊肉都往下垂，腿短，前腿向里弯的那一种。有人在笑了，我相信很多人知道。在洋狗里面，这也是名贵的狗。自从那一只狗到我们家来了之后，整个家里的生活秩序，都被扰乱了。

但是，我呢，还乐此不疲。现在想起来又可笑，又可鄙，又可怜。平时，我的收入只能省吃俭用的，吃牛肉是偶尔的牙祭。这只狗来了之后，每天都要它吃牛肉让我和太太还有小孩来看，还得加两个生鸡蛋。因为这一只狗的睫毛倒插，经过手术之后，每天都会蒙着一层黏物，眼角积着不少的眼屎，这些我都要捻着棉花，小心地把它清除掉。每天晚上，要先把狗房子和四周环境，喷一喷杀虫剂，还有三两天就替它洗一次澡。有一次，难得想全家三个人，骑机车去环游北海公路，结果一想到狗留在家没人照顾，游兴也消了。等到它发情了，这才紧张，好容易打听到竹东有一位医生养有公狗，我们老远地雇车跑去，先送一千五百元的红包给对方的狗主，然后等着它们交配。当公狗看不上我们没有睫毛的小姐时，我们心里好急好急，啊！我不想再说了，你们看过我前不久发表的《我爱玛莉》，也就知道我养过狗的。林今开先生还曾经在《明日世界》的杂志上，谈狂人百态，谈到狗疯的时候，还特别赞赏《我爱玛莉》这篇小说，说描写狗疯和狗的事，很深刻，很生动。要是他知道我也养过狗的话，他也就不会这么惊讶了。

你们想一想，如果我把养狗的这一份精力和狂热，还有这些钱，把它留下来领养一个孤儿的话，这是多么有意义的事啊！但是，我没有。不但没有，一边把爱心献给一只狗，一边摇着笔杆写穷人的故事。你们说说看，这卑鄙不卑鄙？卑鄙的。这就是卑鄙之二。

转　变

自从我看清自己的过去，认识了自己与整个社会的关系，我的心灵才有一点成长，也开始会多做思想，无形中，作品也慢慢地有了转变，写的东西不再考虑文学通的掌声，也不投好文学通的趣味，于是从《鱼》一变，就到《苹果的滋味》《莎哟娜啦·再见》这类作品了。当我有了转变之后，我听到好多过去鼓励过我的读者说，我的小说这么一转变，社会性加强了，艺术性反而减弱。对这样的看法，我是这样想的：我的小说虽然有了转变，但是还没定型，也还没写出令人看了，叫大部分人都说："我们就是要这样的小说。"所以我说不出真正好小说的面貌是怎么样。在我现在转变的过程中，我承认小说里面的社会性是加强了，至于艺术性减弱的问题，因为对目前因袭下来的艺术标准，我还没弄清楚，所以我不便回答。不过我有一个故事，可以来说明所谓的艺术，是一件很主观的价值观念。不知道说我艺术性减弱的读者，他到底是站在什么角度说的"艺术"？

这个故事是这样的：从前有一个乡下人，跟一个城里人约好，某时某日在城里的南门桥头见面。相约的时日一到，乡下人就提早两个半小时从村子出发。因为从乡下走到城里，需要两个钟头的路程。这个乡下人想提早到，然后等他半小时也好。当这位乡下人准时地走到城里的南门桥时，正好有点内急想解大便。他马上调转头，拔腿加快步，跑回家，一进门就往茅坑跑。等他完全解完了便之后，心里才急着今天跟人爽了约的事情。

另外这边的城里人，到了约定时间，很准时地到桥头赴约了。当然等久了，等不到就火了。第二天，一大早，乡下人就赶到城里，找这位城里人赔不是。当城里人听到乡下人说是因为跑回去解大便才爽约时，他禁不住捧腹大笑，才把气也消了，原谅了乡下人。但是乡下人莫名其妙地站在那里，看城里人笑得哎唷、哎唷叫。

好了，故事就是这么简单。我还看到你们，听到这个乡下人跑回去解大便时，你们也笑了。我们从这个故事里面，发现很有意思的问题出来。

为什么城里人会觉得那么好笑呢？因为城里人觉得这个乡下人笨得太可笑了，既然到了城里，要解个大便有什么难，非得跑那么远的路回去？当然，这个城里人没想到，当时粪便在中国的农村，是何等的宝贵，没有肥料，农业就没有生产，在没有化学肥料之前，水肥和堆肥是唯一的肥料。像我们中国，以农立国已经好几千年了，土地种了又翻，翻了又种，耕作了几千年的土地，地力自然会消失，这样的情形，更需要水肥的有机物来恢复地力，来作为氮肥的来源。所以，全中国的农民，都知道粪便是可贵的。反过来看看，当时的城里人，他们是不从事农作的，有关农事的知识和经验，可以说很少，他们至少不必为土地需要肥料而焦急。所以大便在他们看来，是身体里面不要的秽物，事实上也是很臭，离开它越远越好。

"艺术性"的歧路

现在我们可以看到，两个不同环境的人，往往对同一件事物，会有极端不同的、主观的看法。拿上面的故事为例，同样是人排出来的粪便，城里人把它看得像土那么随便，乡下人把它看得像金子那么重要。这就是"粪土粪金"的意思，价值观念的条件问题。

所以"艺术不艺术"，那可要看站在什么角度来看的。我说这个东西很艺术，你不认为。你说那个很艺术，我不认为。到底谁是谁非？这只有符合社会可以进步的一边，才产生了价值。艺术这样的东西，也应该对社会的进步有帮助的才有价值，不然，说它是怎么艺术得了不得，又有什么用？

我顺便再举一个，你们亲身经验过的例子。去年九月间的一场大雨，把你们政大都淹没了。那时你们学校师生奋不顾身，冒着洪水抢救学校的财物的事迹，我们在报纸和电视上都看到了。但是，就在这同一场雨，说不定有一位住在淹不到水的地方，望着窗外的倾盆大雨，突然触发了灵感，于是提笔就写：

下吧！下吧！雨水，
你不必哭泣，
当他倾倒最后的一盆，
他将后悔整个旱季……

对不起，我不会写诗，我只是举例。再举个例子，也是同时，有一个高中的女学生，看到这样一场雨，很像某一位女作家写的小说里面的是一样，那个跟她年龄背景很相像的女主角，就在这雨中淋雨。她晕倒了。当她醒过来的时候，老师就在身边……说不定，这个小说迷，就真的跑出去淋雨了。

神　木

这是可能的。那么大家想一想，同样的一场雨，你们政大的师生在想什么？在做什么？一个豪气十足的诗人，又在想什么？在做什么？一个被小说害了的女孩子，她在想什么？做什么？为什么会有这么不同的想法和看法？你们现在可以清楚了罢。

所谓文学艺术，应该也是推动社会向前迈进的，许多力量当中的一股力量吧。在这个功能上来看，我过去的创造心态是卑鄙的，该被唾弃的。我希望我今后的写作，能找到一条更开阔的道路，跟大家，跟更广大的读者，跟我们整个社会连在一起。可能我今后的作品，不能像瓷砖那么讨人喜欢，然而，社会的建设，像十大建设，是不需要瓷砖的，伟大的工程，伟大的建设，永远需要大量的钢筋和水泥。我只希望我是一把水泥，或是一截钢筋。

作为一个写作的人，现在我知道，他和站在讲台上的老师、枕戈待旦的将士、匍匐在田里的农夫、紧盯着生产的工厂工人，以及所有为我们社会努力的人们，是没有什么分别的。把我们的民族，把我们的社会，比喻作一棵神木的躯干的话，作为一片树叶子的我们，在枝头上的时光，我们只有努力经营光合作用，当我们飘落地的时辰，我们即是肥料。我们个人的生命虽然短暂，但是神木的躯干，即是每一片叶子的努力和尽职。五千年的神木，就意味着有五千梯次的发芽与落叶。我的写作经验是彻底地失败了，我仍然希望成为一个作者，作为神木的一片叶子，和大家一起来为我们的社会，为我们的国家，为我们的民族献身。

我是不懂演讲的人，今天拉杂地在各位面前，表白了自己。今后我除了个人的努力之外，更需要各位多多地批评和鼓励了。谢谢各位。

（1978 年 1 月 16 日应政大西语系邀请演讲）
——原载《夏潮》杂志第 23 期，1978 年 2 月。

【作者简介】

黄春明，1935— ，生于台湾宜兰。曾从事小学老师、记者、编剧、导演、制作人、广告企划等工作。作品被译成多国文字。著有小说《儿子的大玩偶》《锣》《莎呦娜拉·再见》《看海的日子》《小寡妇》《我爱玛莉》等，散文集《等待一朵花的名字》等，童书《小麻雀·稻草人》《爱吃糖的皇帝》《短鼻象》等。

20 世纪 70 年代的陈映真与黄春明

到处都是钟声

——"乡土文学"业已宣告死亡

南 亭

在一个特定社会里，特定的词汇以及此一词汇的内涵，都有特定的社会内容。

但一个特定的词汇若被教条式地不断习用，便会发生名不副实的现象，在语言哲学里，这种现象叫作"语言的膨胀"。若不将这种膨胀了的语言厘清，人便会成为"语言的奴隶"。

对"乡土文学"这样的一个名词，我们若做一次历史的溯源，便可发现：它在现在，已经成为一个过分膨胀了的名词。事实上，"乡土文学"早已死亡。

但所谓的"乡土文学"业已宣告死亡，并非指"乡土文学"的意义在文学史上将被抹杀；相反的，它却是死亡在另一个更大的、综合性的文学潮流中。

文学的发展是主观愿望落实在客观条件下的文化分枝，文学潮流在主客观情势的演变下，因而在不断的叛离和综合过程中，找寻自己的立脚根基。在世界文学史上，由于文化对抗而产生的，浮现着强烈本土意识的"乡土文学"或具有"乡土文学"特质的"民粹主义文学"等，多是短暂的、过渡性的文学。这显示出"乡土文学"大致上可以说是本土文化在面临外来优势文化笼罩下的一种自我觉醒过程，也是一种更大综合前的等待。这样的过程可以是民族第一顺位的，例如爱尔兰文学，也可以是阶级第一顺位的，如旧俄时期的"民粹主义文学"，日本明治时代的"国粹主义文学"；同时，它也可以是地域主义的，例如美国近代的"南方文学"。当然，这样大致的划分并不足以综观这种过程的全局，但必须指出的是，在一个多元化的社会里，这样的过程在历史发展中必然出现，它的发展未必就会导致所谓的 "分离主义"，正如同美国的 "南方文学" 未必就会造成南北的分离。

以这样的观点来考察台湾近五十年的新文学发展过程，可以发现到：五十年来在台湾的新文学一直是六十年中国新文学的一部分，它的发展主流在不断的自觉中，从未乖离过中国共同的民族经验，它是与中国民族认同的。

在日本资本帝国主义统治下的台湾，以中国新文学运动为主流的台湾新文学运动，从民国十三年在张我军发难下，渐次推展发达。

整个日据时期的台湾新文学，可以说就是以中国为本位的，反对政治压迫、经济剥削的文学。在日本资本帝国主义对台湾同胞展开异民族苛酷统治和资本主义化的经济剥削时，这样的反应不只反映在文学上而已，当时台湾文化的每一层面上，都陆续地衍化出此种特质，而借着种种不同的方式与民众相互联合，蔚为风潮。

但在文学上，由于台湾在日据时期与中国母国被迫割离，加以日本钦定 "国语文" ——日文的渐次推行，台湾作家在台湾新文学的发展上，便逐渐地遭遇到言文不一致的困难，由此自觉而产生了 "乡土文学" 与 "台湾话文" 的著名论战。

起自民国十九年的有关 "乡土文学" 与 "台湾话文" 论战，在基本论旨上，主张 "乡土文学" 最力的黄石辉认为："你是要写会感动激发广大群众的文艺吗？你是要广大群众心理发生和你同样的感觉吗？……如果要的，你总需以劳苦群众为对象去做文艺，便应该起来提倡乡土文学，应该起来建设乡土文学。"

而主张 "台湾话文" 最力之郭秋生，其论旨则指："什么叫作台湾语文……就是台湾语的文学化啦。" 他的这种主张针对的是 "文盲层的素地（处女地）"，目的在 "建设台湾文学的基础发展"。由此可以了解，当时在殖民地地位下的台湾，面临强有力异民族的资本主义压榨和剥削，在台湾的文学家的这种反动，多少是万般无奈下的产物。当时所谓的 "乡土文学" 和 "台湾话文"，所欲表现的都是被压迫者的心声；为了使文学工作者和基层群众能够紧密相连，在言文分离的社会情势下，它们遂不得不提出了"乡土文学"和"台湾话文"的主张，这种主张所对抗的是日本侵略者，所认同的仍然是中国白话文。

在整个日据时期，"乡土文学"和"台湾话文"留下了许多示范作品，可是他们以汉文为母模而衍发的台湾话文，常造成意见表达上的困难。

从台湾日据时期文学史的发展脉络上，来考察首次提出的"乡土文学"和"台湾话文"理念，可以说，这样的理念不过是殖民地人民复杂的文化调适和对抗过程中的一环而已。但两位一体的"乡土文学"和"台湾话文"理念，在台湾新文学的发展上却在后期灌入反帝反资文学的主流，它们与群众结合的写实主义主张正是那个时代的需要。日据时期的以中国为本的台湾文学，经过"乡土文学"和"台湾话文"的洗礼，无论使用中国白话文、台湾话文或日文来表现，其内容上都更坚定地走向了反压迫、反剥削的写实主义的文学路线。

光复后的台湾新文学史中，尽管台湾社会经济与文化体制都已有了全然不同于日据时期的新面目，但所谓"乡土文学"仍然是个经常浮现的影像。

光复初期台湾同胞对祖国历史与文化的隔阂，使初见大陆文化的台湾同胞感到一种刺激，在文学上，挟着象征主义亚流和战斗文艺的新文学趋势，使得台湾光复后的日据时期作家，在文字表达的限制及观念沟通的欠缺下，退向本土意识的狭隘领域，"台湾话文"的问题在"台湾方言文学"的变形下，再度出现，但是，对于这样的理念，甚至于"白薯的悲哀"充满于心的钟理和亦不表赞同，他在致钟肇政"台湾方言文学"的主张，认为推行"台湾方言文学"的两个最低条件是：人人皆谙闽语，人人以闽音闽读；而这两个条件在现实环境下是行不通的。钟理和认为"文学中的方言"和"方言文学"全然不同，前者才属正当。由近二十余年来的台湾文学作品来看，钟理和的见解毕竟被历史证明为正确的。

光复后的本地新文学界，除了"台湾方言文学"的一抹浪花外，多数的时期均将"台湾作家文学"视为"乡土文学"或"固有文学"，例如吴浊流和叶石涛等的多数论评文字都是如此。这样的划分随着青年一代作家的不断出现，逐渐地变得无意义。由钟肇政和黄春明的不承认有所谓"乡土文学"，由王拓的认为"是现实主义文学，不是乡土文学"，可以验证，五〇年代中期及其以前的"乡土文学"早在进入七〇年代时，就已经完成了它的过渡使命，演进到今天时，"乡土文学"早已成为历史的名词。

　　光复初期至五〇年代中期的台湾农业社会，对当时主宰文坛的作家而言，大致上是一个陌生而奇异的社会，他们没有可能寻找这样的写作素材；再加上文学风向的特殊发展，在健康写实的战斗文学和以象征主义为基干的前现代主义潮流下，以农村为背景的作品亦较难使人注意。在这样的格局里，因为战争而与世界文学活动斩断了脐带的本地作家，大致只能限定在农村社会事务的描写上，驰骋文学抱负；他们素朴的写实风格，对当时的文学主流是一种声音微弱的颉颃。光复后的文学发展，最早所谓的"乡土文学"，就是指的这一类以台湾乡村事物为对象，而以素朴的写实主义去创作的文学，除了极少数作品外，这种所谓的正统"乡土文学"由于和反帝反资的日据时期主流文学已因社会的改变而脱离，同时，整个社会也缺乏批判事物的能力因而遗失了对社会作正确描述和批判的能力。

　　在五〇年代中期以后，西方文学界早已是一片现代主义文学泛滥的景象，台湾的文学界在西化的浪潮下，也将这种潮流作了横的移植，蔚为现代主义的文学世界，省籍不同的作家都一律闻风景从。因此，尽管叶石涛等仍将此时之本地作家视为"乡土作家"，并将他们的文学视为"乡土文学"，但极明显的，这种泛乡土主义的概念，其界限是相当含混的。因为许多所谓的"乡土作家"，他们的文学理念已不再固着于乡土之上，他们描述的世界也更趋向于普遍的人性，他们写作的技巧也逐渐远离台湾传统的素朴写实主义。本土意识浓厚的原始乡土文学特征已渐去渐远。在他们的作品中容或尚有若干"乡土"的风味，但这种风味却已极为稀薄。我们可以指出，"乡土文学"在年轻作家群兴起后，便已发生了明显的质的变化，这种变化过程是复杂的，但都是原始"乡土文学"转变前的等待期，它是趋向更大综合的酝酿阶段。七〇年代起，这样的综合阶段便因主客观情势的改变而逐渐形成。

　　七〇年代后的台湾社会经济和政治环境起了重大的变化，国际逆势和经济问题，使得文学界也和其他各界一样由长期的乐观愚骏引起的中产阶层式的雕琢和保守中醒来，这种自觉必然地导致对社会、政治、经济、文化诸方面的全盘再检讨，因而社会的平等要求、政治的革新要求、经济的反剥削要求，以及文化的回归乡土的要求，便陆续产生！所有的这些要求都围绕在民族、民权、民生三大主义周围渐次发展。基本上它是一个爱国主义的、反地域主义的新浪潮。

　　在整个文化系统上，七〇年代以来逐渐增多的文学理论和文学作品，不论省籍，其所一致强调的是，以发扬民族尊严对抗帝国主义，以民生主义原则对抗资本主义，以三民主义民主原则对抗资产阶层民主。而在形式上，则排斥了愚骏的乐观主义，及其所产生的心灵贵族式的现代主义雕琢风格，而致力于与群众接触更多的写实主义创作。这样的趋向，可以肯定地说，它是中华民族本位的、理想主义的、充满了批判精神的新写实文学。它筛选了原始"乡土文学"的具体社会作为文学的主体。这种更具综合性的文学在"乡土文学"死后新生，无异是残烬里飞出的新凤凰。

　　从五十年来台湾的新文学发展史里，对有关"乡土文学"作了深层的探讨后，我们可以肯定地说：在不同的阶段下，"乡土文学"都有它不同的内涵，而所谓的乡土文学，愈往后的发展也就愈不"乡土"，甚至于许多所谓的"乡土作家"且公开地表示没有"乡土文学"，仔细考察此种现象，即验证了前述说法——"乡土文学"已成为一个空的概念，它已被一个更大综合性的潮流吸入肚腹；而这样的潮流是最有利当代最大多数人，最有利全民族发展的。

　　因此，在这个时候，无论是支持或反对乡土文学，恐怕都是唐·吉河德式的奇异行为。现在大家应做的，该是义无反顾地加入这个更具综合性的新潮流吧！我们可以拒绝钟声，但无法拒绝尾随钟声而来的璀璨新晨，而现在是钟声到处响起的时候，这表示了"乡土文学"在历史发展的过程上已走入它的最后归宿，同时也预示了一个清新、灿丽的清晨即将来临。

　　——原载《中国时报》，1977年8月18日。

——本文依据《中国自由主义的最后保垒》（四季出版，1977 年 9 月）编校。

【作者简介】

南亭，1946— ，生于四川成都。作家、政治评论家，本名王杏庆，以笔名南方朔活跃于评论媒体。1977 年以笔名南亭发表《到处都是钟声》支持乡土文学发展。

王杏庆以笔名南亭发表《到处都是钟声》，《中国时报》1977 年 8 月 18 日

反思

想象乡土·想象族群

——日据时期台湾乡土观念问题

施　淑

一九三〇年因为台湾话文和乡土认同问题而引发的文学论战，一般都认为是台湾文学本土论和台湾主体性意识萌芽的开始，论者大概都认为它断续潜伏在日据时期及二次大战后部分台湾作家的意识之中，而后集中和全面地表现于一九七七年开始的持续数年的乡土文学论战里。[①]

不论是战前或战后，有关"乡土文学"的观念及内涵，除了七〇年代的论战中，代表官方说法的一边，曾粗暴地将它定性为"自大而又偏狭的地域观念"，甚至扣上了"工农兵文艺""统战"之类的白色恐怖帽子，[②]一般说来，作为它的观念核心的"乡土"，在历次论争的开始，似乎一直是个先验的、不辩自明的而又义界模糊的存在，可是随着论辩的展开，却不断呈现着意义增殖的现象。在七〇年代末的论战中，虽有王拓《是"现实主义文学"，不是"乡土文学"》的长文，试图以现实主义的思想方法和艺术性质，澄清环绕着"乡土"一词的意念上的纷争，但仍无法解决这个关键性词汇在论战过程中，一再被不同的意识形态遮蔽，一再扮演着变动中的权力结构的文学性浮标的现实。这情况随着八〇年代乡土文学内部的南北分裂和本土论的兴起，而愈益明显。

从文学史来看，台湾乡土观念的发生，是来自一个因被殖民而破裂的现实世界的。这破裂的意识，首先出现在二〇年代文化协会的启蒙思想者们有关新、旧社会及新、旧文化的论述，而后爆发于对日本同化政策的抗拒。在相关的论述中，可以看到，因为启蒙思想者的科学、理性、民主、进化等观念，他们都毫不迟疑地站在新文化、新社会的一边；但同样由于启蒙思想的缘故，他们却无法接受以先进姿态出现的殖民主义的同化政策，因为在启蒙者特有的有关人类及世界发展的乌托邦信仰的前景下，日本的同化政策从根本上违反了他们对民族独立、自由、平等的要求。以上的思想脉络，可以在鼓吹台湾“固有文化”“特种文化”的黄呈聪文章中，找到代表性的论证。

在一九二三年发表的《论普及白话文的新使命》③一文中，黄呈聪提出如下看法：首先他指出台湾文化与中国的渊源，台湾在政治区分上属于日本等客观事实，认为“台湾的文化总要受中国和日本内地的影响”。其次，他批判当时的社会状况，指出传统封建文化扼杀台湾人追求人权和发展个性的“天赋使命”，日本公学校教育除了让台湾人学到普通的日语，少有“科学和一般的智识”的传授，这造成台湾社会的不发达，归根究底，这来自总督府企图以日本固有文化来同化台湾人。面对以上处境，黄呈聪呼吁台湾人应该利用懂得汉文之便，学习和普及中国白话文，启蒙群众，使之透过阅读中国“现代的”书刊报纸，获得新知，改造旧习，使台湾成为“世界的台湾”，跻身“世界国家”之中。他的整个信念是这样的：

> 从来偏狭的国家观念，渐渐扩大到世界国家的观念，世界的地图好像缩小了一样，人类变成一个大家族的现象，以后的人类总要一面在自己的国家里生活，而一方面要在世界国家里生活，这是现代文化人的新感觉最炽烈的。所以我们若是从世界地图上看了台湾的岛，如像一巴掌大的，怎样能得株守如笼中的小鸟呢？我们的文化是要受东洋和世界全体的支配，我们应该和世界的人做共同的生活，才能做世界的台湾了！

黄呈聪这幅放眼天下，让台湾走出国家定位的局限，把台湾纳入东方和世界体系之内的乌托邦图景，不久即告幻灭，两年后的一九二五年，他发表了《应该着（要）创设台湾特种的文化》，④一反宿念地提出台湾特殊性的存在和必要。文中，他首先对台湾文化作一番历史的考察，认为到清代为止，台湾人和台湾文化都来自中国，"后来因为地理和环境关系，几乎成了特种的文化，至今过了两百多年之久，经许多的改善，很适合于台湾人的生活，其中却也有台湾人自己创造的，然大概都是根据于中国的文化，来改造适合于台湾，成了一种固有的文化"。按他的说法，这就是台湾的"社会的遗产"。日本占领后，移植进来的日本物质、精神文化，"混在固有的台湾文化里面，形成一种复杂的文化"，因为它是透过同化政策的强制手段，而不是顺其自然地发展，所以他以调侃的语调，指陈当时的现象说：总督府"总要使台湾人万事学内地（日本）人的模式"，"学日本式的生活法，当局看见便就赞美说已经同化了，和内地人是一样的，其实外面装作日本式，而里面还是台湾式的生活咧"。对于这表里不一的现象，黄呈聪提出他的择善而行的、调和论的解决之道：

> 我们台湾是有固有的文化，更将外来的文化择其善的来调和，造成台湾特种的文化，这特种的文化是适合台湾自然的环境，如地势、气候、风土、人口、产业、社会制度、风俗、习惯等——不是盲目的可以模仿高等的文化，能创造建设特种的文化始能发挥台湾的特性，促进社会的文化向上。

以上黄呈聪的论述，虽未直接提到"乡土"，但他对同化政策的否定，对台湾式、日本式生活的意识上的区分，对固有文化、特种文化的坚持和追求，却无一不涉及一般观念中的乡土意识。这个因现实世界的分裂而存在的乡土意识，在客观意义上，如不是发展成为以"固有"的面目凝固起来的带有仪式性意味的民俗天地，成为殖民地台湾的名符其实的殖民主义式的文化保留地，则必然在历史发展中自生自灭。再不然，这个以台湾特殊性为根本诉求的台湾特种文化及建立其上的乡土意识，将会是詹明信（Fredric Jameson）所说的与文化帝国主义进行生死搏斗的第三世界文化。

詹明信在《跨国资本主义时代的第三世界文学》一文里指出，所有第三世界的文化，都不能被视为人类学上所说的独立的或自主的文化，相反的，这些文化都处于与第一世界文化帝国主义进行生死搏斗的过程中，而这文化搏斗的本身反映了第三世界受到资本主义的不同阶段或一般所说的 "现代化" 的渗透。此外，他又指出，第三世界的文学作品都带有寓言性和特殊性，它们都是 "民族寓言" （National allegory），它们总是以民族寓言的形式投射出政治意义，也即是有关第三世界的文化和社会受到冲击的问题。[⑤] 从以上的角度来看，前述黄呈聪的主张将不仅只是具有畛域意义的地方特色、地方文化的建立，而是在日本同化政策的压迫下，以族群或民族认同为根本考虑的反殖民主义的政治抗争。因此，由之带动的台湾乡土文学意识也就不仅只是以地方色彩、风土民情取胜的一般意义的乡土文学，而是第三世界的台湾文学。只不过上述一切若放在台湾本身在世界地缘政治（geopolitical）上的亚洲属性来考虑，放在它之作为同样也是亚洲的日本这个在世界现代史上扮演带着落后性烙印的最后帝国的殖民地的事实来加以思考，则詹明信所说的第三世界文学的特质，会在日据时期的台湾发展成什么具体结果，倒是值得进一步探讨的。

在文学想象中，台湾这块地方和它的名字，好像从一开始就是用来寄托幻想而不是乡愁的所在。早期的中国史籍和诗文给予它的蓬莱、岱舆、员峤这些带着神话色彩的称谓，指涉着永不可能真实化的仙乡，它悬浮于中国权力舆图的九州瀛海之外，一个神州之外的神州，或中国苦难之外的乌托邦。至于后来常被使用的 "福尔摩沙"，这个需要翻译的外来命名，则是个美丽的许诺，许诺着生息于斯的人们所不知道的幸福，一个实现帝国主义殖民者难以测知的欲望的美丽岛屿。走过幻想的前史，当台湾在世界现代史上得到它的殖民地身份，台湾成了苦难的象征，一个在文学想象里同样需要幻想而不是乡愁的对象。这一切首先表现在作家对台湾乡土传统的矛盾的、疏离的关系上。

从一九二〇年代台湾新文学诞生开始，作家与乡土的关系一直就不是很和谐的。二〇年代，因为作家大都是文化协会的会员，这重叠的身份，使他们的作品呈现出对社会现状的揭发和批判的双重性质。用来抵抗日本殖民压迫和文化垄断的乡土意识，在他们的作品中，除了是改革的力量，也是改革的对象。这情况决定了文协的知识分子作家与黄呈聪笔下的台湾固有文化、台湾社会遗产疏离的开始。因为一方面，正如竹内好在《现代中国论》中指出的："东方的近代，是西欧强制的结果"，十九世纪被侵略、被殖民地化的"亚洲悲剧时代"，制造出"脱亚入欧"的日本，产生了中国鸦片战争以后的维新思想及其后以"改造国民性"为出发点的五四新文学。以启蒙理性为指导思想的文协知识分子作家，在创作具有民族寓言意义的作品，抵抗台湾被同化的命运，他们据以判定台湾乡土的发展方向，台湾特殊文化的创设标准的诸理念，自然也避免不了西风压倒东风的亚洲式文化抵抗和失败的命运。这情形可以由当时的代表性作家赖和、陈虚谷、杨云萍、杨守愚等人的作品，普遍由理性进化的观念和人道主义角度，检视台湾封建文化、台湾传统士绅阶级的思想性格，而把他们的同情及希望放置在那些被视为社会异端的新知识分子的去向上，找到具体的说明。

　　一九三〇年，继文化协会左右翼分裂，台湾社会思想运动由资本主义的温和改良派变换为社会主义的"大众化"路线之时，黄石辉以《怎样不提倡乡土文学》[⑥]一文开启了台湾话文和乡土文学论战。这次以母语和乡土为正面和根本诉求的论战，除了延续二〇年代反殖民同化的精神基调，反映社会主义阶级分析的新思考方向，同时还透露着对乡土认同和族群处境的焦虑情绪。黄石辉的文章在呼求作家以"广大群众""劳苦群众"为写作对象，以"台湾话"为表述工具，以"描写台湾的事物"为作品内容之外，进一步提出：

　　　　你是台湾人，你头戴台湾天，脚踏台湾地，眼睛所看的是台湾的状况，耳朵所听见的是台湾的消息，时间所历的亦是台湾的经验，嘴里所说的亦是台湾的语言，所以你那枝如椽的健笔，生花的彩笔，亦应该去写台湾文学了。

　　这段话中，黄石辉之把"台湾文学"等同于"乡土文学"，而且一再强调写作和思考的范围必须是加上"台湾"这个限定符的天、地、语言、事物、经验等等。这样的论述，除了表明他个人的社会主义文艺思想取向，未尝不含有在强势的殖民文化渗透下，台湾知识界对乡土传统，对台湾特殊性的失落的普遍危机意识在内，也即是前述詹明信所说的遭遇"现代化"冲击的第三世界文化的挣扎和反应。与此有关，从一九二八年到一九三二年，《台湾民报》及《台湾新民报》曾陆续刊登代表台湾本土"有识阶级"讨论歌仔戏的文字，对于这个从语言到唱腔，从内容到表演形式，都属台湾人在台湾固有文化领域里创造性地转化（creative transformation）而成的新剧种，在总计约三十导的报道和批判文字里，攻击和批判的理由毫无例外地指向歌仔戏的"伤风败俗"。⑦这现象或可作为二〇、三〇年代台湾知识人在确认台湾乡土时的文化焦虑的一个旁证。

　　除了上述的文化意识的疏离，另一方面，在割让的现实下，面对政治区分上属于日本，文化传统上属于中国，意识到乡土的精神家园意义的知识分子作家，即使退据到仅属血缘的、种性的汉民族意识，但在失去国家民族政治认同的前提下，所有构成台湾乡土内容的有形无形的文化符号，甚至黄呈聪及其后的乡土论者视之为台湾特性赖之以赋形（incarnation）的自然条件和地理环境，都会在殖民政策强制性的人文、物质建设中，使台湾乡土脱胎换骨成按照殖民帝国主义的价值系统规划而成的"第二自然"（the second nature）。⑧早在十九、二十世纪之交，随着格林威治标准时间的实行，因产业结构而来的台湾市镇的平均分散的发展，台湾人的生活规律即逐渐被纳入不同于传统农业社会的时空意识。⑨一九一〇年，因台湾纵贯铁路的完工，台湾铁道部出版了《台湾铁道名所案内》的旅游指南，将铁路沿线的主要风景及殖民当局主要设施做了详细的介绍。一九一五年，为炫耀殖民统治的成果而举办的"始政二十年劝业博览会"，其中一项就是铁道部的全岛旅游路线。根据它规划出来的由北到南的七条旅游路线中，台湾少数民族和汉人的世界，分别以"蕃地"和"古迹"的身份与神社公园、水源地、油田、糖厂、血清作业所等等日本精神和物质文化符号，并列于新的权力空间网络里。⑩

　　萨依德（Edward Said）在分析殖民问题时曾指出，追根究底，帝国主义是一种对地理施加暴力的行为，透过这活动，世界上的每块土地都被剥削、规画和纳入控制。它的结果是使世界上的土地和人民，依照资本主义的劳动的地域分工形成不同的国家空间，使它们被加上天然的、永恒的差别面貌。⑪上述那幅由台湾总督府铁道部规划出来的旅游地图，无疑是日本殖民帝国的意识的、精神的物证，而这如假包换的旨在"描绘帝国"（describing empire）的殖民主义式的台湾形象，根据一九二三年英国皇家地理学会会长鲁特（Owen Rutter）的观察印象是："充满美景与惊奇之旅，这块美丽岛有着曲折的历史、丰富的资源和处境郁卒（unhappy）的原住民族。"⑫但这无所逃于殖民地的天地之间的台湾第二自然，这个按照资本主义的地理想象绘制出来的不平等的空间景观和地域分类，却是日据时期生活于曲折的历史进程中的台湾人民的"天然"的生存空间。一九三五年《台湾新民报》出版了《台湾人士鉴》，其中有一项是调查当时社会领导阶层的余暇活动，统计中，素以文协反对运动和作家著称的"台中州人士"，他们的主要休闲活动除了读书，就是"登山""旅行"两个项目。⑬大约在同一个时候，留学日本的叶盛吉，在他的手记里屡屡回忆童年时"不可思议"地并存于他心中的故乡日本和故乡台湾，根据他的感觉，"前一个故乡来自生活，后一个故乡源于血统和传统"。⑭这些现象，无疑包含有"固有的"乡土情怀在内，但潜存于当年登山旅游的台湾社会人士及幼小的叶盛吉意识中的，恐怕不无被天然化了的殖民地台湾的"名所"和"古迹"的观念成分吧！

伴随着上述被天然化，因而也是被同化了的台湾人文及自然地貌，一九三〇年代前半叶，先后发刊的《南音》《先发部队》《福尔摩沙》等杂志，在"八方碰壁"的感觉下，分别提出有关台湾文学出路的讨论。代表《南音》立场的叶荣钟首先提出以台湾的风土、人情、历史、时代做背景的"台湾自身的大众文艺"，接着又提出超越阶级羁绊，表现台湾"全集团的特性"的"第三文学"。根据他的解释，第三文学是表现因山川、气候、人情、风俗等"特有境遇"所形成的"台湾人在做阶级的分子以前应先具有（的）一种做台湾人的特性"的文学。⑮相似的主张表现在《福尔摩沙》提出的"真正台湾人的文艺"，这杂志的同仁之一的吴坤煌在《台湾乡土文学论》中则引述列宁、史达林的理论指示，提出以"内容是无产阶级的，形式是民族的"为原则的符合未来的社会主义国际文化要求的乡土文学。⑯以上这些出现在日本统治中期，殖民建设大致底定时的文学观念，除了反映思想、阶级、族群的分化，还显示出乡土失落的焦虑，因为不论是有待发崛而后出现的台湾集团特性，或以未来式存在的国际主义精神的乡土文学，折射出来的正是普遍存在于第三世界文学中的反殖民帝国主义的文化想象，也即是对那实际上已被篡夺、被洗劫的乡土及族群的召唤。[17]不过随着日本殖民侵略的扩张，台湾政治地理位置的转换，这仅存于日据时期台湾文学中的台湾意识和乡土想象，也在日本南进政策的步伐中扭曲甚至消失于无形。

　　一九三七年七七事变后，为因应侵略战争的需要，日本近卫内阁发表了国民精神总动员计划，台湾总督府根据计划的实施要项，向台湾人进行"物心两方面的总动员"，它配合军事上的南进政策，把台湾定位为日本帝国"建立大东亚新秩序"的南进基地，台湾的地位于是被根本改变为战略上的据点。一九四〇年，近卫内阁为"建设高度国防国家体制"，组织了法西斯式的"大政翼赞会"，积极实施新体制运动，台湾也仿效成立皇民奉公会，以所谓"皇民炼成"来"实践翼赞大政之臣道"。这一连串措施，带给当时的文化界无限想象，如一九四一年八月，《台湾日日新报》刊登了在台日人作家堺谦三的评论，文中云：以前的台湾"只是殖民地没有责任"，现在"变成南进基地，成为了心脏"。[18]一九四二年的《台湾经济年报》更指出：

　　　　无论将本岛（台湾）人当作华侨对策的尖兵，使之进入南方，还是作为农业商业移民送出……都需要将本岛人作为真正的日本民族的一个组成部分，锻炼成为南进大和民族的好伙伴。[19]

　　相应于上述的战略任务，为了"最大地发挥国家、国民的全部力量"，使殖民地人民成为战争协力者，大政翼赞会颁布了"振兴地方文化""内、外地无区别"等政策，台湾总督长谷川清也调整了"皇民化运动"的部分措施，"容许台湾传统宗教、祭祀、惯习、乡土艺能、生活方式等，在不违反统治主旨的原则下存在"。翼赞会文化部长更发表了"让台湾更立于台湾的特殊性，朝鲜立于朝鲜的特殊性"之类的保证。[20]在这样的新情势下，一九四〇年以后的台湾文学界也一片情势大好，在台日人学者和作家，根据欧洲殖民地文学理论，纷纷提倡写作表现台湾特殊性和异乡情调的"外地文学"，务使台湾文学成为"在台湾的日本南方文学"。本地作家方面，同样借地方文化和台湾特殊性之名，鼓吹建立一个独立于日本"中央文坛"之外的"台湾文坛"。[21]一时之间，台湾文学界似乎走出了龙瑛宗所说的战争初期的"文学的长夜"，台湾作家梦寐以求地表现"全集团特性"的台湾乡土文学，似乎也在这"实践臣道"的新体制运动中获得解放。但正是在这一方面与纳粹德国的法西斯思想遥相呼应，一方面体现曾以脱亚入欧自诩，而事实上保存大量东方封建素质的日本殖民帝国的"新体制"的幽灵下，[22]台湾风土因它的特色而成殖民地文学的标本，带有台湾的记忆、台湾人的生命经验的民间传说、历史故事，成了"国策文学"的范例。一九四〇年，台湾女作家黄凤姿的小说《七爷八爷》《七娘妈生》，获选为台湾总督府情报部的推荐图书，理由之一是有助于"皇民之炼成"。[23]同一年，西川满在他的名作《赤嵌记》中叙述郑成功的孙子郑克臧担任监国的职务后立志：

> 策划在台湾施行新体制，整肃风纪，……在以建设高度国防国家为急务的当前，是不能顾虑个人的自由和平安的。自己无论如何一定要尽忠于监国的职务，继承祖父的遗业。

小说接着描述沸腾在他心中的信念：

> 复兴大明。在南方建立大明帝国。……祖父的母亲是日本人，是祖父那一代唯一的骄傲。这样看来，我这五尺之躯内也必定连绵地流着日本的血。我应珍惜这血缘，服从这血缘的指示，向南方前进。[24]

以上这些无一幸免于"皇民化"的七爷、八爷、七娘妈、郑克臧，很难想象会带给台湾人的文化认同什么样的灾难。伴随着这些时空错乱而又充满法西斯式的人种崇拜的神话、传说和历史人物，台湾人的精神系谱会走向什么样的世界，更属未知。不过正是在这未知的世界之前，乡土台湾，这维系族群命脉的疆域所在，终于从根本上失去了它的名字，在本土及日本在台作家的笔下，被还原成抽象方位概念的、无极的：南方。

———原载《联合文学》杂志第一五八期，1997 年 12 月。

———本文依据《台湾乡土文学·皇民文学的清理与批判》（人间出版社，1998 年 12 月）编校。

注

①相关论述详见游胜冠：《台湾文学本土论的兴起与发展》，前卫出版社，台北，一九九六。

②见银正雄：《坟地里哪来的钟声》、余光中：《狼来了》、彭歌：《统战的主与从》等文，俱收于尉天骢主编：《乡土文学讨论集》，一九七八。

③李南衡主编：《日据下台湾新文学·明集 5·文献资料选集》，第 6-19 页，明潭出版社，台北，一九七九。

④同上引书，第 72—76 页。

⑤Fredric Jameson："Third World Literature in the Era of Multinational Capitalism"，*Social Text*，no. 15，1986。

⑥本文原载《伍人报》，9—11 期，一九三〇年八月，转引自廖毓文：《台湾文字改革运动史略》，《台北文物》四卷一期，一九五五年五月。

⑦邱坤良：《"日治"时期台湾戏剧之研究》，第 188—201 页，自立晚报社文化出版部，一九九二。

⑧Neil Smith 在 "*Uneven Development*"（《不平等的发展》）一书中指出：资本主义会按照商业地理学改变自然和空间的面貌，造成自然地景的不平衡发展，如贫穷与富有，工业区都市化相对于农业区的萎缩，它的拯致发展就是帝国主义。Smith 把资本主义的这种科学化了的自然世界，称之为 "第二自然"。详见 Edward W. Said："Yeats and Decolonization"，in *Nationalism*，*Colonialism*，*and Literature*，University of Minnesota Press，Minneapolis，1990，pp. 78-79。

⑨详见拙作：《日据时期台湾小说中颓废意识的起源》，《两岸文学论集》，新地文学出版社，一九九七。

⑩吕绍理：《水螺响起："日治"时期台湾社会的生活作息》，第108-109页，政治大学历史研究所博士论文，一九九五年二月。

⑪同注⑧。

⑫同注⑩，第112页，"unhappy"吕绍理译为"郁闷"。

⑬同注⑩。

⑭杨威理著，陈映真译：《双乡记》，第17页，人间出版社，一九九五。

⑮叶荣钟：《"大众文艺"待望》，《第三文学提倡》，《再论"第三文学"》，各见《南音》第2，8，9-10号。

⑯吴坤煌：《台湾乡土文学论》，《福尔摩沙》第一卷第二期。

⑰同注⑧。

⑱转引自柳书琴：《战争与文坛——日据末期台湾的文学活动（1937.7—1945.8）》，第65页，台湾大学历史研究所硕士论文，一九九四年六月。

⑲转引自藤井省三：《"大东亚战争"时期台湾读书市场的成熟与文坛的成立——从"皇民化运动"到台湾国家主义之道路》，第15页，《赖和及其同时代的作家：日据时期台湾文学国际学术会议》论文集，清华大学一九九四年十一月。

⑳同注⑱，第61—64页。

㉑详见柳书琴论文，同注⑱，第80-83页，第98-100页。又藤井省三论文，同注⑲，第16-20页。

㉒矢内原忠雄曾云："台湾总督之政治在制度上是绝对的专制政治。今日如欲见专制政治为何物，往他国或他国殖民地之任何地方均不能达其目的，唯在朝鲜或台湾乃得见到。"见蔡培火《与日本本国民书》的序文，学术出版社，一九七四年中日文对照本。

㉓同注⑱，第64页。

㉔这两段译文用张季琳译，藤井省三：《台湾异国情调文学的败战预

感——论西川满〈赤嵌记〉》，第7、8页。本文为藤井氏一九九七年九月在"中研院"研究所宣读的论文。

【作者简介】

施淑，1940—，生于彰化县鹿港镇。本名施淑女。台大中文系硕士，加拿大英属哥伦比亚大学亚洲研究系博士，现任淡江大学中文系荣誉教授。研究专长为中国现代小说、台湾文学、文学理论与批评。出版《日据时期台湾短篇小说选》《两岸文学论集》等多本文学批评著作。

本土之前的乡土

——谈一种思想的可能性的中挫

林载爵

一

一九七三年一月,孤立在台中大肚山上的东海大学学生社团东风社出版了第四〇期的《东风》,这一期的《东风》制作了美国黑人文学家鲍尔温(James Baldwin)的小专辑,包括美国黑人文学与鲍尔温的介绍,翻译了鲍尔温的短篇小说《桑尼的蓝调》(*Sonny Blues*),以及鲍尔温与人类学家米德(Margaret Mead)的对话录。[①]同期中,也翻译了时任哥伦比亚大学音乐系主任屈文中的《亚洲对西方音乐的影响》一文。半年之后,《东风》四一期以《大学生需要革心》为社论,刊登了《大学生的贵族心态》,访问了汉宝德先生谈知识与社会。也发表了陈少廷的《日据时期台湾的文化启蒙运动》。[②]

一九七三年的上半年,在独处一隅的大学校园里,一种新的思想的可能性正在萌芽。鲍尔温描述一个空虚、彷徨、无助,常用错英文文法的年轻黑人桑尼几乎没有机会或能力来反抗白人的文化和社会,他所有的,只是委身于吸食毒品,或经由蓝调音乐来发泄一种古老的、深沉的忧伤。鲍尔温在访谈中一再提到"我无安身之所","生下来是困难的,学走路也困难,老、死困难,为每一个人、每一处地方而活也是困难的,永远,永远。但无人有权再加上另外的负担,另外无人能付出的代价"。他控诉"我的祖先,他们像骡子一样地被拍卖,像马一样地被饲养……我必须牢记，我必须赎罪，我不能让其付诸东流，我生存于此的唯一理由是忍受见证的痛苦"。当我们读到这些沉重的句子，新的文学之眼与世界之窗逐渐被打开。在黄春明、王祯和、陈映真的小说之外，我们已经可以感受到世界各地作家的类似体验。音乐学者周文中在文章中，摆脱了一个世纪以来西方文化的宰制阴影，十分坚定地说明了亚洲音乐传统如何可以滋养现代音乐，并期待西方作曲家去充分了解、潜心研究，东方文化的价值在这里开启了重新挖掘、诠释的契机，传统与西化的旧有论述方式已宣告死亡。东风社的青年借着托尔斯泰的《伊凡·伊列区之死》警告大学生不要像托尔斯泰笔下的贵族一样没有理想，也差不多没有思想，在他的狭隘天地和机械的生活中，直到临死方凛然发觉自己虚度了一生。大学生的角色，知识与社会的关系再度被提出检讨，陈少廷在演讲中陈述了日据时期台湾知识分子的社会运动。这就是一九七三年上半年美丽的大肚山上的一股新奇的思想气氛：追寻一段失落的历史，联系殖民后世界文学的共同省思，观察一个衰败的文化如何再生，以及个人与社会关系的重新定位，并进一步了解台湾的社会构造。

之后，一九七三年八月《文季》出刊，一九七六年二月《夏潮》创刊，四月《仙人掌》加入，一九七八年蒋勋接编《雄狮美术》，为这一股思想的内涵作了更多的讨论与扩大。然而，经过一九七七年四月开始的乡土文学论战，以及一九七七年十一月的中坜事件，一九七九年十二月的美丽岛事件等党外运动的激化，跨过一九八〇年代以后，这股思想却横遭重挫，被另一股完全不同的思想路线取而代之，从思想史的角度来看，这是一个大转折，以当时的用语来说，就是由乡土转为本土。

二

当代法国历史学家费夫贺（Lucien Febvre）在研究十六世纪的"不信"（unbelief）的问题时，以当时所使用的文词（words）作为分析的根据。他认为我们如果要将不适用的文词予以哲学化，必然会遭遇到障碍，甚至不足或一片空白。在十六世纪时，绝对（absolute）与相对（relative）

不存在，抽象（abstract）与具体（concrete）不存在，混淆（confused）与复杂（complex）不存在，Spinoza 喜欢用的合适（adequate）不存在，虚拟实相（virtual）也不存在，连 insoluble、intentional、intrinsic、inherent、occult、primitive、sensitive 也都不存在（它们都是十八世纪的词汇）。因此，费夫贺说："语言与思想的问题就如同裁缝之于不合身的衣服，也就是说他必须不停地根据会不断变形的顾客身材修改手上的材料，有时衣服太松，有时顾客又被绑得太紧，他们必须彼此互相调适，这是会的，但要慢慢来。语言常常即非水坝，也会是水闸，在思想史上当某个语言出现时，其哲学之水流会被堵住，直到有一天，它突然之间冲过水坝，往前奔流而去。"[③]这就是说，没有这个语言就没有其所代表的思想，但当这个语言出现时又必须具有饱满的思想内涵。乡土与本土两个词汇在一九七〇年代与一九八〇年代相继出现，正是这种现象的说明。乡土与本土分别代表了两种不同的思想类型，各有其内涵。其中国家认同的差异是最显著也最引人注目的，但是如果把乡土与本土的讨论从这个方向出发，或者完全据此立论，则容易掩盖两者的思想差别，也会模糊了两者的思想内容。

乡土是二十世纪七〇年代台湾共同使用的语言，这个语言存在于《夏潮》《仙人掌》《雄狮美术》《综合月刊》《中国论坛》等许许多多的报刊上，大家在讨论时都有一定程度的共同了解。例如，当时反乡土的言论并不是因为乡土的中国性而攻击乡土，反而是担心它的地域性与阶级性而展开批评。[④]但是到了二十世纪八〇年代当本土的用语取代乡土时，乡土的中国性却成为最主要的攻击目标。因此，从思想史的角度来看，中国结与台湾结并非乡土与本土唯一而且最重要的差别，它们还有更大的思想意涵的差距。

被殖民历史的审视

乡土，作为一种思想类型，它的第一个含意是被殖民历史的审视。乡土阵线极力推动被尘封的日据时期台湾反抗史的发掘。透过王诗琅、黄师樵等前辈的回忆与见证，被视为禁忌的台湾近代史再度重现于世，尤其是黄师樵在《夏潮》上的《台湾的农民运动史》《日据时期台湾工人运动史》《日据时期台湾民众党》《台湾工友总联盟的工会活动》等一系列文章最为珍贵。但是，乡土阵线的历史意识并非只是建立在史料的发掘与整理上，作为一种思想类型，它要强调的是这种反抗运动，"不但是理论斗争，而且含有民族思想、阶级意识、政治运动种种的色彩"。⑤因此，特别突出蒋渭水从事民族解放运动的历史地位与杨逵从事农民运动的历史意义。按照同样的历史观，也重新提出三民主义及中国现代史中反帝国主义与反资本主义的成分，并指出在中国国民党的理论中，解决帝国主义与资本主义的侵略与压迫的方式是以群众运动为基础的。

因此，这种历史的呈现不再只是事实的陈述，而是"怎样谈，怎样看"的问题。⑥谭英坤的《一九四五年以前的台湾社会经济》一文正是这种观点的代表。他在总结了台湾自荷兰殖民时期以至日据时期的经济发展特质之后，问道：我们该从历史学到什么？他的看法是：

（1）台湾社会最为突出的焦点，是殖民地社会这个性格。台湾在进入近代社会之前，便与荷、英、美、法诸国发生密切的关系。台湾的樟脑、茶叶、糖便成为前资本主义的、国际商业资本所追求的商品。

（2）帝国主义的商业资本和产业资本一直和台湾的经济结构有着绵密的关系。台湾的劳动一直是外国资本利润的肥沃的泉源。

（3）台湾不是哪一个强盛的朝代经营的，而是无数勤劳的中国人民，长期用血、汗和眼泪开拓的。

（4）台湾的命运就是十九世纪以来资本帝国主义下一切落后的亚洲、非洲、中南美洲人民的命运。⑦

如果台湾与大陆都具有相同的反帝国主义与反资本主义的色彩，则"台湾的历史位置与大陆等同，并包含在世界史里头。把'联合弱小民族的共同奋斗'的路线，放在世界史的范围看，大陆与台湾同样成为世界被压迫的国际性国民革命运动中重要的一支"。⑧这正是乡土观点的历史视野："将台湾联系到'世界其他弱小民族'的国际位置，共为'反帝国主义'阵营的一环。"⑨

对于日据时期台湾文学的诠释也是根据同样的历史观点进行的。从一九七三年七月开始，颜元叔编辑的《中外文学》开始发表了有关日据时期台湾文学的论文。然而，发掘日据下台湾文学的工作，接着被《夏潮》等的赖和、吕赫若诸人的介绍承袭下来，并发展而为这个时期的包括文学作品之刊行在内的整理、研究。⑩当时所谈论到的赖和、杨逵、张深切、杨华等作家，大抵都是放在这个脉络下来彰显其作品的意义与精神。

第三世界观点的提出

台湾地区之所以能够放在全球历史的架构中来了解，是因为台湾地区与第三世界被殖民国家的历史处境有其类似之处。唐羽在《"第三世界"究竟是什么?》一文中说："不管人们喜不喜欢、注意不注意所谓的'第三世界'，我们实际上早已活在'第三世界'里。我们不同意吗? 我们要辩证吗? 有没有这个必要? 其实这是一个历史残留下来的东西。"⑪乡土阵线要做的是"第三世界的新启蒙"。一方面重新理解冷战时期的国际势力组合，一方面体认台湾的经济发展是以加工出口为导向的经济结构，在世界经济中是附庸的初级加工经济，因此必须理解同样受先进资本国剥削的地区，其国家与人民如何进行反应与对抗。

有人谈菲律宾的新一代，行动与思想已经完全美国化，传统的母体文化已被斩断，将数世纪来的殖民地位，视为天上掉下来的恩宠而不是灾祸。⑫有人谈世界性的粮食与人口问题、尼罗河大坝成巨灾、印度贫穷问题的本质、跨国公司输出污染、中东石油、巴基斯坦的过去与未来等等，从而指出：第三世界的国家在经济发展上，有某些类似的特征：一、以强大的压制力维持社会的稳定，抵制自由团体的意愿。二、政治经济体系经由强制的整合纳入国际资本主义霸权提供劳力，同时获得外国资本以维持现状。三、私人资本自由竞争，并且由政府将私人资本运用上任何可能的限制减至最少。⑬

将台湾地区纳入这个具有共同特征的第三世界，正是要指明台湾"党国—资本"结盟的政经体系。更进一步要质问：第三世界的国家，其独裁政权的存续条件究竟是什么? 为什么高压政治在第三世界的国家普遍存在? 为什么从前的殖民主义和现代经济的新殖民主义都是人权的大侵害者? 为什么外援和投资对第三世界的国家如此重要? 答案是不是维持和确保霸权中心与边陲的关系？一方面有利于边陲国家一小群统治者的政治独裁和经济垄断，也能提供多国公司更多的机会来吸收边陲国家的利润。整个国际资本主义系统也因为这样才得以继续不断地凝聚资本，进行再生产的过程。[14]

第三世界观点的提出伴随着现代化理论的批判。陆文俊指出："一九五〇年以来，'发展'的意义均被狭义地定为科技与经济的活动，而忽略政治、社会和科技、经济的相联性……国民生产毛额增加的快速对整个社会'发展'并无绝对的关系。……第三世界一定要以本身的社会与文化背景，自己的农工基础中产生道地的、属于自己的发展理论，否则任何发展只能是'西化'或'现代化'的延伸，将匍匐爬行，委随人后。"[15]唐文标说：人的幸福才是指标；"GNP 不外计算了民众在市场花钱了的消费货物，这些货品是否必须？是否令民众更健康和快乐？""无目的的经济成长和利润至上的结果，世界已被污染到不可人居！"[16]

社会阶级的分析

当"殖民社会"的世界性与全球性成为了解台湾历史的基础时，对台湾社会阶级的分析也跟着成为乡土思想类型的基本内涵。"阶级"的观念摆脱了禁忌的束缚，战战兢兢地被提出来。[17]《夏潮》对劳动阶级的报道比起政治、社会新闻的报道更加广泛。内容涵盖铁路工人的悲歌、国内工人现状分析、三合矿工的呼声、正视童工问题、请吃米饭的人、听听农民的心声（草屯镇有位农民，从梨山运出三千多斤甘蓝菜到草屯市场拍卖，仅得到四百九十多元，一斤约一角五分七厘，普通看一场电影约需四百斤甘蓝菜）。

有关劳资纠纷的投诉个案逐渐增多，从一九七八年开始，《夏潮》在报道下层阶级生活的文章内容时，由人道主义或社会新闻报道，转向深度的工农阶级社会矛盾的讨论上，并深入到渔会、农会、工会的霸权。[18]当然，阶级的分析对象也包括在七〇年代日益频繁的进出口贸易中所形成的商业贸易阶层，这个阶层，连同国内的大工商业以及外国在此地投资的工商业，基本上支配着社会的经济生活。[19]

乡土阵线所主张的现实主义文学正是要“规划农人与工人……民族企业家、小商人、自由职业者、公务员、教员以及所有在工商社会为生活而挣扎的各式各样的人”[20]。更进一步还要“正确地反映社会内部的矛盾”[21]。因此，黄春明所关心的是台湾接受美国、日本资本输出下的经济生活形态，从跨国公司资本侵入的角度，审视这种经济结构的撞击并观察小说里的人物关系，形成一种粗糙的阶级矛盾关系。[22]杨青矗的《工厂人》则反映了一个劳动者的劳动力价格及他要过的物质生活的宽窄。[23]至今仍然令人十分怀念的宋泽莱的《打牛湳村》（刊于《夏潮》五卷二期，一九七八年八月），让我们进入了打牛湳最深沉的内里，观察到打牛湳存在的本质。长久以来都市—工业制度对农村的侵蚀，终使旧有的农村处在变迁、改换的过程之中，其中破坏性最强的莫过于自由放任经济对农民的打击，生产与分配不但不得协调，反而被商人操纵，肆无忌惮地侵入打牛湳的瓜贩就是这种自由放任经济的最佳成果，打牛湳和瓜农只好无力地任意被他们摆布、诈骗。[24]就是这种阶级的分析让反对人士批评为：“我们看到这些人的脸上赫然有仇恨、愤怒的皱纹。”[25]

然而，社会结构中的族群关系被陈映真用一种极为深沉宽厚的态度来对待：“陈映真在处理大陆人和本省人的人与人之间的关系时，是将他们置于一个从来不认识大陆人、本省人的社会规律下，以社会人而不是畛域人的意义开展着繁复的生之戏剧的。……一群生活在帷幔深垂的天地中的台湾市镇小有产者与帷幔之外广泛的生产者之间，那种有产者的倦怠、衰竭与生产者世界的不可思议的生活力之对比，都因陈映真之着笔于社会的根源，而消失了畛域的差别。”[26]这正是陈正醍所说的：“其所以对‘乡土文学’瞩目，正是对土地与人民的关系普遍提高的结果。……或多或少包含着的社会正义与社会改革意识。”[27]

大众文化的反省

在乡土思想的范畴中，大众文化是被肯定与接受的。我们命定地活在川流不息的大众文化之中，不管你喜爱不喜爱，不管你拥护或批评，我们活在其中，所期待的只是另一个大众文化的流行。[28]这另一个大众文化在二十世纪七〇年代初期已逐渐显露,那就是回归乡土。一九七二年 *Echo* 发觉了洪通,继而《雄狮美术》也为洪通做了专辑(一九七三年四月),民歌的创作与演唱已经展开,一九七五年朱铭的写实主义雕刻,引起了相当广泛的讨论,民族艺术活动也开始受到前所未有的重视。

然而,这股趋势却被大众传播所利用,蒋勋因此认为有必要清楚判分媚俗的与真正的乡土文化运动的界线,媚俗性的回归乡土"以'复古''落伍'来理解'民族'的原则,以'地方性''特异性'来理解'平民的'原则,以不自觉的'观光客'及'文化人'的心态歌颂'传统'及'民俗',便使得乡土文化运动又被扭曲为挂羊头卖狗肉的东西"。这就是商业操纵下伪装的"假乡土"。②另外一个问题是这个趋势容易流为乡愁与怀旧,他们也有了这种自觉:"文化的'乡土运动'基本上是一种对本位文化的再体认与再肯定,它对于充满崇洋媚外的'西化'习气,和庸俗化的大众文化具有积极的、正面的意义,但是它也可能与狭隘封闭的、怀旧感伤的'挖掘民俗'活动混淆不清。"③

乡土阵线以"文化造型运动"来迎战上面两种现象。一九七六年七月,《雄狮美术》由王淳义的《谈文化造型工作》一文揭开了一连串讨论。造什么型?发动画家报道布拉格油轮污染北海岸的景象,推出了洪瑞麟专辑,《夏潮》以木刻作为封面,一九七七年一月云门舞集团员与文化大学学生参与延平北路二段慈圣宫主办的子弟戏演出,将民歌运动从淡江大学前所未有的两三千人盛会带向工厂、农村。

三

乡土思想类型当然有其各式各样的限制,例如,在大众文化的反省上,依旧是"脚不着地的知识分子"无法跨越与民间之间的鸿沟。③在社会阶级的分析上,重报道而轻分析,重道德评断而轻实证的了解,但它却存在了许多思想的可能性。殖民历史的审视结合第三世界观点的提出,将能放大台湾的视野,丰富殖民理论的讨论,深入殖民经验的了解,甚至与 Edward Said 出版于一九七八年的《东方主义》(*Orientalism*)进行更早的交流，而与此后开展的后殖民论述作同步的对话，进行"在地历史"中的特定性与全球资本结构的全球史的结合，从而超越单纯的反殖民观点。[32]也有可能因为对大众文化的关注，而更早与文化研究挂钩，从而在历史学的领域中，不致对已兴起的新文化史感到陌生。也有可能对第三世界的文学作品具备高度的兴趣，而对 Frantz Fanon 以降，以迄 Salman Rushdie 的作品有更多的理解与欣赏，从而对龙瑛宗刊于一九四七年一月《新新月刊》的散文《台北的表情》中的一段描述有更深的体会，他这么描写："日本的表情已经逐渐从台北消散了其姿态，然而祖国的表情浓厚地来代替这些表情，但是日本的表情是还没有完全失掉，我感觉，日本的表情还留在日本格样的房子，这都是暂时不能从台北撤销的，但是，现在的台北的表情怎样，到底是忧郁的还是欢呼的？"透过更深的体会，台湾文学作品中的含意，将有可能被更深广地诠释，呈现出更丰富的内容。

然而，在一九八〇年代本土论兴起后，这些可能性都遭受中挫。固然在一九八〇年代，乡土论述在《夏潮论坛》（一九八三年二月复刊）、《文季》（一九八三年四月复刊）、《人间》（一九八五年十一月）、《南方》（一九八六年十月）、《前方》（一九八七年二月）、《远望》（一九八七年六月）等的前仆后继下，依旧存在，但已成支流。

遭受中挫的原因，主要在于乡土与本土是两种完全不同的思想类型，而本土取代了乡土。彭瑞金曾说："从文学发展的过程观察，台湾文学的本土化是延续乡土文学运动的运动趋向发展而来，在乡土文学论战时，就已经有人指责乡土文学是充满地域情节、偏狭的、具有排他性的地方意识文学，但是熟悉七〇年代台湾文学运动史的人一定明白：何以真正具有'本土意识'的'乡土'作家，并没有，甚至避免跃入乡土文学论战的混水，其中最重要的理由，当在于，'乡土'运动完全是台湾文学本身内在的递变，既无须外人置喙，更不劳与局外人多费唇舌。"[33]本土之于乡土是局外人，确属实情，然而说两者之间是一种延续或内在的递变，则有待斟酌，因为两者是互为"局外"的两种论述。

蔡源煌认为乡土文学论战所造成的四个后遗症中有两个是：外国文学介绍锐减，及文学阅读品位的"逆转"。[34]我们也可以看到在本土论的影响下，“乡土论”所期期以为不可的怀旧与乡愁，从一九八〇年代末期以来逐步高涨，在文艺季中，在找寻老照片中，在老街导游中，历史成为模型、布景、影像、旅游、休闲，其中，毫无历史意识，是 Fredric Jameson 所谓的“非历史”。㉟在本土论的影响下，对日本殖民统治的评断却一转而集中在其功过上，这就是陈光兴的问题（或论断）：为什么文化上的去殖民没有全面性地展开？㊱本文也以这句话作为结束。

　　——原载《联合文学》杂志第一五八期，1997 年 12 月。
　　——本文依据《台湾乡土文学·皇民文字的清理与批判》（人间出版社，1998 年 12 月）编校。

注

　　①东海大学东风社，《东风》四〇期，一九七三年一月，第八〇——〇八页。

　　②东海大学东风社，《东风》四一期，一九七三年六月，第十三—廿一、卅四页。

　　③ Lucien Febvre, The Problem of Unbeliefing the Sixteenth Century. *Historians at Work* (edited by Peter Gay), Harper & Raw, 1975, pp. 111–116.

　　④例如银正雄在《坟地里哪来的钟声？》中说：“乡土文学走到今天居然变成这个样子，真正令人寒心，而今天又有人高喊在文学上要‘回归乡土’了，问题是回归什么样的乡土？广义的乡土民族观抑或偏狭的乡土地域观？如果走的是后面这条路，我们要问那跟三十年代的注定失败的普罗文学又有什么两样？”（《仙人掌杂志》一卷二号，一九七七年四月，第一四〇页）。

　　⑤黄师樵，《台湾的农民运动史》，《夏潮》一卷九期，一九七六年十二月，第十二页。

　　⑥访许庆黎，《站在我们的土地上说话》（一九七八年九月廿九日），宋国诚、黄宗文，《新生代的呐喊》，台北：自印，一九七八年十二月，第一四七页。

⑦谭英坤，《一九四五年以前的台湾社会经济》，《夏潮》二卷四期，一九七七年四月，第十四—十五页。

⑧林问耕，《台湾民众运动与国民革命》，《中国时报》，一九七七年五月十一日。

⑨郭纪舟，《一九七〇年代台湾左翼启蒙运动——〈夏潮〉杂志研究》，台中：东海大学历史研究所硕士论文，一九五五年六月，第九五页。

⑩陈正醍著，路人译，《台湾的乡土文学论战》，《暖流》二卷二期，一九八二年八月，第卅一页。

⑪唐狷，《"第三世界"究竟是什么?》，《夏潮》四卷四期，一九七八年四月，第四〇页。

⑫李双泽，《丧失民族精神的菲律宾教育》，《夏潮》二卷五期，一九七七年五月，第六五页。

⑬胡睛雨，《第三世界人权的经济、政治基础——以韩国为例》，《夏潮》五卷三期，一九七八年九月，第五二页。

⑭同上注，第五〇页。

⑮陆文俊，《第三世界经济发展理论的再检讨》，《夏潮》二卷四期，一九七七年四月，第七七—八〇页。

⑯唐文标，《人的幸福才是指标》，《夏潮》二卷六期，一九七七年六月，第四五页。

⑰最反讽的说法是老国民说的："'阶级'这两个字，最近大家一提到，都有点触目惊心，老国民也屡遭警告，所以决然不敢碰这两个字。"《乡土文学论文集》，《夏潮》四卷六期，一九七八年六月，第四八页。

⑱郭纪舟，前引书，第一五八——六二页。

⑲石恒，《思想与社会现实》，《夏潮》四卷四期，一九七八年四月，第十六页。

⑳王拓，《是现实主义文学，不是乡土文学》，《仙人掌杂志》一卷二号，一九七七年四月，第七三页。

㉑李拙，《二十世纪台湾文学发展的方向》，《乡土文学讨论集》，台北：远景，一九七八年四月，第一二八页。

㉒郭纪舟，前引书，第一〇六页。

㉓陈映真，《杨青矗文学的道德基础》，《孤儿的历史·历史的孤儿》，台北：远景，一九八四年，第一三六页。

㉔林边，《随想宋泽莱的〈打牛湳村〉》，《民众日报》，一九七九年二月廿二日。

㉕银正雄，前引文，第一三七页。

㉖许南村，《试论陈映真》，《乡土文学讨论集》，第一七三—一七四页。

㉗陈正醍，前引文，第七一页。

㉘唐文标，《快乐就是文化——草论台湾的大众文明》，《夏潮》一卷五期，一九七六年八月，第廿九页。

㉙蒋勋，《鹿港民俗才艺竞赛专访》，《雄师美术》八九期，第十九页。

㉚刘慕泽，《"这样的大众文化"怎么办?》，《仙人掌杂志》一卷四号，一九七七年六月，第一一五页。

㉛黄庆黎说："我就想到今年的中秋节，我去山上看一个从广慈博爱院回家的女孩，她还在广慈的时候，杨祖君曾经教给她和她的同伴们许多李双泽的歌，像《美丽岛》等，当我跟她在赏月的时候，我问她记不记得《美丽岛》怎么唱，她说记得。我问她要不要唱一遍，她却摇摇头。当我提议一起唱歌时，她并不唱《美丽岛》而唱起我刚刚提到的山地流行歌。"《歌从哪里来?》，《夏潮》五卷五期，一九七八年十一月，第六四页。

㉜陈光兴，《去殖民的文化研究》，《台湾社会研究》二一期，一九九六年一月，第七六页。

㉝彭瑞金，《澄清台湾文学本土化的一些疑虑》，《文学随笔》，高雄：高雄市立中正文化中心，一九九六年，第五二页。

㉞蔡源煌，《评议乡土文学论战》，《中国时报》，一九九一年一月四日。

㉟Fredric Jameson 著，唐小兵译，《后现代主义与文化理论》，合志，一九八九年，第二三九页。

㊱陈光兴，前引文，第七五页。

【作者简介】

林载爵，1951— ，东海大学历史所硕士，英国剑桥大学历史学博士。任东海大学历史系教授，联经出版公司总编辑兼发行人。以日据时期台湾文学研究备受推崇。长年致力于译介外文人文书籍，并全力拓展台湾和东亚出版界的交流。

乡土文学与台湾现代文学

吕正惠

"乡土文学"，不论在整个中国的现代文学史中还是在台湾的现代文学发展中，都占据着极重要的地位。由于台湾历史的特殊性，台湾"乡土文学"的历史发展尤其复杂，它在不同的时期可以代表不同的意义。可以说，如果不能了解各个阶段的"乡土文学"的差异，也就无法真正掌握台湾的现代文学史。

乡土文学的源头：德国

不过，"乡土文学"这个概念并不是中国人所创造的，而是来源于西方，并且是源自西方的德国。

德国和西欧的两大强国——英国、法国——最大的差异在于，它迟至一八七〇年才统一，而英、法在十三、十四世纪时已逐渐形成统一的民族国家。在一八七〇年之前，长达好几百年的时间，德国一直处于许许多多的诸侯分立的状态之下。因此，德国没有办法像英、法两国以伦敦、巴黎为基础，形成全国性的文化中心。在十八、十九世纪之交，歌德和席勒成为"全国"性的作家，可以说是凭借着他们个人杰出的才华和超人的成就而得来的。

十九世纪中叶，德国极少出现全国性的杰出作家，大部分的作家都以自己所生长、所熟悉的地域作为取材的重点，他们的作品具有明显的"地域"的局限性（特别是南德的斯瓦本地区），因此，文学史家就称他们为

"乡土作家"，称他们的作品为"乡土文学"。可以说，"地域性"是这种文学的第一个特点。

就在这个阶段，英、法两国都已经相当地工业化了，伦敦、巴黎成了现代资本主义文明的中心，而英、法两国的文学也以"现代文明"作为关怀重点。相反的，德国在工业化方面则相对地落后得多，它的大部分地区仍处在传统的农业生产方式之下。一般而言，这时期德国重视"区域性"的乡土作家，对工业化、对现代城市文明大都不具好感，他们反而喜欢描写农村，包括农村的风土与民情。因此，这种"乡土文学"的第二个特色是，轻视现代文明（工商业化、城市化），偏爱农村及农业文明。

我们可以说，十九世纪的德国，由于它相对于英、法两国的"落后性"而产生了"乡土文学"。

落后国家的乡土文学——以中国大陆为例

德国统一以后，工业化加速进行，不久就成为与英、法并驾齐驱的强国，而且，也与英、法两国竞争着向外发动侵略与扩张。当英、法、德（后来加上美、日）凭借着工业化的优势向外侵略时，它们主要的侵略对象是亚洲、非洲许许多多的国家和地区。

当时的亚、非地区，完全不知工业化为何物，它们有的沦为殖民地（如印度），有的在亡国的边缘挣扎、奋斗（如中国）。在这种情况下，它们都被迫不得不学习西方的工业化和现代化。它们的新文学（现代文学）也是这一"现代化"过程的产物。

落后国家或地区的现代文学，由于它们在经济生产上的"落后性"，都会产生强大的"乡土文学"潮流。不过，由于它们完全的"落后性"，也由于它们是整个国家受到侵略或殖民，它们的"乡土文学"的面貌和特性和十九世纪德国的"乡土文学"就具有极大的差异性。

对于正要开始现代化的落后国家而言，除了极少数的一两个城市（如中国的上海），整个国家都还处在传统农业及手工业生产的状态之下。依此而言，整个国家相对于西方现代文明而言，可以说都是"乡土"的，所以，落后国家现代文学的"乡土"观念极其广泛，常常和"传统"无法区分——现代文明是"西方"的，是外来的，而自己的国家则是"乡土的""传统的"，"传统的"乡土和外来的"西方文明"变成一组相对性的术语。当然，为了强调"乡土性"，作家可能选择完全不受西方影响的农村或小镇作为描写对象，因此也就具有"地域性"和"农村生活"这两个"乡土文学"的基本特质，但终极而言，这不过是为了突显自己民族的"传统性"罢了。"乡土"与"民族传统"密不可分，可说是现代落后国家或地区"乡土文学"的最大特点。

这种意义的"乡土文学"，因为作家对西方现代文明和自己民族传统所持态度的差异，可以分成两大类，即："批判的"和"同情的"。我们可以举二三〇年代大陆的现代文学为例来加以说明。

对于一个急于改革、急于"救国"的作家而言，他会强调西方文明的进步，相反的，他会"批判"民族文化传统的落后。因此，他所写的"乡土文学"就具有极强的批判性。鲁迅就是这种典型的作家。他写了许多有关故乡绍兴（在浙江省）的小说，目的都在于表明：传统中国的许多观念和习惯，都已经成为扼杀生命力的"恶"，必须革除。

不过，这类改革派（甚至有些还可以称之为革命派）的作家，也会写"同情型"的乡土文学。这时候，他们描述的是农民的善良与痛苦，强调他们既直接受到地主的剥削，又间接受到外国帝国主义的迫害。鲁迅的不少学生和私淑弟子都写过这种小说。

不属于改革或革命阵营的作家，就可能写出另一种类型的"同情型"的乡土文学。这时候，"乡土"代表的是传统农村生活，质朴、单纯，具田园风味，而生活于其中的人则乐天、知足而有耐性。相对而言，他既不喜欢现代文明，也不习惯现代的大都会生活。在中国现代作家中，沈从文可说是这种乡土文学最著名的代表。他把他的家乡湘西加以"理想化"，写成一个极富诗意的"田园世界"，以作为他的精神寄托。

日据时期的台湾乡土文学

有了以上的说明以后，我们就可以开始讨论台湾的乡土文学了。

台湾的新文学（现代文学）发轫于二十世纪的二〇年代。由于它在发展模式上深受大陆新文学运动的影响，所以，可以比较容易地比照大陆乡土文学的类型来加以说明。

赖和是台湾现代文学初期最重要的作家，被许多人称为"台湾的鲁迅"，他的乡土作品在思考模式上相当接近于鲁迅。他的"批判型"的乡土文学也是在揭露台湾传统社会的缺点，如《斗闹热》即是描写台湾社会为了"闹热"（节庆活动）相互斗富、斗气，甚至闹架的恶习。不过，赖和更喜欢写"同情型"的乡土文学，写日本警察如何欺负甚至迫害台湾农民，写台湾农民如何受到日本殖民者的经济剥削，如《一杆称仔》《惹事》《丰作》都是。赖和可以说是勇于抨击帝国主义的乡土文学作家的典型。

二〇年代的台湾乡土作家基本上都和赖和相似。如果跟大陆的乡土文学相比较的话，可以说，他们所写的"批判"乡土传统的作品较少，同情农民、批评日本殖民的作品比较多。这当然是因为台湾已沦为殖民地，日本不公正的殖民统治成为最主要的矛盾。

三四十年代台湾最重要的乡土作家要数吕赫若和张文环。吕赫若擅长描写台湾农民的苦难（如《牛车》）、妇女在传统社会的悲惨命运（如《庙庭》）、传统大家庭的败坏与没落（如《合家平安》与《财子寿》）。就后两篇而言，吕赫若是日据时期批判台湾传统社会最为有力的乡土小说家。

张文环偶尔也和吕赫若一样，写批判乡土的小说（如《阉鸡》），但他更喜欢赞颂台湾乡村的优美风光和台湾农民的质朴淳厚（如《夜猿》），看起来很像沈从文式的"同情型"的乡土作家，但其实他这样做是另有原因的。

吕赫若、张文环创作的高潮期正逢中国对日抗战以及日本发动太平洋战争，日本为了压制台湾人对中国的民族感情，并"激发"台湾人参加战争，开始厉行"皇民化"政策。日本殖民者宣称，台湾的一切都是"落伍"的，为了台湾的文明与进步，台湾应该向日本"同化"。日本殖民者的宣传方式，虽然也迷惑了一些台湾作家，但却骗不了大多数的作家。张文环有意地描写"台湾乡土"的光明面，事实上也就是以另一种不明言的方式来抗议日本对台湾的"污蔑"。

总结来讲，日据时期台湾乡土作家对批判自己的"乡土传统"比较保留，他们更热心于描写日本殖民者对台湾乡土的压迫与剥削，他们有时还刻意地歌颂"乡土"，这一切都来源于一个最根本的现实，即台湾不幸沦为日本的殖民地。

三〇年代台湾乡土文学论战

事实上，不论是赖和，还是吕赫若、张文环，都很少（或不曾）把自己所写的作品称为"乡土文学"。不过，从"乡土文学"的基本特质（区域性、农村生活、民族传统）来衡量，称他们为"台湾乡土作家"还是合适的。

把台湾的现代文学界定为"乡土文学"，并在理论上提出来讨论的，是黄石辉。一九三〇年八月，黄石辉发表了《怎样不提倡乡土文学》一篇长文，里面所说的重要看法主要表现在下面三段话中：

你是要写会感动激发广大群众的文艺吗？你是要广大群众心理发生和你同样的感觉吗？不要呢，那就没有话说了。如果要的，那么，不管你是支配阶级的代辩者，还是劳苦群众的领导者，你总须以劳苦群众为对象去做文艺，便应该起来提倡乡土文学，应该起来建设乡土文学。

你是台湾人，你头戴台湾天，脚踏台湾地，眼睛所看的是台湾的状况，耳孔所听见的是台湾的消息，时间所历的亦是台湾的经验，嘴里所说的亦是台湾的语言，所以你的那枝如"椽"的健笔，生蕊的彩笔，亦应该去写台湾的文学了。

用台湾话做文，用台湾话做诗，用台湾话做小说，用台湾话做歌谣，描写台湾的事物。

黄石辉所主张的台湾乡土文学，按这三段话，主要有三层意思：要描写台湾的劳苦大众（指农民和工人），要写台湾的经验和事物，要用台湾话来写。第二层意思事实上没有人会反对，第一层意思当时大部分的台湾作家也都赞成。如以前两项来衡量，当时所创作的台湾现代文学，绝大部分都可以称为"乡土文学"。

当时引发激烈争论的是第三点，即用"台湾话"（指闽南话）来写。黄石辉的文章所引发的长期论战，与其称之为"乡土文学"论战，不如称之为"台湾话文"论战，因为争论的焦点几乎都集中在"用台湾话"这一点上。

在这一次的争论中，主张"用台湾话"或倾向于这一看法的人，显然要比反对者多。因此，现在的"台独派"就借此宣称，三○年代的台湾作家弃"中国白话文"而想使用"台湾话文"，就是要割断和中国文学的联系，要追求台湾文学的"自主性"。换句话说，当时许多台湾作家已经产生了"台湾要独立"这种念头了。

事实上，这是一种极主观的、有意扭曲的"推论"。只要仔细阅读当时的论战文章，就可以发现这种看法站不住脚。事实是黄石辉"用台湾话"的主张，触到了当时台湾作家最大的"隐痛"：相较于汉文的文言文，他们反而比较不会写汉文的白话文，而且，更糟糕的是，更年轻的一代，不论是汉文的文言文或白话文，都已无力使用，只能写日文了。

这种"困境"基本上是台湾的"殖民地"身份造成的。当大陆的新文学家主张用白话文来取代文言文时，很快地就获得普遍的认同，当时的北洋政府不久即通令全国在各级学校同时教导文言文和白话文。事实上，所谓白话文，是根据以北京话为基础的"国语"而来的，而当时中国的许多地区在日常生活中并不讲"国语"，而是讲各种地方话（方言），如上海话、广东话、福州话、闽南话、客家话等等。因此，白话文学的推广一定要有"国语"的推行来配合。这一点，大陆各地区一致赞成，因为"国语"愈普及，中国的民族意识和团结心会更强。何况"推行国语"和"讲方言"可以并行不悖，在家乡讲方言，和其他地区的人交往则讲"国语"，只见其利而未见其害。

但在台湾，情形就不一样了。日本殖民者当然非常不愿意台湾人怀有"民族意识"，所以，它不但强迫台湾人在各级学校学日语、日文，还用尽办法压制传统"汉文书房"，让台湾人没有学汉文的机会。日本殖民者当然了解台湾作家提倡"中国白话文学"的用心——他们想借此和大陆母国"联系"起来，当然更不会让台湾人有学"中国国语"的机会（在学校里，所谓"国语"当然是指日语）。这样下来，传统的"汉文"（文言文）快"绝"了，而现代的"国语"又没机会学，"汉文"即将在台湾"绝迹"，又如何提倡"白话文学"呢？

黄石辉"用台湾话"的主张，既触到台湾人的"民族隐痛"，又给台湾作家以"灵感"，既然"暂时"无法学"中国国语"，无法写顺畅的中国白话文，那么就用"汉字"来写"台湾话"（闽南话）罢！"台湾话"至少也是中国的一种方言，写成汉字，至少也是中国汉字，总跟中国有关系，总比写日文强。所以，跟现在"台独"派的"解说"刚好相反，三〇年代台湾主张用"台湾话文"恰恰表现出他们强烈的"中国感情"。

有两点最足以证明这一点。第一，当时有人（蔡培火）主张以"罗马拼音"来写台湾话，从实用上来说，这是比较方便的，但很少人赞同，因为不愿舍弃"汉字"，"隐藏"于其中的"民族感情"不是很明显吗？第二，反对"台湾话文"的人主要担心，"用台湾话"会跟中国切断联系，而赞同的人则信誓旦旦地说："不用担心，不会！"其中最坚决主张"台湾话文"的郭秋生还说了这样一段话：

> 我极爱中国的白话文，其实我何尝一日离却中国的白话文？但是我不能满足中国的白话文，也其实是时代不许满足的中国白话文使我用啦！

"不能满足"是指他无法很好地使用中国白话文，"时代不许"是指日本殖民者不会让他有机会学好，通读上下文就可以理解其意。那么，他提倡"台湾话文"的无奈之情不就昭然若揭了吗？

事实上，不论这一次的论战如何发展，都敌不过日本的殖民体制，就在"七七事变"之前三个月，一九三七年（民国二十六年）四月一日，台湾总督府下令废止台湾报刊的"汉文栏"，这样，台湾作家就不得不使用日文发表作品了（前述的吕赫若、张文环，以及日据后期的台湾作家都以日文写作）。日本在发动对中国全面侵略战争的前夕所做的这一"动作"，不是也间接地证明了它对台湾作家"民族感情"的疑虑吗？

不过，黄石辉所引发的这一场"论战"，也说明了日据时期台湾文学的"特殊性"。原来作为中国一省的台湾，由于沦为日本的殖民地，而产生"历史的特殊性"：为了对抗日本的"同化"政策，它不太愿意批判"民族传统"，为了护卫"民族传统"，它不得不曲折地主张"用台湾话"。这种"历史的特殊性"，使台湾成为中国最特殊的一个"区域"。由于这种明显的"区域"特质，我们是可以把日据时期的台湾现代文学整个称之为"乡土文学"。

五六〇年代："反共文艺"与现代文学

战后（第二次世界大战结束以后）台湾文学的发展所经历的各个阶段，并不复杂。但因为目前台湾各种政治立场与认同态度杂然并陈，持不同观点的学者对"台湾乡土文学"的诠释也就差异极大，甚至相互矛盾，让一般读者如坠五里雾中。

这种不同态度的争论是在进入一九七〇年代以后开始产生的。因此，本文先对七〇年代以前台湾文学的发展态势作一简单描述，然后再分析七〇年代以后一面争论、一面发展的复杂情势。

一九四五年日本战败投降，它在甲午战争中所窃取的台湾随之归还中国。当时，统治全中国的是国民党政权。不过，在中国大陆，国民党不久即和共产党展开全国性的内战。到一九四九年，国民党全面溃败，退守台湾。第二年，美国第七舰队介入中国内战，协防台湾海峡，迫使中国共产党无法解放台湾，完成全国统一。

所以四五年至四九年这一段时间，可以说是战后台湾史的一个特殊阶段。当时，台湾和大陆之间可以自由来往，文化、文学的交流相当方便。这一阶段的政治、文学发展长期受到淹没，现在的后顾研究又受制于各种政治立场，目前还不能完全澄清。

五〇年以后，国民党在台湾的统治完全确立，为了对抗大陆的共产党（所谓的"反共抗俄"），它大力推行"反共文艺"政策。整个五〇年代，可以说是"反共文艺"主导台湾文学的时期。

不过，在五〇年代中期，有一批人开始提倡自由主义的，与（反共的）政治保持距离的"纯文艺"。开始主要是出现在雷震《自由中国》的文艺版及夏济安的《文学杂志》上。后来台大外文系学生白先勇等人创办《现代文学》，大力推介西方的现代主义作品。与此同时，现代诗社、蓝星、创世纪三大诗社先后诞生，它们也陆续鼓吹西方现代诗。终于，整个六〇年代，现代文学或现代主义文学成为台湾文学的主流。

六〇年代是台湾经济大步起飞的时期，不论在政治、经济、文化、学术各领域，大家一致期盼"现代化"，其实也就是"西化"（主要就是"美国化"）。六〇年代盛行一时的现代文学潮流，可以说是这整个趋势的一部分。

台湾内部问题的浮现

台湾社会尤其是经济，经过十年的顺畅发展以后，内部的种种问题浮现。这大致可以归纳如下：

一、民主化与省籍矛盾：自五〇年代以来，国民党"一党独大"已长达二十年。虽然定期举行地方性的选举，但整个政治大权无疑掌握在国民党手中。随着经济发展，台湾的中、小企业和中产阶级的力量逐渐增强，他们要求"民主化"的呼声越来越大。而这种"不民主"的政治结构，尤其表现在本省籍人士长期被排斥在政治核心之外。本省文化人对文化媒介、机构长期被外省人"把持"，也一直郁积着不满情绪。

二、阶层问题：六〇年代的经济发展，虽然使所有人的生活普遍得到改善，但一般而言，农、渔民及工人等下阶层得利最少，广大农村明显呈衰退现象。同时也有人认识到台湾少数民族及随国民党来台的许多老兵，其境况可能还要更糟糕。经济繁荣的外表下所隐藏的这些贫困现象，让一些具社会关怀的知识分子感到不安。

三、经济发展的困难：七〇年代初期，中东以、阿冲突引发的石油危机，导致世界性的经济危机，并波及台湾。这是战后台湾经济发展第一次碰到的整体性的大困难。这一危机虽然总算安然度过，但一般人终于领悟，经济不可能一直往前发展。"发展神话"的动摇在人们心中投下阴影。

四、台湾的政治地位问题：四九年以后，国民党政权一直以"中华民国"的身份，在联合国代表中国席位，而大陆的"中华人民共和国"则被视同"非法"。但二十年来，大陆政权一直屹立不摇，由"中华民国"代表中国完全违反国际现实。这一情势进入七〇年代越来越明显。七〇年代初期，联合国中国代表权终于由大陆恢复，世界各主要国家纷纷加以承认，并建立外交关系。现在反过来，"中华民国"的身份变成是"非法"的。身份的不定及认同的危机，构成近二十年来台湾政治、社会、文学最核心的问题。

七〇年代的乡土文学思潮

以上所说的这些问题，因七〇年代初期起于美国的台湾留学生的"保卫钓鱼台"运动而全部被激发出来。美国片面地把台湾宜兰外海的钓鱼台列岛"交给"日本，而国民党当局（那时候它仍然是联合国的"中国代表"）对于这一藐视中国领土主权的行为表现得软弱无力。这激起了台湾留学生强烈的民族主义意识，许多人因此转而支持大陆，并因此而表现出对社会主义思想的强大兴趣。

美国的"保钓"运动迅即传播到台湾，台湾大学生加以响应，二十年来受制于戒严体制，一直不敢过问政治的大学校园，气氛为之大变。接着，长期反对国民党的"党外"政治人物的结合也越来越明显，逐渐形成政治上的"党外运动"。在逐渐松动的政治控制下,在文化、文学领域反对国民党意识形态的思潮终于成形。这就是一般所谓的"乡土文学运动"。

乡土文学运动的第一个口号是"回归乡土",意思是要回过头来关心自己本土的现实问题,不要像六〇年代一样,一切只往西方和美国看,跟着人家的文学潮流亦步亦趋。也就是要把六〇年代文学的"西化"倾向扭转过来,重新审视自己乡土的现实问题,也就是说,要求文学回来"关怀现实,反映现实"——这可以说是提倡写实主义的文学,以反对六〇年代的现代主义文学。

其次,所谓关怀现实,最重要的就是要求重视台湾下阶层民众所受的不公正待遇。当时许多作品描写台湾农民、渔民、工人生活的种种问题,也有许多报道文学发掘社会上一向受人忽视的现象,如台湾少数民族的恶劣处境问题。就此而言,七〇年代的乡土文学具有左翼文学的阶级色彩,至少它们基于人道主义,非常同情下阶层人民的生活状况。

总结来讲,七〇年代的乡土文学具有三种倾向:民族的(回归乡土)、写实的、同情下阶层的。正如前面所说的,这也是三〇年代大陆和台湾乡土文学的主要倾向,只是受制于"反共"的戒严体制,这些传统到了七〇年代已为人所淡忘。

所以,乡土文学的另一项重要工作就是,重新发掘和恢复这一传统。不过,大陆三〇年代的乡土文学传统因为和共产党关系密切,当时的政治环境还不能自由谈论,于是,乡土文学阵营主要的工作还在于:复活日据时期的台湾文学,特别集中在赖和、杨逵、吴浊流和钟理和诸人作品的介绍上,他们明显具有反日的民族主义色彩和同情农民的写实主义色彩。

八〇年代的"台湾文学论"

七〇年代末,乡土文学运动差不多颠覆了五〇年代以来国民党一直企图维持的"反共"文艺思想(这思想到七〇年代仍由官方宣传着,但影响越来越小),以及六〇年代盛行一时的西方现代文学潮流。七七、七八年间国民党发动宣传媒体,企图围剿乡土文学,但以失败告终,此即"乡土文学论战"，可以说，进入八○年代，国民党已丧失文学意识的主导权。

　　与此同时，政治上的"党外运动"也蓬勃发展。一九七九年，借着"高雄美丽岛"事件，国民党对党外政治领导进行大逮捕。但在接下来的选举中，党外仍然获得重大胜利，证明国民党的镇压已无法扼杀政治上的反对力量。

　　八○年代党外力量的壮大影响了文学思潮的变迁。七○年代的"党外"是追求"民主"的各方势力的大联合，但无疑的，其中主导力量来自本省籍的中产阶级和中、小企业，他们当时已越来越明显地从地区意识发展出"台独"思想。等到他们于一九八七年组成"民主进步党"以后，不能接受他们的"台独倾向"的其他党外人士逐渐退出。于是，台湾最大的反对党的政治立场越来越鲜明。

　　政治势力变化影响了乡土文学潮流。七○年代的乡土文学运动，也是反国民党的文化、文学界的大联合，其主要思想倾向虽如前面所述，但其实内涵颇为庞杂，其中许多本省籍文化人长期以来就意识到省籍矛盾。等到党外力量几乎已被民进党掌握以后，乡土文学阵营的大部分的本省籍支持者纷纷往省籍矛盾、地方意识、"台独"倾向靠拢，并陆续发表文章，重新诠释"乡土文学"，最后形成了"台独"倾向的"台湾文学论"。这一"台湾文学论"的发展过程和主要想法可概述如下：

　　一、从"乡土"到"本土""台湾"的转折：七○年代的"乡土"蕴含了更大的范围，它可以意指"中国"，虽然这一"中国"如何界定人人看法不同。八○年代以后，倾向"台独"的人认为，"乡土"就是"本土"，也就是"台湾"，不但不必跟"中国"扯上关系，还必须跟中国割断关系。

　　二、从"社会文学"转向"地域文学"：七○年代的乡土文学重视下阶层的生活，强调台湾经济发展的分配不均，具有阶级意识。八○年代的"台独"文学论则转而论述台湾文学独特的地域性与历史性，把"台湾文学"作为一个整体来考虑，弱化甚至不谈其中的阶级性。

　　三、从"反西化"到"去中国"：七○年代乡土文学的兴起，主要在于：反对六○年代的"向外看"，要求"回归"乡土，这明显具有反西方、反美的民族主义倾向。八〇年代许多人不再强调这一点，反而企图说明台湾文学跟中国文学毫无瓜葛，有的甚至流露出敌视中国的倾向，"台独"意识相当明显。

四、根据以上几点主张重写台湾文学史，形成"新"的台湾文学史观：自八〇年代末叶石涛的《台湾文学史纲》出版以后，"台独"派纷依此观点论述"台湾文学"，基本上已不再使用"乡土文学"这一提法。如果说，七〇年代的主流意识是借"乡土文学"之名来谈论阶级文学与民族文学，那么，八〇年代的"台独"论者则把"乡土文学"改造成"独立自主"的台湾文学。

战后台湾文学综评

综上所述，我们可以把战后台湾文学的三种主要倾向简单归纳如下：

一、六〇年代的现代文学：向西方学习，强调现代性与世界性（八〇年代以后的后现代是这些倾向的继承者）。

二、七〇年代的乡土文学：重视民族性与阶级性。

三、八〇年代的"台湾文学论"：突出台湾文学的历史特殊性，并认为台湾文学早已"独立自主"。

把以上三种观点加以对比，就可以看出：在战后台湾文学发展的前二十年（五六〇年代）中，由于国民党主控的政治以及台湾社会的快速现代化，文学以"走向西方""走向世界"为标的，完全没有民族倾向及本土倾向，这才引发七〇年代"乡土文学"的大批判。但由于七〇年代"中华民国"在联合国丧失"中国"代表权，政治地位发生问题，引发认同危机，"乡土派"分化成两种倾向："中国派"与"台湾派"。七〇年代以前者为主导，八〇年代以后"台湾派"势力高涨。因此，七〇年代"乡土文学"兴起以后所引发的一连串的大论战，以及因此而产生的各种论调（如前所述，主要可以分为"世界派""中国派""台湾派"），基本上都是台湾认同危机浮现出来以后的产物。

可以说，要了解目前"乡土文学"各种复杂而互相矛盾的解释，其前提就是要厘清各种政治认同派别与"乡土文学"的微妙关系。

——原载《澳门理工学报（人文社会科学版）》第四十六期，2012年4月。

——本文依据《台湾文学研究自省录》（台湾学生书局，2014年1月）编校。

【作者简介】

吕正惠，1948— ，生于嘉义县。东吴大学中国文学研究所博士，于台湾新竹清华大学中文系任教21年，退休后任教于淡江大学中文系。2014年元月自淡江大学中文系荣退后，旋即转任重庆大学人文社会科学高等研究所客座教授，同年9月前往北京清华大学担任客座教授。从事中国现代文学史、唐代文学专题研究。著有反思20世纪70年代乡土文学论战之评论数篇。

乡土文学中的乡土

吕正惠

七十年代的乡土文学，就其反现代主义及反殖民经济的立场来讲，具有反帝国主义、回归民族主义、回归乡土的倾向。它的反美、反日，在陈映真、黄春明、王祯和有关跨国公司及殖民经济的小说中极易辨明；它的回归中国本位的立场，也可以从小说及理论陈述的字里行间去体会出来。

然而，从七十年代末乡土文学论战结束以后，乡土文学的口号却逐渐为"台湾文学"所取代，而其内容也经历了相反方向的改变。根据已形成的"台湾文学自主论"，"回归"所要寻求的变成是"台湾"以及"台湾文学"，而"台湾"及其自主性的主要敌人却变成"中国"，本来被"反"的美国、日本反而丧失了其目标性，且在必要时，可以接受成为"反中国"的助力。

这样的转变从辩证发展的立场来看，是从"A"到"非A"，对原来提倡乡土文学的人来讲，实在是绝大的讽刺。

二十年后回顾这一段历史时，我想从当时流行最广泛的口号"回归乡土"中的"乡土"观念入手，分析这一观念在当时历史条件下的混杂、暧昧现象，以及这一概念最后变成只限定在"台湾"并被拿来对抗"中国"的转变因素，因为在二十年后的今天，比事件发生的当时，我们更能以"事后之明"，看到一些当时看不到的"真相"。

六十年代台湾的知识分子主要的目标是追求当代西方（特别是美国）的知识、艺术与文学，他们不能谈政治，因为政治在当时是极大的禁忌，一不小心就可能被捕，但是他们也不怎么关心台湾快速的经济发展，以及伴随而来的社会变迁。同时，他们更无法思考：一个中国却存在着两个"政权"，以及大陆正在发生更大的变化的这一种特殊的"中国现实"问题。

七十年代的"回归"运动基本上是对这一倾向的"反动"，知识分子要求自己走出"纯知识"的追求，走出西方概念的笼罩，回到自己社会的现实问题上来。因为是从西方知识世界回到自己社会，所以是"回归"，而"回归"的精神当然是要关切自己的"乡土"。

但是，最大的问题就在于"乡土"这一观念，七十年代台湾"一般"的知识分子，在当时的政治条件下是无法对这一观念做彻底而全面的思考的。只有像陈映真这种极少数的已有确定的"中国"概念的人，或者当时心里早已相信台湾应该"独立"的人（这种人和陈映真，都是极端少数）才真正了解所谓的"乡土"，是指哪一块土地，或者是指哪一个范围。其他的绝对大多数的一般知识分子，恐怕都还没有意识到"乡土"这一观念本身是存在着极大的问题，是很难加以思考的。

问题最凸显之处在于：当时最大多数的人都还接受自己是"中华民国国民"这一事实。理论上来讲，"中华民国"的版图包括全中国，除了台湾之外，还有大陆。但实际上大陆是由中国共产党领导的"中华人民共和国"。两边的人民完全禁止往来，台湾的"中华民国国民"完全不了解，居住在中国绝大部分土地上的其他中国人（理论上来讲是自己的同胞）到底在干什么。他们所知道的只是，那一大片土地正由一群"匪徒"窃据着，而那里的人民正在忍受这些"匪徒"的"暴政"，而这些都是"中华民国政府"告诉它的人民的。

七十年代的"中华民国"确实面对着许多重大问题，譬如，号称是一个"民主"政府，但它最主要的民意机关"国民大会"和"立法院"的代表却长久不变；又如它的官僚体制已经很难了解及处理台湾二十年来的经济、社会变化。除此之外，还存在着一个也许更重大的问题，那就是，"中华民国"在国际上的"合法性"正在丧失，国际社会日渐承认"中华人民共和国"是"中国"的"合法"政权，而"台湾"则是"中国"的一部分。

七十年代"回归"运动的特质（也就是其问题）在于：它主要关心

"中华民国"内部的问题：追求民主、追求更进一步的现代化，并关心一些明显的社会问题，它没有真正触及"中华民国"与"中国"，"中华民国国民"与中国人这一复杂问题，当时极少人意识到这一问题对自己的切身重要性。

我们可以说，只有到乡土文学论战结束，乡土文学阵营内部产生统、"独"争论，最后全台湾社会都意识到统、"独"对立，所谓的"乡土"才真正到了需要澄清界定的时刻。从这个角度来看，统、"独"争论其实是"回归"运动的延长。这个时候，"成形"的统派和"独派"才真正开始思考台湾社会必须面对的"乡土"问题。

作为乡土文学运动主要发言人的陈映真、尉天骢、王拓（也还可以包括引发现代诗论战、可视为乡土文学的唐文标）在当时的社会条件下，基本上不是按前述的方式来思考问题的。

当他们谈到"乡土"的时候，他们主要指的是：乡土上的人民，也就是居人口多数的中下层人民。由于反对现代主义的精英主义和象牙塔色彩，他们强调知识分子的责任感、艺术的使命、文学对现实所应具有的关怀。他们的人道主义明显具有左翼倾向。

就小说创作而言，陈映真、黄春明、王祯和同时着力于跨国公司和殖民经济小说，除了描述台湾对美、日经济的依赖，还探讨了台湾的人在这一依赖关系中所产生的人格的扭曲，特别是民族尊严的丧失。这里的反帝倾向和民族主义色彩是很容易看得出来的。

这些主要的发言人，至少有一部分（譬如陈映真），事实上了解到"乡土"的问题不能只就台湾范围来思考。不过，在当时的政治环境下，"反共"和"收复大陆"是针对两岸问题唯一可以公开说出的"见解"。陈映真等人不能公然地提出整个中国的"乡土"问题来讨论，可以说是不得已的。当时也有如《仙人掌杂志》所代表的，企图引发大家对五四民族爱国运动和自由主义改革论的重视。但是，这一论述方式代表的是自由主义的传统，在当时远不如乡土文学主流所暗含的"左"的倾向那样吸引人。

再深一层而论，自由主义在六十年代曾与现代主义结合，成为台湾知识分子的精神寄托。回归运动既以批判现代主义为目标，与现代主义曾有

"同盟"关系的自由主义，甚至是要复活五四运动的民族主义，其吸引力也不及具左翼色彩的乡土文学主义。

而且左翼思想在台湾已被断绝将近二十年，当知识分子由"关怀"乡土与社会现实而呈现对现行体制的"批判"倾向时，曾被严厉禁绝的左翼思想就具有独特的迷人之处。所以可能可以说，投向乡土文学的知识分子有一部分人更重视的是其中的"左翼思想"而不是"乡土色彩"和民族主义成分。

不过，对像陈映真这种想法的人来讲，情况还要更复杂。陈映真一类倾向的人也许会相信，讲"左"和讲"中国乡土"根本就不是矛盾，因为这可以归结为"社会主义中国"这样一个说法。所以他们可以不必为"乡土"的定义问题再去多花心思。

以"左"为重的人，不太关心"乡土"的确切意义；而具有明显中国情怀的左派，当然会以为这个问题根本不是问题，既不必辨明，基于当时的政治条件，也不好辨明，这就把一个原本非常重要的"乡土"定义问题悬而不论，形成一种模糊状态，使得后来的"分化"有了可能性。

简单地说，作为乡土文学运动主流的"左统派"（这里使用后来的称呼）在当时几乎完全没有预估到"乡土"观念的矛盾与复杂，因此在他们最具影响的时候，也没有事先做任何积极的"澄清"。等到八十年代初台湾文学论崛起，"左统派"才在批判与论战中正式就这一问题发言。到了这个阶段，既是被迫应战，也就丧失了某种先机和主动。当然，这些都是"后见之明"，以当时的条件而论，实在很难苛责"左统派"。

把"回归乡土"和"乡土文学"中的"乡土"观念推演至一个必须明确加以"界定"的关键点的，事实上是八十年代以后的"台独"派。他们在西方观念和国民党教育下成长，根本无法了解：近代中国在面临现代西方的冲击时，"社会主义革命"有其历史的合理性，不能以"匪徒"来称呼共产党，也不能以西方现代体制的观点来反对中国所试行的社会革命。他们以美国式的西方社会观念来反对"社会主义中国"，当然对这一"现实存在的中国"就不会有认同感。更何况，国民党从大陆来接收台湾，"以少数来统治"多数的台湾民众。他们对国民党当局的不认同，既不能从中国现代史的脉络去解释,就很单纯化成"外来政权"问题,变成"中国人"在压迫"台湾人",对"中国"更没有认同感。

再从他们的"逻辑"来说,"中国"的土地他们从未踏上过,"中国"的民众他们从未接触过,怎么能算是他们的"乡土"呢?如果说,有一种乡土是他们所"熟悉",而具有情感上的"联系"的,那当然是"台湾"了,他们差不多是以这种逻辑把七十年代暧昧不清的"乡土观念"明确地定位为"台湾",作为"认同政治"的一种情感诉求。

台湾问题是可以从中国现代史的立场来加以说明的,譬如:中国战败不得不将台湾割地给日本,二次大战后,中国收回台湾。但随即中国发生内战,美国帮不得民心的国民党守住台湾,台湾又暂时脱离中国本部,而中国本部的共产党,就一九四九年的革命及一九七九年以后的改革开放来讲,都有其历史演进的合理性。可是,"台独"派的知识分子,既无法理解这种"历史理性",也不愿意听取这种"历史理性",他们更倾向于自己的"亲身经历",从而就把"乡土"界定为"台湾"了。

我们可以说,"台独派"的"认同政治"也是"历史理性"的产物,是中国积弱不振,导致日本统治台湾五十年,以及美国"保护"台湾四十年的结果,也是中国悲惨的现代史经历的"结果"之一。这整个的过程,无法以"理性的陈述"获得"台独派"的了解,并愿意重新考虑。

也许历史的问题也只能以"历史过程"来加以解决。这里想说的只是,从回顾的眼光来看,乡土文学时期的"回归乡土",事实上是现在普遍存在于台湾社会的"认同"问题的起点。这种诠释方式在七十年代还没有多少人意识到,目前似乎看起来蛮合理的。这足以证明,"乡土文学运动"的多重复杂性格。

一九九七年十月

——原载《联合文学》杂志第 158 期,1997 年 12 月。

——本文依据《台湾文学研究自省录》(台湾学生书局,2014 年 1 月)编校。

附录

《回望现实　凝视人间：乡土文学论战四十年选集》*序言**

林丽云

台湾"乡土文学论战"发生于 1977 年 4 月至 1978 年初，是一场以"文学"之名展开的意识形态论战，也是台湾境内第二次以"乡土"之名展开的意识形态斗争。发生于 20 世纪 30 年代的"乡土文学论战"，其"乡土"所指涉的是殖民地台湾，其所欲斗争的对象是日本殖民政权。发生于 1977 年的"乡土文学论战"，则是以"反帝""反资"以及"民族主义"为核心，向反共亲美的国民党政权进行挑战。本书收录文章主要是 1977 年的"乡土文学论战"中乡土派一方的文章，并包含一篇讨论 1930 年代"乡土文学论战"的文章，以及之后论战 20 周年、30 周年的反思选文。

本书脉络分成四个部分：一、"乡土文学论战"始末。二、"乡土文学论战"时代背景。三、"乡土文学论战"选文说明。四、代结语：为何重提"乡土文学论战"。

---

* 该书由王智明、林丽云、徐秀慧、任佑卿选编，于 2019 年由联合文学出版社出版。（编者注）

** 感谢施淑、王智明、徐秀慧、任佑卿提供宝贵的修改意见，然而因为个人的时间、能力有限，未能将所有建议修改意见都妥善呈现。若有任何疏漏或理解上的错误，其责在于作者。

一 "乡土文学论战" 始末

旅日学者陈正醍将 "乡土文学论战" 的起始点定于 1977 年 4 月，因为该月份发行的《仙人掌杂志》第二期，同时刊登了 "乡土派" 作家王拓的文章《是 "现实主义" 文学，不是 "乡土文学"》，以及 "反乡土派" 作家银正雄的文章《坟地里哪来的钟声?》、朱西宁的文章《回归何处? 如何回归?》。立基于反映台湾现实处境、关怀下阶层民众困境，王拓的文章将 "乡土文学" 正名为 "现实文学"。相对地，银正雄认为 "乡土文学有变成表达仇恨、憎恨等意识的工具的危险"，而朱西宁则担忧 "乡土文学恐将流于偏狭的地方主义"，以此反驳王拓等乡土派作家、旗手的作品与论点。

陈正醍将此三篇文章定位为论战的开端及典型，从之后的发展而言，战火确实因此点燃，至于 "典型" 则是论战立场的确认。反乡土派一方以反共亲美的 "国家立场"，指控乡土派作品是共产主义 "工农兵文学" 的再现；乡土派一方则力主文学创作应以民族主义为本、阶级关怀为心，并以反帝国主义、反资本主义的立场站上论战舞台，迎战国民党政权羽翼下的文艺团体，由此开启这场带动台湾 20 世纪 70 年代、80 年代文学思潮的重要论战。此思潮关注的重点不在 "乡土" 或 "乡村"，而是居多数的民众处境。一如南亭在《到处都是钟声》一文中表示： " '文学' 已成为一个空的概念，它已被一个更大综合性的潮流吸入肚腹，而这样的潮流是最有利当代最大多数人，最有利全民族发展的。" 这个以乡土之名所推动的潮流，不仅挑战了反共亲美的国民党政权，同时也为日后台湾 "本土化" 运动打开新路，为紧接而来的大规模政治运动提供薪火，再次见证文学是政治、社会改革的先锋。

这三篇文章发表后，引起台湾文学圈、文化圈以及知识分子的普遍关注，站在 "乡土" 一方的《仙人掌杂志》趁势追文，接连三个月，持续刊登支持 "乡土" 文学的相关文章，终于引燃 "乡土文学论战" 的全面战火。1977 年 8 月 17 日，作家彭歌在亲官方的主流媒体《联合报》上连载三天的《不谈人性·何有文学》一文，文中直接点名批判王拓、陈映真和尉天骢三位乡土派的论战旗手，翻转乡土派主张的反帝国主义应为反共产主义，至于在台发展的资本主义是否为殖民经济，彭则表示"应由经济学者作客观的分析"。1977 年 8 月 20 日，当时人在香港的反乡土派诗人余光中跟着发文《狼来了》，文中将乡土文学等同于"工农兵文学"，并说明此种文类的政治背景为毛泽东于 1942 年 5 月《在延安文艺座谈会上的讲话》所特别强调的文学功能。当作者以威胁口气在该文结语写下："那些'工农兵文艺工作者'，还是先检查检查自己的头吧。"文学之火显然已转变为政治之火。职是之故，此文后来被视为论战氛围转向政治肃杀的代表作。

　　1977 年 8 月 29 日，国民党特地召开"全国第二次文艺会谈"，会中决议全面反击乡土文学的观点，之后写手们即开始密集于官方相关媒体上发文批判乡土文学。根据郭纪舟引述的资料："光在第二次文艺座谈会前后从五月^①二十日至九月二十日一个月的文章量，达四十一篇之多。……这种短时间内大量而集体的动员，几乎所有党部刊物、主流媒体均被动员参战。"面对党政媒体的强大火力，以《夏潮》杂志为论战基地的乡土派渐趋下势。在既无政治资源为后盾，也无广大媒体提供战场，加上政治肃杀一触即发的压力下，乡土派战将在论战高峰时，除了要迎战如雪片般不断落下的批评和攻击文章，同时也还必须争取盟友寻求庇护，避免随之而来的政治迫害。在此情势下，以《夏潮》杂志为基地的乡土派成员开始与民族主义者胡秋原所创办的《中华杂志》结盟。

　　《中华杂志》发刊于 1963 年，由时任"立法委员"的胡秋原所创。胡秋原（1910—2004）是中国近代史上备受争议的知识分子。他于年轻时前往日本早稻田大学攻读政治经济学，在日期间适逢日共风潮兴起，因此胡氏曾深入研读马克思理论，并以社会主义者自居。后因目睹史达林恐怖统治的暴力专政，让他重新思考马克思理论在不同区域和不同社会条件下的限制与误用。在他为《乡土文学讨论集》所写的序言《中国人立场之复归》一文中，对于共产主义、社会主义、西方自由主义和西方资本主义与中国革命的关系有很清晰的阐明。胡氏认为，不论资本主义和社会主义都是西方的产物，因此第三世界的主体性，不可能建立在上述两者的基础上，而必须走出自己的第三条路。据此胡氏主张，第三世界在经济上应采行"民族的资本主义"，包括发展国家资本与一切国民的资本；在政治上则应实施"民主法治"，以避免官僚资本与政治寄生资本主义。但"二战"后美苏霸权所打造的冷战格局，导致大部分第三世界国家被迫附从于帝国羽翼，形成长期的不对等依赖关系。所以胡氏既反帝、反资，但也反共，终其一生以反西化为职志。对于战后美苏帝国的认识，胡氏主张应以第三世界境内的民族主义作为抵抗美苏霸权的武器，例如中国民族主义。乡土派所标举的反帝国主义、反西方资本主义、反分离主义（台湾与中国分离），以及立足于民族主义、第三世界位置的诉求，皆与胡秋原的主张不谋而合，因此当乡土派成员求助于他时，胡氏也欣然相挺，并于同年九月在《中华杂志》上发文《谈"人性"与"乡土"之类》，将双方文章以上下排比的形式，一一驳斥余光中和彭歌对乡土派所发动的攻击论点。在国民党内拥有一定地位的胡秋原，其发言随即引发效应，几位德高望重的知识分子，例如当时任教于香港新亚书院的徐复观，以及政治作战学校教授任卓宣都纷纷发言相挺。尤其是后者，在受访时表示，乡土文学等同三民主义文学，有意为遭受政治压力的乡土派护航。根据出版于 1978 年 4 月的《乡土文学讨论集》一书上所收录的文章做统计，从 1977 年 9 月胡氏文章发表后，到论战硝烟渐散的 1978 年 3 月，短短半年间，刊登在《中华杂志》上驳斥反乡土派的文章计有 16 篇。胡秋原等人加入后，战局随之变化，但双方仍僵持不下。1978 年 1 月 18、19 两日，由军方出面召开"国军文艺大会"，有意平息这场战火。时任"国防部总政战部"主任王升出席发言，将乡土文学扩大定调为"国家之爱、民族之爱"，并呼吁作家们要团结起来"爱护乡土、爱护民族、爱护国家"，一场以乡土文学为名的意识形态斗争才终于和平落幕。

二　"乡土文学论战"时代背景

发生在 70 年代中后期的乡土文学论战，既是以文学之名所进行的意识形态斗争，自然会涉及当时的政治主张的冲突以及意识形态的差异。下文中笔者将从三个向度来说明发生乡土文学论战的时代背景。

（一）政治因素

20 世纪 70 年代台湾在"外交"关系上发生剧烈变动。1970 年 9 月 10 日，美日双方私下达成协议，美国准备在 1972 年将"二战"期间所占领的琉球列岛交还日本，其中包含原本属于中国版图的钓鱼台，此举引起台湾岛内知识分子及海外留学生的不满。1970 年 11 月 17 日，美国普林斯顿大学的台湾留学生组成"保卫钓鱼台行动委员会"，以"反对美日私相授受""外抗强权、内争主权"等诉求发起抗议行动，美国其他学校的台湾留学生随之群起响应，形成日后称之为"保钓运动"的风潮。

伴随着"保钓"运动的进展，中华人民共和国也日益在国际关系中获得相对于"中华民国"的优势。1971 年 10 月中华人民共和国恢复为联合国一员，1972 年 2 月尼克森访问北京，同年 9 月日本政府宣布与"中华民国"解除外交关系。钓鱼台事件以及紧接而来的"外交"挫败，刺激海内外知识分子反思依附强权下的民族危机，并由此重新定位国家/民族认同，以及重新看待台湾这块土地。这段历史过程与日后乡土文学论战的发生与发展有着紧密关系。首先是"保钓"运动中的社会主义意识。美日私相授受钓鱼台事件所激起的爱国心和民族主义，是"保钓"运动的外显情绪，其反帝国主义主张不必然涉及意识形态的对峙，但却也让部分知识分子质疑战后主导台湾的美国价值。真正被乡土文学论战中的乡土派所承继的是反帝、反资的主张。这条早在"保钓"运动前即已形成的社会主义意识，不仅在"钓运"中被提出，同时也是乡土文学论战中重要的主张。

其次是"保钓"运动所打开的社会意识。战后台湾历经"二·二八"事件与白色恐怖等政治肃杀事件后，社会大众普遍弥漫着不问政事、独善其身的心态。但"保钓"运动与"外交"危机却唤醒台湾民众，尤其是在校青年的社会意识与社会责任，"走出校园、走入社会"口号成为当时知识青年关怀社会的行动方针。其中影响较为深远且广为传播的社会行动，是由台大学生团体所发起的"建设伟大的社会——百万小时奉献运动"。他们号召有志之士成立社会服务团，并将团员分成农村、贫民、警民、劳工及地方选举等五组。他们"走出校园、走入社会",通过服务人民的方式发掘社会问题。这场运动不仅联系起了青年精英与社会民众的关系,同时也开展了他们与台湾这块土地的关系。

反帝反美的民族主义与关怀地方的社会意识,既是"保钓"运动的诉求,同时也是之后乡土文学作品的主要内涵。然而乡土文学论战期间,前者被反乡土派指控有"附共"嫌疑,后者则被反乡土派批评为狭隘的地方主义意识,论战因此而生。

(二) 经济因素

乡土派论者将台湾战后的经济发展,定性为殖民地经济,也就是第三世界经济。根据胡秋原在 1977 年 11 月受访时的表述:"第三世界虽在政治上独立,但经济上没有独立,所谓新帝国主义、新殖民主义,可以指资本主义的美国、西欧、日本和社会主义的俄国,它们用军经援助、政治控制或技术合作口号竞争和剥削第三世界。"胡氏所提的新帝国主义和新殖民主义,正是乡土派建构论述时的核心概念,也是乡土派文学作品的表述特征。在乡土派眼中,美日两国即是新帝国主义和新殖民主义的主要代表。

台湾战后经济发展,首先是美援 (1953—1963) 时期的修复经济和稳定经济,"国民政府"在修复和稳定经济的同时,也展开一系列的经济计划,包括 1960 年颁布的"奖励投资条例",并于隔年实施第三次经济建设计划。1966 年台湾第一个加工出口区于高雄市设立,1969 年高雄地区的楠梓加工出口区设立,1971 年台中潭子加工出口区设立。十年间,台湾以每年平均近 8% 的经济成长率,创造了所谓的经济奇迹。在奖励投资与廉价劳动力的双重诱因下,60 年代后半外国资本开始大量涌进台湾,许多低工资、高密度劳动力的外国产业,纷纷转进环评限制宽松、投资税制优惠的投资乐园——台湾——设立厂区,而美国和日本即是其中排名一、二的两大投资国。

乡土派作家与论述者所反映和抨击的对象,即是这个由国民党政权与跨国资本所形成的"党国—资本"体系,他们指出该体系的巨大获利就是以剥削劳工、牺牲农民以及破坏环境为代价。深受乡土派推崇的两篇小说，黄春明的《莎哟娜啦·再见》（1973），以及王祯和的《小林来台北》（1973），就是以跨国企业的买办经济为背景，书写殖民地经济下人的扭曲与卑微。论战发生前一年乡土派的发表基地——《夏潮》杂志，已经出现关心劳工权益的文章，如1976年9月由王杏庆所书写的《台湾地区的劳工权利问题——一种尝试性的分析》。论战发生前后，《夏潮》杂志开始大量刊登与工人相关的小说和报道，如《三合矿工无家可归》《从光华卫生毛巾洗染场童工事件再谈童工问题》《铁路工人的悲歌》《请吃米饭的人，听听农民的心声》等。工人作家杨青矗甚至提出"工人有其厂"的想法，并将此想法发表在《夏潮》杂志上。

反乡土派无法接受乡土派将台湾经济定性为殖民经济和买办经济，他们认为乡土派是假"社会意识"和"关怀大众"为名，刻意渲染社会内部矛盾、鼓吹阶级仇恨。反乡土派甚至质疑乡土派的背后动机，并进一步指陈中共的海外宣传，通常是以贫富差距、外来投资和廉价劳工等来扩大阶级问题，暗指乡土派以经济为名行阶级斗争之实。这个指控正是这场论战的核心爆点。

（三）文化因素

1950年6月25日朝鲜战争爆发，一个月后美国军队退居38度线以南，并持续与中国激战至1953年，在双方火力僵持不下的情况下，于同年7月23日签订合约，以38度线为界。朝鲜战争的失败让美国认识到中国的实力，决定调整远东战略计划，将中国从对苏战略版图中独立出来，且将其摆在远东政策的核心位置。为防止共产思想东扩，美国北从日本南至菲律宾形成一个太平洋西侧的环形反共岛链，台湾因位于岛链中间，地位相形重要。

关于美国与台湾的战后关系，尤其是在文化向度上，台湾历史学者赵绮娜在其论文《美国政府在台湾的教育与文化交流活动（1951—1970）》中有如下表示："美国虽然以军事援助与经济援助为主，然而，台湾对于美国经济、军事上的依赖，亦延伸到教育、卫生与文化等层面。美国试图说服'盟国'的人民：美国制度、文化要比共产制度优越。只有美国文化争取到海外人民的认同，才能避免他们接受思想宣传，保持美国在'自由世界'的影响力。因此,向海外推销美国文化是对抗共产集团的另一个冷战战略。"

为了执行这项远东文化战略,直属总统府管辖的美国新闻总署于1953年成立,并在远东各地成立美国新闻处(美新处)分支机构,执行各项文化教育和传播工作。远东地区除了台湾,还有韩国、泰国、日本、印度、马来西亚、印尼等地。在台湾地区分别在台北、台中、高雄、台南、嘉义和屏东六个城市设置美新处,但由台北地区统筹指挥。美新处的文化宣传政策以新世代精英为对象,因此美新处的设址几乎都位于重点高中附近,例如台北市的建国高中、台南市的台南一中附近。

台湾文学研究者陈建忠(2012)将美新处的建制视为"美援文艺体制",并将此体制称之为"软性体制",以区隔国民党当局所实施的"刚性"文艺体制。作者表示,如果"国家文艺体制"曾经或显或隐地支配了冷战与戒严时期的台湾文艺思潮走向,是一种"刚性体制",制约着作家在意识形态与文化想象上的趋向;那么,"美援文艺体制"虽自域外移入,亦同样扮演类似的制约作用,而形成一种"软性体制",促使台湾文学的发展导向了有利于美国(或西方)的世界观与美学观。社会学者王梅香在其博士论文《隐蔽权力:美援文艺体制下的台港文学(1950—1962)》(2015)中,进一步将美援文艺体制放在"冷战宣传体制下"进行理解,作者表示,该体制是透过美国新闻总署、各地美新处以及在地出版商、作家、译者所形成的文学生产及传播网络,作为一种"隐性"的组织性、结构性进行运作,同时,美援体制还以反共作为最高原则,由此界定了文学生产者的边界。此两个文艺体制主宰了战后台湾文艺走向,一直要到乡土文学论战发生后才真正产生质和量上变化。

挑战上述两个文艺体制的灵魂人物是作家陈映真。陈氏的左翼启蒙始于鲁迅的小说《呐喊》,他高中时期曾参与"刘自然事件"[②]的抗议行动,大学时期在《笔汇》杂志上发表第一篇具有社会意识的文学作品《面摊》,之后也有多部作品发表于当时引领现代主义风潮的两份杂志《现代文学》与《剧场》上。在发表这些作品的同时,陈氏的社会主义意识也同步发展。陈氏对上述两个文艺体制,尤其是美新处所传递的现代主义价值的批判，始于 1965 年底在《剧场》杂志上发表的《现代主义底再开发：演出"等待果陀"底随想》一文。

1966 年陈映真与尉天骢等一群不满现代主义风潮的友人，创办了《文学季刊》，该刊物以关心现实、本土创作为发刊理念，陈氏在该刊物中陆续发表了《唐倩的喜剧》（1967/01/10）、《第一件差事》（1967/04/10）、《六月里的玫瑰花》（1967/07/10）等批判现代主义与美国价值的短篇小说，以及两篇自我批判的文章：《最牢固的盘石：理想主义的贫乏和贫乏的理想主义》（1967/11/10）、《知识人的偏执》（1968/02/15）。1968 年 5 月陈氏在白色恐怖的体制下因思想入罪，判刑 10 年，后因蒋介石过世特赦减刑，于 1975 年出狱。

陈氏入狱后，文坛交锋暂归沉寂。两年后，"保钓"运动风潮再度启动对上述两个文艺体制的批判。1972 年 2 月开始，关杰明与唐文标两位香港侨生（唐氏在美留学期间参与"钓运"甚深），前后在主流媒体《中国时报》发表了对现代诗的批判，并掀起一场小规模的"现代诗论战"。论战中，唐氏批判台湾现代诗是美国资本主义依赖体系中的一环，是文化买办下的产物。

1973 年 8 月《文学季刊》复刊并更名为《文季》，承续《文学季刊》批判现代主义中无根、耽溺、自我、苍白、虚无、晦涩等个人主义色彩浓厚的意识形态，且呼应唐氏主张文学创作应建基于社会性、民族性的论调，在仅发刊三期的杂志中，刊登了日后乡土派大力推崇的文学作品：黄春明的《莎哟娜啦·再见》、王祯和的《望你早归》、王拓的《庙》等。并着手发掘与整理日据时期的反抗文学作品。从"现代诗论战"到《文季》杂志，为乡土派论者储备了饱含"民族的""乡土的"以及"现实的"的论述资源，也为三年后的乡土文学论战提供反击的弹药。

创刊于 1976 年 2 月 28 日的《夏潮》杂志，是由台大医学院学生所办，第四期以后转由苏庆黎接任总编辑。苏氏有意将该杂志改造成一份以社会主义为取向的刊物，因此力邀刚出狱的陈映真共襄盛举。这份杂志标举着"社会的""乡土的""文艺的"的旗帜，在苏庆黎与陈映真的号召下，集结了《文学季刊》《文季》同仁中的有志之士，以及现代诗论战中的唐文标,全面挑战上述两个文艺体制:国民党的刚性体制和美国的软性体制,一年后终于引发乡土文学论战。论战后的台湾文艺风潮,也从"反共八股"、现代主义,转向与社会底层、政治改革密切结合的现实主义文艺。

三　"乡土文学论战"选文说明

本书原初的编辑构想,不仅希望能呈现论战双方的文章以及之后 40 年针对论战反思的文章,同时也希望能呈现乡土派一方关于民族意识的分歧。然而,由于编辑小组未能取得反乡土派作者的同意转译,因此本书只能收录乡土派一方的文章。另一方面,论战中的乡土派一方关于民族意识则出现了双重矛盾,第一重:中华人民共和国与"中华民国",简单地说就是反共与不反共的矛盾;第二重是中国认同与台湾认同的矛盾。尤其是第二重矛盾于论战结束后不断扩大,成为今日台湾社会内部的主要矛盾。这个课题因本书焦点在于乡土文学论战,在篇幅限制下无法充分展开,希望将来有机会针对此一议题另编他书以飨读者。本书结构分成三个单元:脉络、论战与"乡土"的转化。分述如下。

第一单元:脉络

此单元收文两篇,第一篇为郭松棻作品《谈谈台湾的文学》,第二篇为胡秋原作品《中国人立场之复归——为尉天聪先生"乡土文学讨论集"而作》。先简述收录第二篇文章且安排于此单元的理由。从篇名即可理解此文是专为讨论集一书而写,但胡氏却从民国初年发生在中国的"新文化运动"及"新文学运动"谈起,说明中国在鸦片战争之后,知识分子选择西化运动为救国图存之道的限制与弊病,进而肯定乡土文学运动立基于"民族主义"的倾向。选录胡氏文章意在为读者提供两个视野:其一,发生于 20 世纪 70 年代中期的乡土文学论战,与因西潮冲击而来的中国新文化运动间的承续与断裂关系。其二,以中国民族主义为中心的抵西方(de-westernization)思考。不仅反帝同时也反共,在反帝的向度上与乡土派结盟，但却在反共的向度上与乡土派分流，只是在当时政治的高压下，民族主义成为让反共主张和阶级意识浓厚的现实主义文艺得以结盟的共同基础。脉络单元的第一篇文章《谈谈台湾的文学》，作者为郭松棻。此文于1974年以笔名罗隆迈发表于香港《抖擞》杂志的创刊号。2006年人间出版社将该文收进《乡土文学论战三十年——左翼传统的复归》一书，作者署名郭松棻。

　　《谈谈台湾的文学》发表时间早在乡土文学论战之前，编辑小组之所以将此文收进本书中，且作为论战的起首文，原因有二：其一，此文观点为乡土派的论述基础；其二，此文作者与乡土派所形成的跨域左翼社群网络，将海外的"保钓"之火延烧到台湾的乡土文学论战。陈映真曾为文说明两者的关系："钓运中评论台湾当代文学，评论'乡土文学'的文章不少，但直接地易装上场，直接成为王拓的'殖民经济'论、现代主义批判论、现实主义文学论、参与了乡土文学论争者，只有罗隆迈的文章可以证明钓运对乡土文学论争的直接影响。"

　　台湾文学研究者简义明在其书写的《冷战时期台港文艺思潮的形构与传播——以郭松棻〈谈谈台湾的文学〉为线索》一文中，以第三地概念说明《谈谈台湾的文学》的生产背景，以及与台湾左翼社群发动现代诗论战、乡土文学论战的共振效应。简氏在文中表示，郭松棻因参与"保钓"并接受中国政府聘用进入联合国工作，被台湾当局列入黑名单，无法返台也无法在台发表文章，因此"只好选择在当时所有华人地区言论相对自由的香港发表"。香港即是简氏所论的第三地。第三地概念对于理解台湾战后左翼文艺运动至为重要，因为战后台湾在历经过二二八事件以及白色恐怖的政治肃杀后，与左翼相关的传播与传承几近断绝。20世纪60年代中期从台湾本土自行发展起来的左翼社群，其思想资源有部分即是来自境外的第三地，例如日本、香港及美国等地。

　　综言之，《谈谈台湾的文学》一文，不仅为读者提供了理解乡土文学的基础论点，同时也为读者提供了理解乡土派社群与第三地的共振网络，以利读者将乡土文学运动放进更宽广的视野中进行理解。

第二单元：论战

关于乡土文学论战文章，在论战发生后两年间，有两本选集在台出版。第一本由彭品光主编的《当前文学问题总批判》出版于 1977 年 10 月，书中共收集 76 篇文章。此书官方色彩浓厚，选文目的显然意在打压乡土派，因此不列为选文材料。第二本《乡土文学讨论集》则出版于隔年 4 月，由乡土派作家尉天骢担任主编，全书共 850 页，收录从 1976 年 4 月至 1978 年 2 月的文章 75 篇。该书根据论战文章的性质分成四辑、三附录以及二篇特别转载，每辑收录乡土派作品，但其后附录则是反乡土派的作品，此单元所收录的文章即是以《乡土文学讨论集》为选文来源。

此单元收进六位作者七篇文章，其中许南村为陈映真笔名，其中六篇文章取材自《乡土文学讨论集》一书，尉天骢的文章《我们的民族·我们的文化》于 1977 年 7 月发表于《中国论坛》第八期，隔年改以篇名《我们社会和民族教育精神》收进由其主编的《乡土文学讨论集》一书。此单元选取的乡土派论战文章，意在呈现乡土派一方的两个辩诘，其一是对"乡土"指称的辩诘；其二是关于中国与台湾两种民族主义的辩诘。

关于乡土一词的辩诘，首先是论战期间一再被提及的两位作家黄春明和王祯和，不接受他们的作品被归为"乡土文学"。乡土派作家与论者王拓在《是"现实主义"文学 不是"乡土文学"》一文中，也将阶级意识从乡土文学概念中提炼出来，强调文学的功能与价值是为现实中的底层民众服务。以南亭为笔名的王杏庆，其文呼应了胡秋原对于中国近代新文学运动的考察，但以台湾的反殖文学为论述主轴，并宣告乡土文学已死，因为乡土概念在运动过程中，早已被更大的潮流——民族主义与阶级意识——吸入腹中。再者，关于中国与台湾两个民族主义的辩诘。本书收文中由作家叶石涛所写的《台湾乡土文学史导论——台湾的特性和中国的普遍性》一文，虽然是将台湾文学史放在中国文学史的大框架中论述，但着眼于 1604 年荷人入侵至日本据台的历史经验，由此强调台湾文学中反帝、反封建的特殊性。此文发表后陈映真以笔名许南村随即发文《乡土文学的盲点》，指陈叶文是"用心良苦的分离主义议论"，意图将"台湾人意识"

推演至"台湾的文化民族主义"。

从后续发展可以得知，当时关于"乡土"一词的辩诘，在进入 20 世纪 80 年代中期以后的争论重点，已经不是"乡土"的内涵及其与现实主义文学的关系，而是与第二个辩诘联系在一起，也就是"乡土"指向何方、指向何地。本书的第三个单元虽意在反思，但在未能收录反乡土派作品的情况下，无法同时呈现论战双方的作品，因此聚焦于"乡土"意象经历多重演绎后的历史转化。③

第三单元："乡土"的转化

"乡土"的转化单元选文六篇，包含三个议题：乡土与反殖/帝、乡土与本土、乡土与第三世界。首篇是施淑的文章《想象乡土·想象族群——日据时期台湾乡土观念问题》，该文首刊于 1997 年《联合文学》杂志，隔年收进《台湾乡土文学——"皇民文学"的清理与批判》（人间出版社）。此文以发生在 1930 年前后的"乡土文学论战"为主轴，阐述台湾文学界关于乡土观念的发生，实来自日本殖民经验造成现实世界的破裂，因此乡土一词已内含族群认同与在地主体的成分，表现为第三世界的台湾文学。但在后续因应战争需要所提出的殖民政策下，乡土文学凸显了地方的特殊风貌，却失落了主体精神。收录此文意在提供读者理解台湾乡土文学论战的历史纵深，乡土一词之所以能有多重演绎的空间，正因其反映了台湾自身的历史演变。

以施淑的文章起头，旨在带出以下三篇文章：林载爵的《本土之前的乡土》，此文发表于 1997 年台湾社会科学研究会举办的"回顾与再思——乡土文学论战 20 年讨论会"，后收于《台湾乡土文学——"皇民文学"的清理与批判》一书。接着是吕正惠在不同时期书写但却相互关联的两篇文章《乡土文学中的"乡土"》及《乡土文学与台湾现代文学》，前者发表于 1997 年 12 月出刊的《联合文学》杂志，后者发表于 2012 年 4 月出刊的《澳门理工学报（人文社会科学版）》15 卷 2 期，此两文后收录于吕正惠专书《台湾文学研究反省录》（2014）。此三篇文章提供读者进一步理解"乡土"概念，以及其内涵如何在论战结束后继续被申论阐发。

收录晏山农的《乡土论述的中国情结——乡土文学论战与"夏潮"》，以及彭瑞金的《二十年来的乡土文学》，则是试图提供读者关于乡土文学论战的其他视角。前者发表于1997年10月由"春风文教基金会"与官方文化部门共同举办的"青春时代的台湾——乡土文学论战二十周年"研讨会上。此文以乡土派作战基地《夏潮》杂志之流变为论述核心，提出乡土文学论战的核心价值正在于第三世界观点。然而在1980年代后，不论是强调本土意识的"独派"，或是将统一置于人民和土地的需求之上的统派，都刻意遗忘第三世界这个重要资产，由此使得乡土文学论战的批判精神随之失落。

彭文于2006年2月15日发表于网站④上。此文相当简短，与其说是论述，不如说是抒情。20世纪70年代，台湾在政治、社会、文化各方面都发生巨大变化，论战期间被陈映真质疑有"台湾意识"或分离意识的叶文，在论战结束后快速发酵，乡土意识转化成"台湾意识"，发展出另一种乡土叙述，其中与70年代乡土派共享日据时期的"乡土"资源，成为"台湾意识"的叙述源头。此时"乡土"想象发展出有别于30年代和70年代的内涵，由"乡土"而来的国族认同、统"独"论争，成为80年代至今台湾境内的主要矛盾，收录彭文即意在呈现"台湾意识"主张者的情感内涵。

四　代结语：为何重提"乡土文学论战"

论战结束后，每隔十年，乡土派一方或承继者都会以各种形式再现和再诠释这场论战。只是自"解严"之后，重提论战时所设定的对手，已经从对现实主义立场抱持反对态度者，转换为坚持"台湾意识"或"台湾民族主义"的文论。由此，"乡土"随着台湾政治演变发展出两条迥异的叙述轴线：第一条是将"乡土"联系上中国百多年来反帝国、反压迫的革命史观，第二条则是将"乡土"联系上台湾近百年反殖民、反压迫的反抗史观。这两条史观所形成的冲突，构成今日台湾的政治现实。

其次，1950年朝鲜战争爆发，美国进一步介入东北亚经济与军事事务，台湾和韩国两地在共同经历过日本的殖民统治后，又共同经历了美国的新帝国主义。从专制统治到经济依赖，两地的社会性质及其发展，有诸多相互参照的可能。乡土文学之所以可以形成论战，正是在反殖、反帝的基础上开展出来，同样受制于冷战体制和跨国资本双重支配下的韩国，其反抗运动又是如何展开呢？希望不久的将来，两地在此议题上能有更多的交流与讨论。

最后，如果我们将二战前的压迫与反压迫关系以殖民史来界定，那二战后的压迫与反压迫关系就是以第一、二世界与第三世界来界定，乡土文学虽以一地的文学意识形态启动论战，但其立论基础却是全球的第三世界视野。在 20 世纪 70 年代的乡土文学论战中，虽然已经提出第三世界的视野，呼应了当时韩国对"民众文学"和"民族文学"的讨论，[⑤]但在反共亲美的政治高压下，哪怕是乡土的议题都无法充分展开，更遑论第三世界观点的讨论。时光流转，四十年过去，台湾在统"独"争议之下，第三世界仍然是边缘的视野。希望本书的出版，能有助于两地对于第三世界观点的讨论，进而重新联结第三世界的思想资源。

注

①此处应为八月，所以有可能是该文作者笔误。

②刘自然事件，又称"五二四"事件。1957 年 3 月 20 日，台湾革命实践研究院学员刘自然遭枪击毙命，肇事者为驻台美军上士 Robert G. Reynolds。但 Robert 受审时表示因刘偷看其妻洗澡才开枪。两个月后美军法庭宣判 Robert 为误杀将其无罪释放。此举引起岛内轩然大波，大批民众包围美新处及美军"协防台湾司令部"。陈映真在校获知讯息后，随即与同学制作抗议标题前往美国"大使馆"前抗议。

③关于乡土意象的多重演绎，社会学者萧阿勤发表于 2000 年 10 月的《民族主义与台湾一九七〇年代的"乡土文学"一个文化（集体）记忆变迁的探讨》一文，提供韩国读者参考。

④ https：//www. ptt. cc/an/Taiwanlit/D623/. 1151296228. A. DD0. htl.

⑤参见：陈映真，2005，《对我而言的"第三世界"》。http：//www. oz. org. tw/index. php/%E9%99%B3%E6%98%A0%E7%9C%9F%EF%BC% 9A%E5%B0%8D%E6%88%91%E8%80%8C%E8%A8%80%E7%9A%84%

E3％80％8C％E7％AC％AC％E4％B8％89％E4％B8％96％E7％95％8C％E3％
80％8D。（2017.03.24）感谢徐秀慧提供资讯。

参考文献

尉天骢编：《乡土文学讨论集》，台北，作者自行出版，1978，初版。

郭纪舟：《70年代台湾左翼运动》，台北，海峡学术出版社，1999，初版。

赵绮娜：《美国政府在台湾的教育与文化交流活动（1951~1970）》，《欧美研究》
31卷第1期，2001。

王梅香：《隐蔽权力：美援文艺体制下的台港文学（1950~1962）》，台湾新竹清
华大学社会研究所博士论文，2015。

陈建忠：《美新处（USIS）与台湾文学史重写：以美援文艺体制下的台、港杂志出
版为考察中心》，《国文学报》52期，2012。

简义明：《冷战时期台港文艺思潮的形构与传播——以郭松棻〈谈谈台湾的文学〉
为线索》，《台湾文学研究学报》18期，2014。

【作者简介】

林丽云，现任台湾新竹交通大学亚太/文化研究室研究员。参与研究
计划"台湾战后左翼运动口述史研究调查——以陈映真为线索"（2011），
研究成果陆续发表在《台湾社会研究季刊》及《人间思想》。著有《寻
画：吴耀忠的画作、朋友与左翼精神》（2012繁体字版、2014简体字版）；
合编《寻画：现实主义画家吴耀忠》（2012）、《影像纪录的政治：绿色小
组与另类媒体运动》（2020）、《文学论战与记忆政治：亚际视野》
（2022）。

"论战"涉及杂志、文章、书籍与纪念专辑等图片资料

一

《仙人掌杂志》

《仙人掌杂志》第一卷第二号（1977 年 4 月）《乡土与现实》封面

《仙人掌杂志》第一卷第二号《乡土与现实》目录

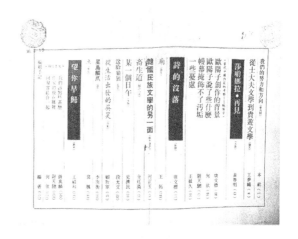

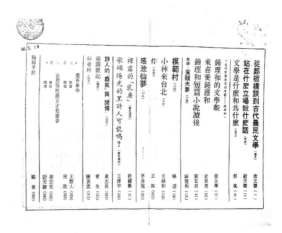

《文季》（1973）封面封底

《夏潮》第 4 期、6 期封面

《夏潮》第 7 期、9 期封面

《夏潮》第 17 期封面

不談人性・何有文學

——彭歌

報會聯

不談人性・何有文學

——彭歌

《不谈人性·何有文学》／彭歌，《联合报·副刊》1977 年 8 月 17—19 日

《狼来了》／余光中，《联合报·副刊》1977 年 8 月 20 日

二

鄉土文學討論集

尉天驄主編

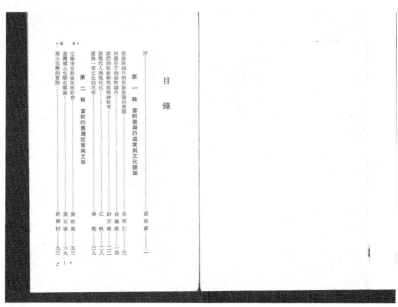

目　錄

·中國人立場之復歸·

中國人立場之復歸

——為尉天驄先生「鄉土文學討論集」而作

胡秋原

尉天驄先生將於最近討論所謂鄉土文學之文字編為一集，希望我寫一序文。我日多年氏文學疏遠。去年夏天常聽到所謂鄉土文學之批評或攻擊，於是才往意鄉土文學，在此立場下也有人談到「文藝政策」，所以寫此文。

一貫的不贊成有所謂「談鄉土人性之編」的，於是才往意鄉土文學，我覺甚不贊見有文藝政策來對付鄉土文學。概同我看了乏千所謂鄉土文學的作品，雖然不多，驚悉多年，我覺得見有文藝政策甚表誤解，所以現在才想借此序機會談四問題。

一是所謂鄉土文學之鑒戒。二是對所謂鄉土文學之限界。三是所謂文藝政策問題。最後要一說我的希望：中國鄉土文學之復歸。

一

何以說所謂鄉土文學是一種值得歡迎的傾向呢？

1　　　　　　6

《乡土文学讨论集》/尉天骢编，远景出版社，1978 年

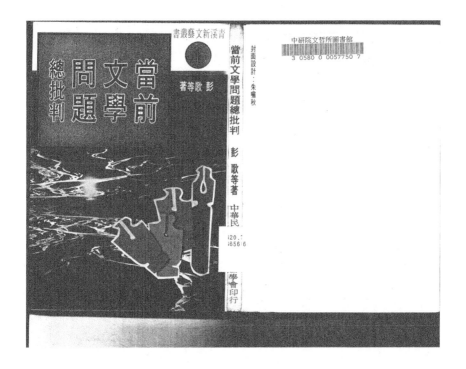

當前文學問題總批判　彭歌等著

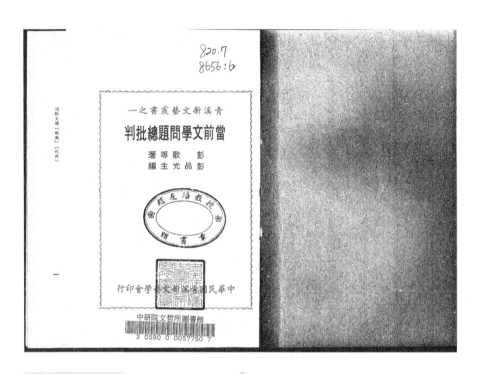

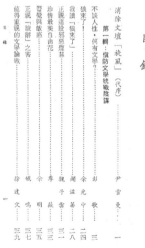

《当前文学问题总批判》／彭歌等著，彭品光主编，青溪新文艺学会印行，1977年

目錄

寫在前面

陳鼓應

我寫完「一評余光中的頹廢意識」和「二評余光中的流亡心態」之後，本來預備寫「三評余光中的買辦意識」的，但一評剛發表，就引起了相當熱烈的反應。有位在中央黨部任職的先生來信說，「沒想到余光中的東西這麼無聊，這麼糟糕！」有一位知名的學者說，「我雖然很少讀余光中的詩，但一直對他印象很好。這次文藝大會時，我遇見他，真沒想到他會寫出『吐蕃書』、『火山帶』、『雙人床』一類如此頹廢的作品，想起他坐在文藝大會主席台上那幅道貌岸然的樣子，實在太不對稱了！」我接到許多反應意見的信件和電話，想起我的第三評文章再發表出來，恐怕會給余光中過重的刺激而使他失去心智的平衡。如果我的用意不是着力點他一下，他必是不會猛醒過來的，我評他深知余光中沉醉於虛名已久矣，如果不

1

《这样的"诗人"余光中》/陈鼓应等著，1977，自印

《台湾乡土作家选集》/台湾乡土作家选集编委会，香港，1978年

《"六十七年"短篇小说选》/李昂编，书评书目出版社，1979 年

《民族与乡土》/尉天骢著，远景出版社，1981 年

《人间思想与创作丛刊》"乡土文学论战二十周年"，1998 年

《人间思想与创作丛刊》"乡土文学论战三十年"，2008 年

《台湾乡土文学论战四十年资料集》（韩文版）／任佑卿、林丽云等编，

成钧馆大学出版社，2017 年

《回望现实　凝视人间：乡土文学论战四十年选集》（修订版）／王智明等编，

联合文学出版社，2019 年

20世纪70年代"现代诗论战"与
"乡土文学论战"年表
——论战文章与社会事件

邹 容 王 滢

时间	文学论争	社会事件
	"现代诗论战"	
	2月 28~29日，关杰明在《中国时报·人间副刊》发表《中国现代诗的困境》，随后引发"现代诗论战"。	2月 21日，美国总统尼克松访问中国大陆。 28日，中美双方在上海发表《联合公报》。 29日，台湾"行政院"就中美上海公报发表声明，称中美间达成的任何协议均属无效。
1972年	3月 20日，《现代文学》第46期推出《现代诗回顾专号》，刊出颜元叔的《对于中国现代诗的几点浅见》、洛夫的《中国现代诗的成长——〈中国现代文学大系〉诗序》及张默的《〈创世纪〉的发展路线及其检讨》等文章，对20年来的现代诗运动进行回顾。	3月 6日，日本提出对台湾问题的统一见解，放弃对台湾的一切权利，对台湾的归属问题不再发言，理解中华人民共和国的立场，积极促进日中邦交正常化。同日，美国总统约见台湾当局驻美"大使"沈剑虹，保证履行美国对台湾的承诺。 17日，台"国大"一届五次会议通过"动员戡乱时期临时条款"修正案。修正案由谷正刚提出，要点为：在台湾扩大"中央民意代表名额"；授权"总统"决定选举办法；继续维持原"国大代表"权力。 21~22日，蒋介石连任第五任"总统"，严家淦连任第五任"副总统"。

续表

时间	文学论争	社会事件
1972年	6月 1日，颜元叔在《中外文学》创刊号上发表《细读洛夫的两首诗》。	6月 13日，蒋经国在"立法院"报告施政方针，强调今后要"巩固反攻复兴基地"，打破中共国际统战"阴谋"。 19日至23日，美国总统国家安全事务顾问亨利·基辛格博士访问中国，同周恩来总理、姬鹏飞外交部长等人就促进中美关系正常化进行具体磋商，并就共同关心的问题交换意见。 29日，蒋介石以"总统"名义发布《动员戡乱时期自由地区增加中央民意代表名额选举办法》，规定增额"国大代表""监察委员"，每年改选一次，增选"立法委员"，每3年改选一次。
	7月 本月，在《中外文学》1卷2期上，发表颜元叔的《台风季》和刘菲的《读〈对于中国现代诗的几点浅见〉后的浅见》。	7月 5日，田中角荣出任日本首相。他在当晚举行的记者招待会上说："恢复中日邦交的时机已经成熟。" 7日，在第一次内阁会议上，田中表示"要尽快同中华人民共和国实行邦交正常化"。
	9月 10~11日，关杰明在《中国时报·人间副刊》上发表《中国现代诗的幻境》。 本月，在《中外文学》1卷4期上，刊出颜元叔的《罗门的死亡诗》、洛夫的《与颜元叔谈诗的结构与批评——并自释〈手术台上的男子〉》及吴晟致颜元叔的信。	9月 25日，日本首相田中角荣访问中国。 29日，中日双方在北京发表《联合声明》。 同日，台湾当局宣布与日本"断交"，声称一切后果由日本负责。
	10月 15日，郑囧明在《笠》第51期发表《批评的再出发》。	10月 5日，台"行政院"停止向日贷款采购计划，款额2亿美元。 16日，美国总统安全顾问基辛格指示国防部长莱尔德，同意向台湾当局移交2艘潜水艇。 25日，台湾当局庆祝光复，蒋介石发表《告台湾同胞书》。

续表

时间	文学论争	社会事件
1972年	**11月** 17~18日，李国伟在《中国时报·人间副刊》上发表《诗的意味》。 本月，在《中外文学》1卷6期上，刊出史君美（唐文标）的《先检讨我们自己吧》。 本月，端木鼎在《幼狮文艺》227期上发表《现代诗与现代诗的批评》，对关杰明进行批评。12月，在《创世纪》第31期，发布取消反驳关杰明的启事。	**11月** 4日，蒋经国赴金门前线，转达蒋介石关怀官兵心意，并告诫军民"提高警惕，迎接战斗"。 7日，尼克松连任美国总统。
	12月 本月，在《中外文学》1卷7期上，刊出颜元叔的《叶维廉的〈定向叠景〉》、罗门的《一个作者自我世界的开放——与颜元叔教授谈我的三首死亡诗》及李二楞睁的《力巴头扯谎腔——一个老兵读〈与颜元叔谈诗的结构与批评〉》。 本月，白先勇在《创世纪》31期发表《致痖弦、洛夫》。	**12月** 8日，美国第七舰队司令赫乐威抵台访问。蒋经国接见。 23日，增额"中央民意代表选举"，康宁祥首次当选"立法委员"。 25日，蒋经国出席"国大代表"联谊会年会，重申要维护法统，争取救国圣战胜利。
1973年	**1月** 本月，刘菲在《中外文学》1卷11期上发表《有感于中国现代诗的批评》。	**1月** 1日，蒋介石发表《告军民同胞书》，称"秉持忠贞热血，面对世界逆局，再造统一中国"。 5日，美国总统尼克松会见抵美参加杜鲁门葬礼的台湾当局"副总统"严家淦，表示信守对台承诺，保持台美友好关系。 27日，美国、北越、南越、越共签停战协议。
	4月 14日，《人与社会》杂志社策划的"现代诗座谈会"在台北市举行。会议由尉天骢主持，大荒、羊令野、余光中、辛郁、洛夫、楚戈、罗门、蓉子、张默、商禽等，就诗的要素、语言、社会性、传达与欣赏，以及诗的潜在危机进行分析探讨。座谈会内容刊登于该刊6月号。	**4月** 1日，林怀民创立云门舞集。 18日，美国国务卿罗杰斯在向国会提出的年度政策报告中说，"美国将继续其与'中华民国'友好合作的政策"。 27日，台湾省12名渔民沉船遇险，经福建省渔民奋力营救，全部脱险。

时间	文学论争	社会事件
1973 年	7 月 7 日，《龙族诗刊》第 9 期发行 "龙族评论专号"，共收录 52 篇文章（包括导言），96 人的访谈记录，和 4 篇书简。这本专号几乎把 1972 年以来，所有挑战台湾现代诗的声音全部汇聚在一起了。其中，就有唐文标的《什么时代什么地方什么人》、关杰明的《再谈中国现代诗：一个身份与焦距共同丧失的例证》及高上秦（高信疆）的《探索与回顾——写在〈龙族评论专号〉前面》。	7 月 1 日，美国宣布停止向台湾提供军事援助，但仍向台湾出售武器装备和军事物资。 7 日，台湾各界举行纪念抗战胜利 36 周年纪念活动。 23 日，美国商务部长邓特访问台湾，宣布在台湾建立贸易中心。 26 日，蒋经国表示，"政府" 将拨款三十亿元设置粮食平准基金，两千亿进行 "十项建设"。
	8 月 1 日，唐文标在《中外文学》2 卷 3 期发表《僵毙的现代诗》。 3 日，彭歌在《联合报》上发表《龙吟》，支持高信疆。 10 日，在《文学季刊》创刊号上，刊出唐文标的《诗的没落》。	8 月 1 日，美国众议院听证后确认，台湾对美国具有重要意义，美国必须继续给予支持。 10 日，廖承志举行酒会，欢迎台湾旅日乒乓球代表队。 11 日，严家淦以 "总统特使" 身份参加巴拉圭总统就职典礼，并访问中南美洲各国。 24 至 28 日，中国共产党第十次全国代表大会在北京召开，邓小平复出。
	10 月 本月，在《中外文学》2 卷 5 期上，发表了颜元叔的《唐文标事件》、傅禹（笔名子于）的《一棒子打到底——问唐文标》。本月，《笠》1973 年总第 57 期刊出《唐文标致傅敏（李敏勇）》。	10 月 1 日，人民解放军福建前线广播电台和福建人民广播电台增播台湾海峡天气预报节目。 10 日，蒋介石就 "双十" 节发表告军民同胞书，声称 "不为形势所动"，"冲破横逆，再创新局"。 18 日，美国国会将蒋介石的 "国庆文告" 列入国会记录。 29 日，台 "军方第六届文艺大会" 揭幕，蒋介石书面致辞称，要三军官兵及全体文艺工作者，"共同为消灭中共破坏民族文伦的罪孽而努力，共同为人类的和平福祉与自由正义而努力"。

续表

时间	文学论争	社会事件
1973 年	11 月 本月，余光中在《中外文学》2 卷 6 期发表《诗人何罪?》。 本月，周鼎在《创世纪》35 期发表《为人的精神价值立证》。	11 月 10 日，基辛格到达北京，这是他第 6 次访华，毛泽东主席于 12 日会见了他。 16 日，在伊朗德黑兰举行的亚洲运动会联合理事会以压倒多数通过决定，批准了执委会关于驱逐台湾当局，确认中华全国体育总会合法权利的决议。 19 日，台驻美"大使"与基辛格会谈，就基辛格此次访问中国大陆所发表的联合公报，要求美方澄清，并听取基辛格有关北京之行的情况通报。 21 日，基辛格否认他此次北京之行旨在实现与中国关系的完全正常化，并声称，"美国与'中华民国'的基本关系迄无改变"。
1974 年	1 月 本月，在《中外文学》3 卷 1 期上，出版现代诗专号，刊载余光中的《诗运小卜——中外文学诗专号前言》、张健的《继续向前走——为中国现代诗的再生进一言》、凝凝的《旧调重弹——重谈"横的移植"和"纵的继承"》及陈芳明的《检讨"民国六十二年"的诗评》等。	1 月 1 日，蒋介石发表元旦文告，声称要厚积反共"国力"，"讨毛复国"。 22 日，解放军福建前线司令部宣布在 1 月 22 日、23 日停止炮击两天，以示关怀，让金门同胞和蒋军官兵欢度春节。 28 日，到台访问的美国助理国务卿殷格索拜会严家淦、蒋经国和沈昌焕，就双方共同利益关系问题交换意见。
	3 月 本月，在《主流》第 10 期上，刊出沙灵的《现代诗发展的阴影》和黄进莲的《黑白讲——检视唐文标〈诗的没落〉一文》。	3 月 4 日，蒋经国在接见美国记者时重申，不与中共、苏联作任何接触，坚持一个中国立场。 20 日，原台湾当局海军陆战队中尉侦察组长吴火携带武器渡海向我福建前线人民解放军投诚，受到当地驻军和政府的欢迎。

续表

时间	文学论争	社会事件
	<div align="center">"乡土文学论战"</div>	
1977年	**4月** 1日，《仙人掌杂志》第2号制作"乡土文化往何处去"专辑，刊出王拓的《是"现实主义"文学，不是"乡土文学"》、蒋勋的《起来接受更大的挑战！》、石家驹（陈映真）的《瓦器中的宝贝》、唐文标的《寄健康人——给台东青年的一封信》、尉天骢的《什么人唱什么歌》、王津平的《从归国学人的公害谈几篇文学作品》、江汉的《乡土呢？还是迷旧？》、银正雄的《坟地里哪来的钟声？》、邱坤良的《来自民间的信息——台湾庙会戏的历史回顾》、朱西甯的《回归何处？如何回归？》及沈二白的《文化的礼赞》。	**4月** 4日，新华社报道，被我宽大释放回台的原国民党武装特务王力民被台湾当局胁迫回大陆进行特务活动，再度向人民政府投诚并得到妥善安置。 29日，台湾"外交部"声称，在任何情况下，决不与中共和谈。 同日，台湾各界人士纪念郑成功收复台湾316周年。
	5月 1日，叶石涛在《夏潮》第2卷第5期上发表《台湾乡土文学史导论》。 10日，《中国论坛》策划出版"当前的社会与当前的文学"专辑，刊出林毓生、许南村（陈映真）、李拙（王拓）、江汉等人文章。	**5月** 4日，美国国会决定关闭"驻台美军军事顾问团"，并将其更名为"防卫办事处"。 6日，台"外交部"发言人重申对东海大陆礁层保有主权。 11日，蒋经国发表谈话，重申"内政""外交"的基本立场，"绝不放弃大陆主权"，"不与中共谈判"。 27日，台"外交部"再次就越南将西沙、南沙群岛列入其版图发表声明，指出该二群岛是中国固有领土的一部分，不容外国染指。
	6月 11日，文寿（赵滋蕃）在《中央日报》副刊上发表《谈乡土文学》。 18日，彭歌在《联合报》上发表《更广大的乡土》。 25日，《中国论坛》刊出"知识分子的历史使命"座谈记录，颜元叔公开批评"工农兵文艺"。 本月，许南村（陈映真）在《台湾文艺》革新号第2期上发表《"乡土文学"的盲点》。	**6月** 13日，台"外交部"发言人针对日本与韩国达成共同开发东海大陆架协议一事再次重申，台湾对东海大陆架保留主权。 27日，邓颖超副委员长会见已故台湾"国立清华大学"前校长、前"教育部长"梅贻琦先生的夫人韩咏华，欢迎她回大陆定居。 29日，美国国务卿万斯在亚洲协会的讲话中指出：将在《上海公报》基础上"设法走向关系完全正常化"。并强调：只有一个中国，台湾是中国的一部分。台湾问题由中国人自己和平解决。 30日，卡特在接见美《时代》周刊记者时表示，美国希望与中国关系正常化，但也希望生活在台湾的人民处于和平之中。

续表

时间	文学论争	社会事件
1977 年	7 月 1 日，陈映真在《仙人掌杂志》第 5 期上发表《文学来自社会，反映社会》。 何欣在《中央月刊》上发表《乡土文学怎样 "乡土"》。 7 日，彭歌在《联合报》副刊上发表《"卡尔说" 之类》。 22 日，彭歌在《联合报》副刊上发表《堡垒内部》。 23 日，彭歌在《联合报》副刊上发表《对偏向的警觉》。	7 月 1 日，台湾当局 "外交部长" 沈昌焕针对美国国务卿万斯 6 月 29 日谈话提出，万斯的谈话体现了美国对华政策的实质。重申美中建交将损害台湾利益、绝不与中共谈判的立场。 7 日，台湾各界举行纪念活动，纪念 "七·七" 抗战 40 周年。蒋经国为此发表谈话，声称要 "发扬抗战精神"，"坚持国体国策"，同时竭力反对中美关系正常化。
	8 月 1 日，为回应 "乡土文学批判"，《夏潮》第 17 期制作《当前台湾文学问题专访》，刊出任卓宣《三民主义与乡土文学》、杨青矗《什么是健康的文学》、王拓《乡土文学与现实主义》、赵天仪《中国现代诗的反省》、钟肇政《文学的可能性》、刘心皇《汉奸文学》、黄春明《通过文学重新认识自己的民族和社会》、赵光汉《乡土文学就是国民文学》、何欣《乡土文学怎样 "乡土"》。 17 日，彭歌在《联合报》上发表《不谈人性，何有文学》，连载三日。 18 日，南亭（南方朔）在《中国时报》发表《到处都是钟声："乡土文学" 业已宣告死亡》。 20 日，余光中在《联合报》上发表《狼来了》。 本月，尉天骢在《国魂》第 381 期上发表《乡土文学与民族精神》。	8 月 6 日，国际大地测量和地球物理协会接纳中华人民共和国为会员国，同时取消了台湾地区的会员资格。 17 日，台湾当局 "外交部" 发表声明，抗议美国国务卿万斯即将访问中国。 22 日至 26 日，美国国务卿万斯访问中国，与华国锋、邓小平开始进行试探性的会谈。 27 日，蒋经国对美国记者说，美国应该维持大国地位，不能忽视与台湾的友谊。台湾决心奋斗到底，直到取得最后胜利；台湾以三分军事、七分政治为原则解决中国问题，七分政治就是争取大陆人心。
	9 月 1 日，张忠栋在《中国论坛》5 卷 2 期上发表《乡土·民族·自立自强》。 3 日，彭歌在《联合报》上发表《不容为阶级斗争开道》。 8 日，朱炎在《中央日报》上发表《我对乡土文学的看法》。	9 月 10 日，美国哈佛大学教授、资深中国问题专家费正清抵台湾做私人访问。 16 日，针对费正清教授提出美国政府应与台湾 "断交"、废约、从台湾撤兵、加速中美关系正常化的建议，台湾部分 "立委"、学者举行 "反对费正清出卖自由中国座谈会"，驳斥费正清不利于台湾当局的言论和行动。

续表

时间	文学论争	社会事件
1977 年	9 月 10 日，王拓在《联合报》上发表《拥抱健康的大地：读彭歌〈不谈人性何有文学〉的感想》，连载三日。 本月，胡秋原在《中华杂志》第 170 期上发表《谈"人性"与"乡土"之类》。	9 月 28 日，国务院办公厅招待回大陆参加国庆活动的港澳台同胞和海外侨胞。邓小平在招待会上讲话时说，自古以来台湾就是中国的领土，解放台湾、统一祖国是毛泽东主席、周恩来总理的遗愿，在欢庆国庆的时刻，更加挂念台湾同胞，一定要解放台湾，完成祖国统一大业。
	10 月 本月，在《中华杂志》第 171 期上，刊出徐复观的《评台北有关"乡土文学"之争》、陈映真的《建立民族文学的风格》和凤兮的《中国的乡土、中国的文学》。	10 月 1 日，台湾接收美国两艘驱逐舰，并将其分别命名为"沈阳号"和"德阳号"。 25 日，台湾当局庆祝台湾光复 32 周年。严家淦发表《告台湾同胞》书，宣称要"扩大建设台湾成果，迈向光复大陆里程"。
	11 月 16 日，由青溪新文艺学会编印、彭品光主编的《当前文学问题总批判》出版，共 76 篇文章，多发于《中央日报》副刊、《中华日报》副刊、《联合报》副刊、《青年战士报》副刊、《新生报》副刊等。由尹雪曼作序《消除文坛"旋风"》，主要作者有彭歌、余光中、赵滋蕃、魏子云、季薇、王集丛、陈纪滢、尹雪曼、尼洛、朱炎、凤兮、墨人、誓还、侯建、应未迟、姜穆、邓文来、司马中原、羊令野、王蓝、澎湃、周伯乃、叶庆炳等。 24 日，董保中在《联合报》上发表《工农兵文艺》。 本月，在《中华杂志》第 172 期上，刊出尉天骢的《欲开雍蔽达人情，先向诗歌求讽刺》和陈鼓应的《评余光中的颓废意识与色情主义》。	11 月 18 日，美国国防部长布朗称，美无意从台湾撤军。 19 日，台湾县市长改选发生"中坜事件"，许信良当选桃园县县长。
	12 月 本月，在《中华杂志》第 173 期上，陈鼓应发表《评余光中的流亡心态》。 本月，殷成实在《明报》（香港）月刊第 12 卷第 12 期上发表《台湾的"乡土文学论战"》。	12 月 23 日，华国锋、叶剑英等国家领导人接见参加第五届全国人大的台湾省代表。 25 日，台湾当局集会举行"行宪" 30 周年纪念活动。

续表

时间	文学论争	社会事件
1978 年	1 月 13 日，颜元叔在《联合报》上发表《社会写实文学的省思》，连载六日。 27 日，彭歌于《联合报》上发表《狼来了》。 本月，《夏潮》22 期（第 4 卷第 1 期）刊载陈鼓应的《序〈这样的 "诗人" 余光中〉》。	1 月 9 日，蒋经国向 "外交部" 指示工作，要求以加强台美关系为核心重点，坚持反共，与自由国家加强联系，绝不与共产国家往来。 17 日，台 "警总" 军事法庭以 "组织人民解放阵线" "煽动叛乱罪"，判处戴华光无期徒刑，赖明烈 15 年有期徒刑，刘国基 12 年有期徒刑，蔡裕荣、郑道君、吴恒海交付 "感化" 3 年。 18 日至 19 日，台湾国民党军队文艺大会在台北举行，会议发表宣言，声称要改进国民党军队的文艺工作，加强对中共的 "文化作战"，并摧毁中共的 "文化统战"。
	2 月 1 日，《夏潮》23 期（第 4 卷第 2 期）刊载王文兴的《乡土文学的功与过》和黄春明的《一个作者的卑鄙心灵》。 4 日，朱西宁在《联合报》上发表《乡土文学的真与伪》。 本月，曾祥铎在《中华杂志》第 175 期上发表《参加国军文艺大会的感想——团结的号角》。	2 月 5 日，蒋经国在与美国记者谈话时说，如果美国背弃台湾，将会带来莫大不幸，解决中国问题的唯一办法就是 "光复大陆"。并重申台湾当局的 "反共国策绝不改变"，希望美国信守《共同防御条约》。 26 日，华国锋总理在第五届全国人大第一次会议上作《政府工作报告》时说，解放台湾，统一祖国，是包括台湾同胞在内的全国人民的共同愿望。 28 日，全国政协在北京举行纪念 "二·二八" 起义 31 周年座谈会。 同日，旅日华侨集会纪念 "二·二八" 起义 31 周年座谈会。
	4 月 1 日，胡秋原在《夏潮》25 期（第 4 卷第 4 期）发表《中国人立场之复归——为尉天聪〈乡土文学讨论集〉而作》。 本月，由尉天聪主编的《乡土文学讨论集》出版，主要发表在《仙人掌杂志》《夏潮》《中华杂志》《中国论坛》等。主要作者有胡秋原、尉天聪、林义雄、陈映真、叶石涛、王拓、杨青矗、王晓波、陈鼓应、赵天仪、侯立朝、曾祥铎、黄春明、高准、徐复观等。	4 月 11 日，美国总统卡特发表谈话指出，中美建交符合美国的最大利益，希望数月之后 "完全实现上海公报中所表达的那些愿望"。 13 日，台 "外交部" 就日本称其拥有钓鱼岛主权一事发表声明，重申钓鱼岛等岛屿是中国领土不容置疑。

续表

时间	文学论争	社会事件
1978 年	6月 本月，翁佳音在《仙人掌杂志》第 2 卷第 6 号上发表《"乡土文学论战"的时代意义》。	6月 5 日，响应中华体总号召，旅居美、日、西德、菲律宾的台湾省籍运动员陆续抵京，参加第八届亚运会全国选拔赛。 16 日，蒋经国主持北伐成功 50 周年典礼，声称要完成"再北伐、再统一"。
	9月 1 日，石家驹（陈映真）在《夏潮》30 期（第 5 卷第 3 期）发表《在民族文学的旗帜下团结起来》。	9月 1 日，蒋经国接见美第七舰队司令佛雷中将，强调要加强台美间军事合作。 29 日，国务院侨办在京举行招待会，同来京的华侨、台港澳同胞共庆国庆 29 周年，李先念、邓小平等出席了招待会。
备注：	"文学论争"部分主要参考文献： 蔡明谚：《燃烧的年代：七〇年代台湾文学论争史略》，台南：台湾文学馆，2012 年版；叶石涛：《台湾文学史纲》，高雄：春晖出版社，1999 年版；王金城、袁勇麟主编：《中国当代文学编年史（第十卷·港澳台文学）》，济南：山东文艺出版社，2012 年版；陈正醒：《台湾的乡土文学论战》，载曾健民主编《台湾乡土文学·"皇民"文学的清理与批判》，台北：人间出版社，1998 年版，第 129~181 页。 "社会事件"部分主要参考文献： 陈崇龙、谢俊主编：《海峡两岸关系大事记》，北京：中共党史出版社，1993 版；南京大学台湾研究所编：《海峡两岸关系日志 1949~1998》，北京：九洲图书出版社，1999 年版；郑鸿生：《青春之歌：追忆一九七〇年代台湾左翼青年的一段如火年华》，北京：生活·新知·三联书店，2013 年版；叶石涛：《台湾文学史纲》，高雄：春晖出版社，1999 年版。	

【作者简介】

邹容，广州市社会科学院在站博士后。

王滢，中国社会科学院大学（研究生院）文学系硕士生。